U0062510

徐金忠 —— 著

从灶间到舌尖

上海交通大学出版社
SHANGHAI JIAO TONG UNIVERSITY PRESS

内容提要

本书为作者对人居环境、乡土文化、饮食文化、人文艺术等的感知和描绘，以美食聚焦民俗、风物、文学、节日、神话等传统文化的多个方面。全书由短篇幅文章组成，分为以下部分：人文礼俗、自然风味、饮食烹饪等。文章涉及品尝过的美食、生活中的细节，以及自身的思想感悟等。在读者群体上，适合希望感知生活，对风俗、风貌、风物、风情和风味感兴趣的读者阅读。

图书在版编目(CIP)数据

从灶间到舌尖/徐金忠著. —上海：上海交通大学出版社，2024.7 — ISBN 978-7-313-30906-8

Ⅰ. K892-49；TS971.2-49

中国国家版本馆 CIP 数据核字第 2024YZ0627 号

从灶间到舌尖
CONG ZAOJIAN DAO SHEJIAN

著　　者：徐金忠			
出版发行：上海交通大学出版社		地　　址：上海市番禺路 951 号
邮政编码：200030		电　　话：021-64071208
印　　制：上海颛辉印刷厂有限公司		经　　销：全国新华书店
开　　本：880mm×1230mm　1/32		印　　张：11.25
字　　数：274 千字		
版　　次：2024 年 7 月第 1 版		印　　次：2024 年 7 月第 1 次印刷
书　　号：ISBN 978-7-313-30906-8		
定　　价：78.00 元		

将无味幻化为有味

民以食为天的"食"，本义是"粮食"。这里就延伸开去，宽泛地把它厘定为"吃食"了。

人离不开吃食，日复一日，天天如此。只是，在吃食面前，懵懂者多，悟道者少。

本书作者金忠深谙此道。他是微信公众号"生活分子"的作者——"分子"两字，作化学或者数学名词，平常得很；但过去几十年，往往被用作个人或者群体的称谓，读音变成四声，其中之苦涩苦痛，难以言表。金忠用"生活分子"名自己的公众号，还分子以本来，不只贴切，兼且温暖，我们谁又不是生活分子呢？

全书100多篇文稿，都是从公众号里选出来的。几年前，上海《新民晚报》的副刊《夜光杯》也曾以"生活分子系列文章"的形式，刊发过其中的一些文章，悦者雀跃。金忠的笔下，餐桌的菜肴，灶间的柴火，田头的农作，当然还有时令节气，常常结伴而来，满篇都是烟火气，全文却无烟火味。流畅的文字，写的是华夏的菜肴，描摹出来的却是一幅幅精妙的中国画。精雕细琢、栩栩如生的是工笔，笔在形在；肆意挥洒、纵情泼墨的是写意，那是意在笔先、意在神在了。

金忠是江南人氏，自有江南之风：笃信读书，谙熟稼事，崇文尚学，治家睦邻。也真文如其人，江南才子是翩然纸上的。他写的吃食，以江南风味为主，是自然的。不过，有一个例外，其他菜系确实几无涉及，但有不少篇什专写陕西菜及其地物风貌。这个细节，是不能不多说几句的。

我读书稿，为此曾有一顿，旋即释然莞尔。我与金忠伉俪是忘年之交，我执教上海交通大学媒体与传播学院时，他们俩先后在此完成硕士学业。之前，他们则是西安外国语大学的同学，他的妻子莎莎更是道地的西安人。因此，在江南风味之外，金忠对秦地之菜情有独钟，那是自然而然的了。所谓爱屋及乌，是又多出一个独特鲜灵的案例了。

对于这一情节，全书百多篇文字，几乎未作任何交代，仅在《瓦楞草》一文提及"老屋"时，有那么三两句的勾勒："我与老屋的相遇，已经是在它'屋生'的最后几年了。我太太是从老屋的东厢房出嫁，屋子虽破落，却是她的闺房。于她而言，岁月流年，老屋承载的记忆，重厚。"

中华大地，菜式何其丰盈。作者结构这本充满生活情感的美食之书，除了自己的家乡菜以外，就是妻子的家乡菜，其菜其景，历历在目，但文中不落一字聊作旁白，这番"留白"的功力，实在非丹青妙手莫能为。文章千古事，唯用心用情，才可读可诵；倘再有才智学识加持，那就更有修身养性的功效了。金忠此书，诚不我欺。

"生活分子"公众号，开设于 2018 年，金忠工作之余，笔耕不辍，已有 200 多篇。选入此书的文章，大约仅占一半，每篇都在文后署了写作的时间——这也是作者的细心之处吧。一来，谈吃论食，时令节气就是底色，没有了具体时间，"鲜"气自也钝了；二来，这五年多，世事沧桑，亘古罕见。一至于斯，情何以堪。一些人，一些事，一些词，一些话，来过，但又不再被提及，至于能不能被涂抹，且看吧。此书虽非直面这些，却也经由落款的日期，把生计的苦和难，寥落在字里行间，经历过那些默然阒然悚然愕然惶然愤然潸然黯然之状的同胞,晓得的也就晓得了。

读本书的文字,要是和着自己日常的吃食来读,会是一种奇妙的体验。今年春末游虞山,因那里的蕈油面有"素面之王"的美誉,我特意寻觅到兴福禅寺,寺外数十张饭桌椅散布在老树间,兴福老面馆隐匿其中,流水潺潺,食客喧喧,禅意市井皆在其中。一碗蕈油面端上桌来,顷刻清香四溢,啧啧而尽,真是好吃——不过,真说起来,这个"好吃",也是知其然而不知其所以然的。直到与本书的《雨后新蕈》不期而遇,才恍然若有所悟,一读再读,美食美文,果然相得益彰,文隽食永,余味缭绕。

与不少美食家不同,金忠不只以文载道,厨艺也入得厅堂。朋友们但凡尝过金忠下厨做的红烧肉,几乎没有不赞的。曾经询问金忠,哪来的这身功夫?是拜了哪里的名师吗?金忠说,没有,只是从小喜欢,大人在灶间做菜的时候,我常常在旁边站着瞅着,慢慢也就会了……

无师自通的事情自然是有的。不过,我向来以为,自学而成大才,往往需要一个自我期许的标杆,或者可以用来参照的体系。因而,我也试图在本书中寻找"慢慢也就会了"的答案。全书 10 多万字,以金忠阅读之广博,书中提及的美食家自也不少。但是,我发现,再大的名家,也就仅仅出现一两次而已,唯有一人前后被提到四次之多,这人就是汪曾祺先生。

汪先生的散文,天然去雕饰,在当代作家中独树一帜,若是喜欢阅读的人,未读汪文是可惜的。汪先生的美食文字,是他散文世界的重要版图,不可或缺。他四十年前创作的《端午的鸭蛋》,写他的故乡高邮,闲适质朴到出神入化,2008 年人教版《语文八年级》课本收入此文,那之后读中学时语文学得好的,对此文大多会有记忆。金忠和汪曾祺先生有一个很大的共同点,就是他们的笔下大都是日常菜篮子里的最家常的食材。比照着读他们俩的美食文章,既似曾相识,又回味迥然,而"格"都是在那儿的。也许,汪先生成为被引述最多的作家、美食家,于金忠来说,似乎既是自然而然的率性之举,又是潜意识中蕴含着的对汪先生的致敬。

当下,职场卷,江湖乱,焦虑浮躁满天下。许多年轻人的日常,是用廉价外卖饮食胡乱充饥填肚的,享用美食或成奢望,阅读美文亦是空中楼阁。金忠乃至汪曾祺先生这样闲散恬淡、与功名利禄无涉的美食文字,自是极难成为生活的必需品的。不过,转念想来,焦虑始终与健康隔阂,浮躁终究与事业相悖,由卷和乱,扰了生活,苦的还不是自己?何不忙里偷闲修心养性?捧一本书,慢慢地读,细细地品,总会有所得、有所悟。美食抑或美文,但于细微处品滋味,须摄得了心神,平得了心境,稳得了心绪,方能心有所得、有滋有味。

一个人作文写书,总会自然而然地流露出个人的一些用词习惯或者偏好。对自己喜爱的书,探究作者的用词特色,是读书的乐趣之一。我读此书,发现作者特别喜欢用"幻化"一词——"一直有想,到底是谁,幻化出这么多饮食?""大多数时候,我们的饮食,是在无味之上,寻找幻化有味的魔法。"……凡此种种,皆有"幻化"。那么多我们日常可见、时常食用的食材,作者在谈笑间为我们幻化出美食、幻化成美文。金忠说:"一旦对吃认真起来,这些人那可真的是认真到可爱、可敬。"而金忠在此书中给我的感觉,不只是对吃认真,对"写吃"也是认真到可爱可敬了。如此以食为天的民,也真是可敬可爱的……

我和金忠相识相交十多年,都是媒体人,谈论最多的话题,实际上不是吃食,而是国是,相互之间常常"这人那人这事那事"的说叨,因为莫逆于心,彼此也就无所禁忌。这次金忠叮嘱为此书作序,虽然义不容辞,内心也是惶恐忐忑的,以至于一直写写停停。自己有二十多年的记者经历,天南海北,吃的是百家饭,吃也是着实吃得不少的，但金忠举重若轻，妙笔天成，我却只是如本文开篇所说的众多"懵懂者"之一。好在与金忠说话，向来无禁无忌；而读者诸君，就权当小文是一篇真心的读后感，旨在谈心，还有抛砖引玉。

"治大国若烹小鲜"，谈吃论食话国是之时，这句成语大概是国人最常引用的了。万般食材，如欲幻化为佳肴，都少不得"烹小鲜"的功夫，名言既成至理，差不多思维也成定势了。逆向思维一下，若"烹小鲜"的本领乏善可陈，那国治又会如何？这会不会是一个有益的问题呢？民以食为天，天下却须以民为本，国治如何，万民百姓当是有一杆秤的。修齐治平，无论齐家，还是治国，甚或平天下，修身还是排在第一位的要紧事。人生诸种境界，自修身起，亦自吃食始，"不论世事如何变化，或是换了怎样的人间"，将无味幻化为有味，我们饮食文化的精髓之中，自有可汲可取的无穷无尽的营养。

姚欣保

2024 年 5 月 25 日

目录

第二编　四时风物

第三编　刀光火影间

第一编

人间有声色

江南可采莲，
莲叶何田田。
鱼戏莲叶间。
　　——汉乐府《江南》

灶头间

在老家，不说厨房，但说灶头间。

灶头间，顾名思义，得有灶头。

何谓灶头？

半人高的灶台，嵌着的一般是两大一小三口锅，也有三大一小或者三大两小的。

以两大一小的"制式"来讲，两大口锅，一口烧饭锅，另一口则多是用作炒菜、炖肉等等之用。

那一口小锅，却很有意思。咪咪小的一口锅，也派不上正经用途，但是里头终年捂着温水，以供洗碗刷锅之用。

不论是哪口大锅担负起了饮食烹饪之责，都有柴火的热量逸散到这口小锅来。捂着的水的温度，"随行就市"，如果只是炒一个菜烧一锅饭，那便是温温的，如果是大鱼大肉炖着，那它也能水声鼎沸起来。

两大一小两种锅，不仅在功用上有区分，锅盖也不尽相同。

有锅必有盖。两口大锅的锅盖，多是高起的，里径稍小、外口稍大的短扁圆柱形状，配一个提手。

高起，是为了放置蒸架，或者更准确地说，是为了能在蒸架上，上碗蒸东西。

所以，在这里掀锅盖，得是高提着掀起，不好平拉着出来，以免弄翻了一蒸架的东西。

小锅锅盖，则扁平居多，毕竟占据的是边角地方，且并无蒸煮的功用，但求轻便简易。

两种锅盖，原先都是木质的，近年才有钢、铝等的材质。

木头锅盖，重实，遇水后更是密实，但容易旧蚀、松垮，便需不时紧一紧上头的箍。箍或是竹篾制成，或是由铁铸造，不一而足。

这道工序里，多有箍桶匠的角色。说起箍桶匠，又是长篇大论，此不赘述。

灶台上砌起砖墙一堵，或高或矮。高者再高，也不会触顶；矮者再矮，也得将灶台与灶口区隔开来。

这堵墙，外表多为微黄的泥灰，但求俭省实用，粗糙得很，泥灰里头拌着的稻草，依稀可见。若觉得过于粗制，有碍观瞻，垒灶头的匠人，勉为其难，手握毛笔，也能画几枝兰花什么的，又应景地写上一句"小心火烛"，也有写"米中用水"的。敢问米中不用水，用什么？实在颇为费解。

墙上多会挖神龛一个，铺就了红纸，上面端坐着灶君。

说是灶君端坐，实则也是文过其实了。不少人家，也就是贴一张红纸，上书"司命灶君"四个大字，红纸四角，散落着四个小字，多是些"大吉大利""百味调和"的吉语。

也有更用心一点的人家，一截木柱，将红纸裹着粘了上去，煞有介事。

灶王爷每年腊月廿三是要"上天复命"的，所以红纸年年换。而那截木柱，则经年不换，倒是饱食人间烟火，乌黑油亮，不蛀不朽。

当然，非要在奉神这个事情上分出个高下来，大抵追捧了一方的同时，必是轻慢了另一方的。即便确实随意了些，也不会有人承认，一句"心诚则灵"，终了一切。

灶墙也在升级。

及至瓷砖易得，就有了白瓷砖贴面，后来又有自带印花的瓷砖,无非是些个年年有"鱼"、"瓶瓶"安安的吉利画和吉利话,表现直白,不加掩饰。

连带着灶君也"升级"了,红纸不见,换成了印在瓷砖上的神祗。问题来了,那如何让祂每年上天复命?

信徒智慧无限,到了腊月二十三,将灶君图案用红纸一糊,就算是腾云而上了;到了正月初一,红纸一撕,复归人间。

灶墙将灶台与灶口区隔开来,一处是煎炒烹炸,一处是火烧火燎。同样是火的艺术,一处是熟成的精致,一处是原始的粗犷。

灶口之处,灶膛列排。灶膛之内,因饮食而异、因收获而异地燃烧着薪柴。

收了稻谷后的稻草,挽成团,火文但不可持续;收了小麦后的麦秆,同是挽团,火烈且一瞬而逝;油菜的蔓秆也是这个问题,火势很大,但一下子就偃旗息鼓了。

若是炖肉煲汤的,用干桑木段,看着火文,但力久且恒,慢慢地催逼着锅子里的"咕噜咕噜"声音。

还有希望"以人事改天命"的,灶膛边一口风箱,呼哧呼哧,虽费人力,但似乎对火,有了几分收放自如的掌控感觉。

向着灶口的灶墙一面,多有落款,字体歪歪斜斜,但求有个意思:建于某年某月某某日。这落款虽为灶墙更添了几分随意和粗制,但在年年岁岁、岁岁年年,计小时不计大年的农家,颇为重要:"打了这个灶头的那年,那个谁得了个孙子",就是这般农人农语。

灶头间,有灶更有人。

灶口的"掌权",要么老要么小。老人小孩愿意烧火,当然各取所需,一类是觉得烧火省力暖和,一类是觉得玩火兴奋有趣。

这个角色,免不得要担负起很大的责任来。光烧不看,饭烧焦了,他的责任;火候不够,烹饪不香,他的责任;火力太猛,油星四溅,他的责任……

灶台的"执政",则是老妇居多,一日三餐,操持吃喝。阿婆、姑婆、姨婆等等,围着围裙、围着锅台,多是她们形象的共通之处。

　　执掌吃喝,马虎不得。她们精细地操持着:一个竹箩、一口浅缸,料理三餐,还要喂猪喂鸡;一个木案、一把菜刀,刀光刀影,过尽一切入口之物;一个油壶、一个盐坛,油润万物,出味饮食,恰似掌握乾坤奥妙一般……

　　操持操持,操心而持,多少巧妇无米,多少食欲压灭。多不是丰裕之家,饮食入口之事,最难,纵是盘摸计划、计之长远,仍免不得被埋怨、误解。

　　紧紧的日子,过得人心紧紧。只有逢年过节,短暂地可以随心所欲。但,惯常勤俭的她们又哪里下得去手,毫无负担地挥霍。

　　她们未曾想过获得赞美,但让人无法不去怀念。在这清明时节,更是如此。

　　灶头间里,锅盖一日三掀,日头就过去了一日。一日三掀,三掀一日,最终,她们也消失在那锅盖掀开时喷涌而出的蒸汽之中,不见了身影。

　　下一次和她们同在一个灶头间中,煎炒烹炸,火影油光,饮食人间,不知要到哪一世了。

2022 年 4 月 6 日

江南可采莲

江南可采莲,莲叶何田田。鱼戏莲叶间。鱼戏莲叶东,鱼戏莲叶西,鱼戏莲叶南,鱼戏莲叶北。

犹记初读这首名为《江南》的汉乐府诗时,最先是让人感动的熟悉,一句"江南可采莲",瞬间就让人想象出面对满池荷花的画面。

这样的时刻,可能在夏日的雨后,倏忽而至的雨,又干脆利落地走了,留下的是荷叶上的雨珠。清风一来,眼瞅着就要滚落池中了,此时,莲叶又一摆,将雨珠拢回了叶心,雨珠也不老实,在叶心周围乱窜了一会儿,才有收敛的迹象。但是等到风儿一来,你会发现,这些调皮的家伙又不安分地滚动起来。

最终啊,她们还是逃离了荷叶的管束,顺着荷叶尖溜到池塘中去了,你看不到她们的身影了,但是那莲叶间的游鱼正在戏水,她们又和鱼儿玩成了一团。

而后则是感叹这首乐府诗的原始之美。"鱼戏莲叶东,鱼戏莲叶西,鱼戏莲叶南,鱼戏莲叶北",更像是孩童的语言,简单的重复加上有限的改变,东西南北。童言看似言之无物,但是童言就是这样,简单、直白,而且朗朗上口,不用多想即可脱口而出。

你就想啊,一群光脚垂发的孩童,手拉手,一边跳一边唱,稚嫩童声唱着吴侬软语,唱着唱着还没什么缘由地笑起来,大笑之后狂笑,上气不接下气,嘴里说的童音更加含糊起来。

六月天啊,在南方,多是闷热潮湿的,但夏日雷雨后,是人和大地难得的喘息机会。这时候啊,是夏日难得的清凉一刻,运气好的话,还能享受一场甚至是多场夏日的"淋浴",此时的雨势不大且下下停停,时不时给夏日中劳作或是玩耍的人降降温。

我生长在太湖流域的江南小镇,夏日的生活,与荷塘、莲叶紧密地联系在一起。当然,跟大多数人想象的不一样,儿时随父母或是自己去荷塘中采莲,并不是划着船去的,而是坐菱桶。

菱桶,顾名思义应该是采摘菱角用的,不过在我家乡,也用在采莲上。念书后知道了很多地方是划船进莲塘采莲的,但是在我的生活经验中,江南密不透风的莲塘,不可能容下一艘船穿行其中,当时还费了一番思量。菱桶多是圆形或长圆形的,多是一人一桶,当然也有跟着父母的孩子,跟父亲或者母亲坐同一个菱桶。长圆形的菱桶可以容下两个大人,再带一个小孩子,也不在话下。

采莲的过程中,人在桶中需要保持平衡,还要劳作,若是多人在一个桶中,保持平衡的压力就更大了。所以,小时候跟着父母下塘,没少因为止不住的乱动挨骂。

不过骂归骂,看到游到桶边的鱼儿或是跳过来还略带挑衅地伸着头的青蛙,总还是忍不住去抓去扑。小身体虽然力道不大,但是在水上,一个小动作就能变化成大动静,自然又是挨一顿骂,然后安分那么几分钟,手又痒起来了。

在南方水乡,不论男孩还是女孩,基本是游泳的能手,而且越是小,越在水里闹得欢,没吃过水的亏,自然也毫不怕水。所以啊,很多时候,会趁着大人不注意,几个小孩子占据了菱桶,在水中闹腾。推推搡搡,怨旁人不用力划水;闹闹哄哄,嫌桶太小人太挤。最终,免不了来个桶底朝天,一桶子人都被扣在水下。

扑棱几下,搅起池底的泥水,然后离桶一两米的地方,钻出几个头来,有几个还顶着泥:嘿! 一个都不少!

2018 年 11 月 2 日

心中"有鬼"，最不敢欺神骗鬼

"你胆子咋这么大？你不相信世界上有鬼吗？"

如果相信世上有鬼，认为这是个神鬼萦绕的世界，那么虽然会有点复杂甚至是沉重，但是很多事情就不敢去触碰了。

在回忆里，从小就被告知自己生活在有神有鬼的世界中，可以和他们相安无事，也可以有求于他们。他们的存在，就如同你的存在一样，真实。

这样的世界，有点像文学巨匠加夫列尔·加西亚·马尔克斯笔下的世界，因果轮回、循环往复、宿命轮转、神神鬼鬼、怪诞无常，但又是那么真实、那样可感。

日常的敬神

浙北农村的信仰或者说是"迷信"，是佛、道、儒的混合体。

日常，你在家里，可以看到供奉的观音、弥勒，可以看到张贴的门神、灶君，这里的人们既要为观音庆生，还要在农历七月三十供奉地藏王菩萨。

日常供奉的观音、弥勒，是祖母、母亲们重要的精神支柱，晨起上香供奉，午间拜佛祈福，暮时又是三炷高香，香火不断。

张贴的门神、灶君，被尊称为门神菩萨、灶君皇帝。

门神的作用，自不必说，保屋企平安。特别是当黑夜降临时，张贴着门神的大门一关，就在妖魔鬼怪的暗黑世界和温暖安全的家居之间,牢牢地竖起一道屏障。

门神炯炯的眼睛,注视着一切可能袭来的危险。

灶君,司饮食之事,更是管家长里短。人烟,人烟,烟跟人一样重要,有饮食之气,才有人间之事。灶君管的领域宽,祖辈和父辈有说法,家里吵架得避着点灶君,腊月廿三送灶君回天庭,也要在他的神像嘴角抹上蜜糖,让他不要去天庭乱说话,以免家长里短"上达天听"。

对掌管家庭的神仙,还有个统称叫"家堂六神",农妇们没说清楚过到底是哪六神,而且"流派"甚多,讲着讲着多互相不服、生出事端。

不过,也无须分得这么清楚,祖母、母亲们告诉我们的其实就一点:拜神、敬神。

每年的观音生辰,是大节日,善男信女,或是在家供奉,或是去庙堂,三跪九叩、精心供奉,求观音或是赐福或是赐子,祈求平安、祷祝健康。

农历七月三十,是地藏王菩萨的诞辰(也有说是圆寂日)。据说,地藏菩萨"安忍不动如大地,静虑深密如秘藏",故名地藏。

献祭的方式也很直接,农历七月三十,满村尽插地藏香,墙角、路边,乃至水井边、河岸的台阶等等,有地的地方均可供奉,话说哪里又没有地呢。

民间供奉或者祭献的还有文殊师利菩萨、太上老君、福禄寿三星等等。

佛道体系下的神仙们,是上神。供奉活动,一般是要庄严肃穆,没有小孩子什么事情。

但是,这些上神们对孩子有着足够的威慑力,毕竟父母会把你平日里的肚子痛、感冒发烧,甚至是课业吃力等等,都归因于不敬神。

所以,早前衍生出来的一种治病或者治笨的迷信方法是,跪拜神仙、奉献香烟,求得一把香灰,开水冲服,心诚必灵。

万物皆有神性、魔性

民间的"信仰"体系中,对万物皆有神性、魔性的诠释,可以说编排得十分到位。

雷神、雨神、龙王等名正言顺的真神,自不必说,还会有河神、树神、狐仙等自我修成的神魔,甚至会有晚近的历史人物成了神的。我在浙北农村就曾听到过一个民国北伐将领战死成神的故事。

传说中,狐仙,来者多不善。有见过女的自称被狐仙上身,邋里邋遢,疯言疯语;而男的若被狐仙"擒住",据说将六神无主、灵气尽失。

送狐仙,需要祭祀、供奉,享受香烟后的狐仙,才有可能愿意离去,留下凡人的病体等待调养。

河神,对于小孩子来讲,是个很可怕的存在。从小就被告知,不能往河里扔砖头、垃圾,否则河神会发怒。千万别去河边玩水,河神似乎很喜欢收了"命不够硬"的孩子,让他们溺亡在河中。

树神的"人设"多是宽厚的,庇荫后人,并无大的恶意,除非你触怒了他。

还有些不知名的神魔。比如,小孩子突然之间无精打采或是无端吵闹,那可能是魂丢了,被勾走了,要去叫魂。假如你在冬日的夜晚,在村外的荒地,听到一句句"宝宝,回家来吧;宝宝,回家来吧……"不要怕,可能只是一个可怜的孩子,把魂丢了,家里人在替小孩"收魂"。

家里有人莫名其妙发高烧,乃至神志不清。可能是有"客人"

来了。"客人"来者一般不善，带来灾痛。所以，期望病痛痊愈，需要"送客人"。

怎么送？一碗米饭、几个荷包蛋，如果还能有一串稻草串起来的馄饨，更好。米饭和蛋，是送给"客人"的礼物，馄饨有"魂"，可以引着"客人"离开。拿着东西，口中念叨"请你走吧，请你走吧"，到了村落外的第一座桥前，点起蜡烛，做好供奉，匆匆而回，千万别回头张盼。

至于闯入家里的蛇，是万万不能杀的。蛇的地位，很特殊，其象征又意蕴丰富，让人既怕又敬。好生送走，才是处理这种情况的最恰当的方式。

出门在外，小心被鸟粪滴中。鸟粪浇头，兆头不好，需求得三姓人家的茶叶，熬煮后留水，用来洗头洗脸，祛除厄运。

如此等等。

对祖先的敬畏，也分神鬼两种不同情况。

作为神的先祖，守护宅邸、护卫家人，家人遇困难，向祖先祷祝；作为鬼的先祖，可以闹得府宅不安，家人生病，甚至是家破人亡、家道衰亡。

在这样的神佛、鬼怪与你同在的世界里，怎么敢越雷池半步？

小心谨慎、自持慎独，才不至于恼怒了众神、众佛、众魔、众鬼。

所以说，心中"有鬼"的人，最是不敢欺神骗鬼的。

2019 年 1 月 30 日

风雨如晦

这几日的上海，风雨如晦。

台风带来的雨云，压在城市上空，晦暗阴抑。

雨是飘忽的，忽大忽小，时有时无，来去随意。

东南沿海，生于斯长于斯的人，对于这样的场景，是不陌生的。

一年中的风雨，不仅仅在这台风天，清明时节的雨、黄梅节气的雨，连天而下，又各有不同。

天要下雨，拦不住，天要刮风，也止不住。

既然如此，不如听雨听风。

听过草屋上的风雨声，如果是和风细雨，雨打在绵柔的稻草上，沙沙作响，刚开始润物无声，下久了才会顺着稻草尖，滴涎下来。要是狂风暴雨，那就不是个理想的所在了，草屋本就难以遮风挡雨，暴虐之下，自然是不好看的。雨哗哗而下，不久就可能渗漏进来，风吹得支撑草屋的竹竿，嘎嘎作响，朝不保夕。

风雨天，躺在瓦房里听雨，是不错的。

土瓦开始还有涵养雨水的能力，所以，稍稍经雨，就含蓄其中了，不会有檐水淌下，但稍微一久，就包容不住了，"沧海终究横流"。

雨来时，只听得雨滴敲击土瓦的钝声，闷闷的，不明快，再看这阴晦的天，更觉郁抑。随后雨水淌下来，天井四沿的屋檐下，滴答作响，虽无法刺破这阴沉，到底是添了些生机，让人能轻快一丝。

但这轻快也得风配合。春风春雨，自然还是清爽的，夏风夏雨，也浓烈得直白，秋风秋雨就不对劲了，总是萧瑟不已，呼啸而来，带着凄楚。

及至到了红洋瓦，到了石棉瓦，到了彩钢瓦，那就欢脱得多了。

只要雨还算大，就咚咚作响，但是刚开始新奇，后面只觉聒噪。

这些瓦也存不住水，来者不留，尽数流将开去，一时间，倒是增添了檐下雨势。

风雨如晦的时节，做什么都不太得其要领。

看书吧，湿湿的天，纸张也都有点粘手，如果不巧遇到"百年老屋，尘泥渗漉，雨泽下注"的情形，谈文说字就更没法进行了；坐着喝茶吧，风雨天不会干渴，虽说好茶不为解渴，但即便是为清心静气，也是最好有些个物得其用的。

估计真的只有发呆，看风看雨、听风听雨。不过，如果有些重口重味的东西，还是能配得上这雨天的，要么咸，要么酸，要么辣……

说回风雨。

风无形，所以只能由有形之物，来看来听。起于青蘋之末的风，也因有青萍才能看到；风卷残云，也因为残云被卷走，才看到了风。雨也无形、无声，雨的形状、声音，不在自我，在于阻它之物、容它之所、纵它之处。说缥缈，说滂沱，还是虚的多、实的少；说润无声、说如注下，说得多是不真切的。

风雨如晦，后半句就是"鸡鸣不已"，再后面就是见得君子的事情了。

2022 年 9 月 14 日

一个穿斜襟布衣的老太太，走了

暖冬已久的浙北大地，迎来了冷空气的侵袭。

空气渐冷了，虽不至如寒冬般，但风吹来，确实是冻手、冻鼻尖了。

就在这样的日子里，在浙北平原的一个极不起眼的村落里，一个老太太去世了。

一个穿斜襟布衣的老太太走了。

按照当地习惯的计岁方法，96虚岁。

老太太应该是民国十二年生人，也即生于公元1923年。

90多年的人生，几多风雨、几多岁月。

老太太生前，话并不是特别多，回忆会有，但也没有沉溺于过往。你得问她，她才会告诉你，那些岁月里，她经历了什么。

比如十来岁时，坐火车，去杭州。岁月已久，但是这样的欢悦的记忆，她能跟你说得很生动。

比如十二岁时，遭遇了民国二十三年浙江大旱，家门口的河底见了天。

比如十多岁嫁人，开始更深切地见证家族的变迁与兴衰。

比如十七八岁，遇到的"东洋人"打仗。

比如二十多岁，看到的村后"过兵"，家国解放。

她走过的岁月里，还有土改、供销合作、改革开放等等。

世事在她身边，不断地上演。

但在几乎所有晚辈的记忆里，她就是那个穿着斜襟的、花白的头发篦得整整齐齐的老太太。

回想一下,在自己刚懂事的时候,她就是一个老太太了,60多岁,干瘦,夏天穿着斜襟布衫,背着竹篓,去地里割猪草。

待我步入少年,进入青年,她还是那么干瘦,还是穿着斜襟的带着淡淡花纹的布衫。走路不快,步子却还是很稳当。

等到我开始远离家乡,回家见到的,还是那个干瘦的身影。她随着年纪的增大,布衫穿得少了,但还是穿斜襟的衣服,比如斜襟的棉袄。老太太走得慢了,但是去村里串家门,还是没有问题。

但在2018年的年末,这些斜襟的布衫、棉袄,再也没有人来穿了。

老太太走了,在自己家里的床上,走了。

按照风俗,这些带着岁月时光的衣服,会被火化,让她带走。

老家有种说法,人过世,有生死和熟死的区分。

如果年纪轻轻,早逝,那是生死,戾气也重。

而油尽灯枯的熟死,就如秋叶的静美,走得安详。

行丧葬之事,免不了亲戚邻里要聚在一起,吃顿饭,老家叫豆腐饭。

乡里的说法是,生死之人的豆腐饭,总会让人吃得很苦涩,甚至是难以下咽;而熟死之人的豆腐饭,会让生者吃到甘甜与慰藉。

2018年的最后一个月,一个96岁的穿斜襟布衫的老太太,走了。

她的豆腐饭,应该是甘甜与慰藉心灵的。

2018 年 12 月 5 日

篾匠

虽然得了他不少的竹篮篮、竹箩箩，时至今日，我都不知道他叫什么。

就是个聋了耳朵的篾匠。

一年四季窝在朝北的屋子里，跟着各式各样的竹刀和各式各样的竹篾，磨着日子。

好几把黑重的竹刀，有扁长的，有梭形的，多覆盖着一层累积的油灰。即便是再素朴的竹子，用这些刀分好，也总是有些油脂的，再和尘灰搅和在一起，就会有岁月的陈旧味道。

只有刀口处，明晃晃的，是积年累月的劈、削、剖，留下的锋利。

这真是个暗室，都不是"北向，不能得日，日过午已昏"，而似乎全然没有明快的时候。

一旦阴雨雪天，那就早早点了那十五瓦的灯泡，灯亮了，照出一片昏黄。

篾匠也不是个清爽的人。在这乡野里，只要有些不足，就必然会是光棍一条，他也不能例外。没人收拾的日子，是断然不会过得利索的。

所以总是穿着一件破旧的蓝色中山装，围着一个破烂的围布，满身的竹屑，甚至是不太多的花白头发里，也架住了不少的粉屑，一抬头，似乎有簌簌掉落的声音。

因为耳聋，世界于他而言是异常安静的。

竹刀剖过竹篾的声音，在旁人听来，嘶嘶作响，碰到竹节处，刀锋用力,发出钝响……再看着细长的竹篾越来越长,在水泥地上摩擦,嚓嚓嚓的,及至长到门外,泥地里,就没有这硬朗的声音了,钝钝地拖着,不时弹出些泥点来。

在他的寂静的世界里,这些声音,都不存在。也不知道他如何感知这一切,估计最最直接的是竹刀到了竹节处稍稍多用了点力,而其余的地方,则是如此顺滑,一刀游出很远。

吃自然这碗饭的人,也是被困在自然的四时里的。

春竹在他刀下,生脆生脆的,竹刀口子的青绿颜色都带着脆气;到了夏竹,就生湿气息多一些,又因为天气潴热,竹篾带着闷闷的湿重;秋竹还能有些生气,到了冬竹,就是干硬了。

所以春日里,他膝盖上的"工作台",都是青气,连他自己都闪着春的光色,而后转为湿闷气息,他也闷沉了不少,到了秋冬时节,气息稀薄了,倒是尘粉得了势了,他也被拢进这干尘之中。

竹子成为竹篾,只是这幻化历程的开头。

斗笠、竹篮、竹席等等,甚至是竹绳,都靠着这纤细的东西织就。

你看他编竹篮,这经纬纵横,若不是胸有成竹,或者说胸有竹成篮,断然是不知道如何盘缠得当的;更遑论还要在恰当处构入提手,在收口处编制篮口和篮底。

再譬如编竹笠,扁长扁长的竹篾,互相穿引,时而竹白在内,时而竹青在内,青白相间,严丝合缝。

不过,这些家常的物什,在小镇的集墟上,换不了几个钱。或许是买家看着,再是精巧之物,到底是土生土长,日月风霜成就,对其中人力的巧夺,是不会给予重视的。

而且因为做工好,这些个物什,久用不坏,即便是坏了,找他修补,也是不取分文,如此一来,似乎陷入个怪圈:自己做出的好东西,打败了自己的好生计。

就譬如跟他买的那把竹椅子，我坐了十来年，到最后，竹子的青气都没了，变成了暗红油亮的颜色，也还没有坏。

好在他也没什么花钱的嗜好，烟酒都行，但都不好，所以也能挣出个活路。

就是清苦了些，因为一人居，饮食都是凑合。冬日里常一碗炒青菜，一碗炖猪头肉，青菜是霜打菜，就是油轻了，暗绿颜色，猪头肉是年底祭祀的余留，也算是难得的荤腥。

一顿吃不完，下一顿热过再吃。饭锅上的竹蒸架，也是他自己做的，上头就是这两只菜碗，端上端下。

就算是这样清苦活路，也越来越难走，有了塑料、铁铝的家什，竹篾到底是败了。

好在，聋篾匠走的时候，这饭碗还没被抢走，虽不好吃，但聊胜于无。

聋篾匠走后，那间北屋归于沉寂，竹刀是没有油灰了，只有连年无人扰动的层层干灰，刀锋也黯淡下去，也不是锈，就是那样没有了光，向着刀背的暗色去了。

后来，那间屋子就被拆了，一点痕迹也留不下。

2022 年 12 月 2 日

她们

一直想写她们。

但写她们，会刺痛到一大批人，包括她们自己。

特别是当岁月已经让她们的伤疤只在不多的时候隐痛，再写她们的过去，或许真的是不仁的。

但她们，应该在这时间中，留下痕迹。

况且，她们已经有人，湮灭在这岁月里，不知道能否魂归故里。

她们就是人们常说的"外地媳妇"。

上世纪的最后十年和本世纪的最初十年，是"盛产"她们的时代。

彼时的江浙沿海，抢先开启了工业化，当然更多的是低水平的作坊，或是规模有限的中小民营企业。

以纺织为主的工业化，最先吸纳了本地的女工，让这一片原来礼教沉沉的土地，天翻地覆。

当纺织车间里每月的报酬远高于田间地头劳动的所得时，自然是前者占优了。

大规模生产，只要有了基础，它就有不断蔓延扩展的自发动力了，很快，工业的机器，需要更多双纤细的手。

这时候，她们出现了。

但是，工业化的浪潮，席卷一切，只是她们到来的背景。

真正让她们到来的直接原因，却是男婚女配的人伦常情。

其中的爱恨纠缠，真的是足够写几部小说的。

见到过美满的，但个中悲惨更刺痛人心。

那是个粗糙的年代，谁又会照顾她们的内心世界。

远嫁他乡，并且在就连我这个本地人有时亦觉得是令人压抑的当地礼教中，她们的难，可想而知。

曾经看到过，一位自西南地区远嫁而来的"外地媳妇"，就走向了自我毁灭的道路，一瓶农药下去，了结了一切。

即便是仅有几岁的我，也是无法忘记挂在她眼角的泪水的。

过于感伤，无法直视。

但若要理性地来讲，她们的到来，也有各种各样的"范式"。

地理上，由近及远，先是江浙周边的省市，安徽、江西、湖南、湖北等等；而后向西扩大到川渝，四川、重庆等等；再后是更偏远的广西、贵州、云南等等。

模式上，早期来到的她们，面对的是一个文明水平不高的环境。彼时的男婚女嫁，少有建立在爱情基础之上的，更多的是认命，不论这认命是自己感觉到的，还是别人强加给的。

到了中后期，她们的意识也开始觉醒，超越活下去的要求，升华到寻找可靠之人，生儿育女，组建家庭。

工厂无疑成为她们的一个归宿，即便是嫁作人妇，也需要在工厂里挣得生活。

水乡的缫丝机、织布机、缝纫机，见证了她们的变化，也见证了她们的成熟和老去。

正因为"范式"变迁，悲欢也就各有差异。

早来的她们，直面生死存亡，感情上更为大条，活下去的诉求，却更为坚韧。如果有闹剧或者是悲剧，一般都是泼辣的、轰轰烈烈的。

但在职业的选择上，她们因为更缺乏必要的技能，所以更为认命，甚至有些人挣脱不出最基础的工作。

晚到的她们，追求更多，需求更为丰富。活下去之外，还要活得好。同时对于日子的理解，更为层次丰富，所以，若是不满，她们的抗争更为矛盾，对待家庭、对待子女，同样如此。她们在找寻自我，却发现在她们的位置，自我更是备受多方面的压力：生存的、社会的、现代的、后现代的，等等。

作为旁观者，只能观察到她们有限的侧影。估计她们知道，真正的心路历程，可能可以说得出来，也可能说得出的，多是别人强加给自己的叙事，或是自己对自己的欺骗。

时代在变，她们也在变。

她们中的不少人，找到了自我的认同，这一认同或许是异质的，但是好过没有；她们中的不少人，放弃了寻找认同的幻象，活出了真的自我，更为爽朗开心。

但也有不少的她们，仍然焦灼地在找寻着什么：她们想融入，但发现，对方不兼容她们；她们想独行，却发现，生活的重压不给这样的机会；她们想放弃，但是一张罗织的网，让她们无处可去，况且这网的经纬，有不少是她们自己织出来的。

谁也没想到，她们的命运会在这异乡这样演绎；谁也没想到，这日新月异的陌生市镇，会见证她们的到来。

文字是无力的，是有限的，是浮浅的，一直想写她们，一直不敢写她们，也一直写不好她们。

2022 年 9 月 13 日

月凉如水

中秋，又是一轮猩红满月。

在团圆饭间，夜幕降临后，从东方的天地尽头，爬升上来。

先是挂在远处人家的房檐下，而后被支顶在屋山头，后来，穿越稀薄的云，在半空完满地展现出来。

经历酷暑的天地，一时间是凉不下来的，只有田间、水边，荫凉之气，已经开始升发。

月色是"随行就市"的。天地溽热，自然，月色也就是红热的。

只有等到夜半，满月高挂，没有了初升时的月大如盘，而产生了距离感来。

此时的月色，开始偏凉了。

但真正要月凉如水，就要等到子夜偏过，才有这沁凉感觉。

月凉如水，月色静冷，即便月光洒满天地之间，万物影影绰绰，到底是没有温度的光色，清沁如水一般。

不过，要说这如水一般的凉，到底水凉几许，各自的理解差异不小。

于我而言，月凉如水，如家中水缸里的水一般凉。

水缸的水，因为量小，更能水月感应，一缸水，无非就是一两担，放之天地间，涓滴之物，难成浩汤大势。

当月色白凉之时，缸中之水，自然已经凉下。

其凉只会有过，不会不及。

月凉如水，水凉如月。

月水之间，还有层神秘的关系。乡间传言，中秋夜，月透过天井而入，水缸里的倒影之中，最能看到嫦娥玉兔、吴刚伐桂。

所以，也更留意在皓月当空时，去水缸中寻觅。结果自然是不用多说的。

只是在水凉之气中，看到皓月倒影，对月凉如水的感触更深了。

月凉如水，到了深秋时分，就更见冷峻了。

深秋深夜，跟着忙完一天秋收的大人回家，月色亮白，天地之间，一片淡银色，但是，月色不比日光，凭借其力，是看不清楚东西的，只能看见个大概。

亮白处，或是平整硬地，或是河道、水潭，反射出月光来；暗重处，则或是丛生杂草，或是绿叶深处，月光在此被包裹进去，留下黑黑一团。

人事在天地之间，月光之下，自然也不会缺。

月光下，旷野之中，忽然兀地一团黑重，与四周不调和，多半是墓地。

"松柏冢累累"，柏树团状，松树突挺，一团黑重之中，也颇有层次感。

但是，到底是魂归之处，是彼岸之门，黑暗之中，是没有胆量去细细打量的。

深秋月夜，天地凉冷，水汽凝结成霜露，夜半时分，已经冷意十足。

冷夜更为寂静，活物都在暖处蓄力，不大会在冷气中，消散精力。

不过，还是有夜行之物的。

正夹在大人之间，惴惴不安看着看不真切的世界，心思飘远之时，突然间火光乍现，一声巨响，只见土路上一个拉长的灰影突然倒下！远处一阵烟腾起,随后咳嗽声传来,唏唏嗦嗦人声渐近。

这是乡野的猎人,背着一杆土枪,来收获打到的猎物了——一只秋夜觅食的野兔。此时,猎人嘴里的香烟已经点燃,夜色中,忽明忽暗地闪烁着。

在这看不真切的夜里,也就是猎人的眼神、猎人的沉气,才能将这飞奔的野物一击命中,这野物的速度是如此之快,在月色下,身体的形状都是被拉长的。

惊魂甫定,只听得大人一声招呼,刺破冷夜旷野的静寂。

不过,一边啧啧赞叹,另一边却回应寥寥。

常伴月色、隐于黑暗的猎人,不会是那咏唱的夜莺。

2022 年 9 月 17 日

一镇一酒厂

也不知道为什么,在星布的江南小镇,也有着同样星罗棋布的酒厂。

可以说是一镇一酒厂。

这里的酒厂和镇的关系,比不得茅台酒和茅台镇,镇酒互成,名闻天下。而是说,一般有镇就有酒厂,酒厂可以不大,却得有。即便是规模不大的镇子,只要有点像样的市面,就一般会有酒厂。

老家的小镇练市,嵌在乌镇和南浔两大古镇中间,也有自己的酒厂。乌镇和南浔的酒厂,已经开始行销,不好评说,也不愿评说。

小镇与酒厂的关系,宛如自然天成。坐落在练市的,便叫练市酒厂;再往西一点的双林镇,便有双林酒厂;往东还没到乌镇的民兴集镇上,也有个民兴酒厂,但似乎是衰败没落了。

小镇练市的酒厂,在镇南,在一条运河分支的拐角处,算不得大,出产的酒,也就是主打黄酒。三年陈、五年陈,经典版应该也有,但也多是现在的营销手法。

黄酒的酿造,在江南的小镇,原料就是当地出产的糯米。白糯米居多,也有黑糯米,所得便是乌酒,但终究是少数:农人耕作,求的不是买卖人追求的新奇,要看如何侍弄,要看产量如何。

黄酒的酿造,说起来也就是选料、浸米、蒸米、晾晒、拌曲、发酵、压榨、装坛,但其中工艺,门外汉断然是不会都知道的。譬如浸米,多选天寒时分,天凉不易酸腐;糯米品种的不同又要求有不同的浸泡时间;拌曲落酿时,对米的温度要求几近严苛,26℃、27℃压制了酒曲的效用,30℃朝上,酒又会偏酸……

小镇酒厂,于寻常百姓而言,效用就在于逢年过节或是婚丧嫁娶时候的采购。现在酒厂也是铺货不少,而要是放在早先,要买酒,直接选择去酒厂。

酒虽容易保存,但也有它的"时令"。可不是嘛,到了新米酿酒时,镇南头,笼罩着一片酒香,醺醉了过路的人儿:新酒酿造、老酒开坛,新陈交替、香味混杂。

这个时候,一片酒香,也提醒着赶集的农人,早点备下好酒,等待年末的一系列盛事。一个村子的人,也不用都去,凑起来,各家主事的,摇一个船也就去了。酒厂也有专门的小码头,供这些主顾上门。

不消多久,便能把酒买好,大家接递着把酒坛子往船里装。

出了窖的酒坛子,带着酒窖里干阴的气息。刷在坛子外边的白灰,人一捧,还会嗦嗦往下掉。原来不晓得为什么刷白灰,后来知道,一是防止直晒,二是便于查漏,感叹这样的小智慧。

酒坛子运回家后,要开坛尝酒。算不得有仪式,但也是郑重其事,而且多有人围观。小锤子敲碎了拌了砻糠的封坛泥,揭开垫在下面的油纸,一股酒香味飘散开来。

也不讲究,就用手指蘸起酒来,舌尖一尝咂摸着味道说:今年的黄酒偏酸了一点,你也来尝尝。然后一众看客,也多尝了,意见就多了,最后也能调和,得出其中的原因:今年冬天偏热!

酒到家,要喝的时候,便从容了。平常自己喝,打上一吊;来了客,先打了三吊,不够再添。冬天的暖日子里,直接喝就可以;要是天气凉,不如加了姜丝,温一下。

这坛子黄酒在家,也有其他效用,醉个虾蟹、烧个大肉、煨个鸡鸭,都用得着。

2019 年 9 月 8 日

瓦楞草

老屋要拆了。

在这遽变的年岁里，人的幻变都在倏忽间，老屋的命运，终究是要走到这一步了。

老屋，算不得古物，称不上老宅，要说有所是处，便就是年岁久一些，仅此而已。

我与老屋的相遇，已经是在它"屋生"的最后几年了。

我太太是从老屋的东厢房出嫁，屋子虽破落，却是她的闺房。

于她而言，岁月流年，老屋承载的记忆，重厚。

于我而言，虽能体味这样的感情，但终究不能感同身受，最多是由人及己，觉着老屋的被拆，带走了太多东西，但惶惶间又说不真切。

这间关中平原上毫不起眼的老屋，不似陕西民谚所言的"屋子盖半边"，却是东西两厢房、中间穿堂过的制式。想来也对，这群族人，并不是土著，而是清末民初，由山东高密一带迁徙而来的，自然是鲁地的风格。

但到底是寻常人家，老屋自然也不会是显赫的，梁栋上没有雕花，砖瓦最是普通不过了。

土砖土瓦，外墙糊着泥灰，梁柱屋椽都不是金贵木材，甚至曲里拐弯、筋节盘错，有碍观瞻。但求之实用、求之经济，便也是够了。

但有一样，是在四周的红砖房中看着很出挑的——瓦楞上的草。

老屋土瓦，便有瓦楞草生长的条件，又因经年累月，瓦楞积攒起浮土来,夹杂着屋侧柿树、杨树的树叶,腐败混合,成就这浅浅一抔土。

也不知道是借风而来,还是借着禽鸟而至,这离地的所在,倒是积聚了多样的草籽。

暮春初夏时节,老屋瓦楞上泛起青绿来,便是瓦楞草的生发。

瓦楞草,真真是要草色遥看,远远看着淡淡青绿,不浓烈、不密实,却是疏空灵动,风吹草曳,恰到好处。

到底是根基太浅,若是遇到夏日的暴雨,瓦楞草就遭了难,倾倒流散,都是有可能的。

又因生发之地,本就不是从容之所,夏日烈阳之下,瓦楞草早早被烤干,枯黄起来。别处的草木还在葱郁之时,瓦楞草就显出黄青来,早早向着枯黄去了。

人说"人间四月芳菲尽,山寺桃花始盛开",此地则是"人间七月草木深,瓦楞瘦草秋意生"。人命不同,草命亦然。

要说这瓦楞草的品类,瓦松、凤凰草,是其中的大流。但我觉得这是有南北之分的。

凤凰草是蕨类,南地阴湿环境中生长较多,天井、墙角、瓦楞都有。也有地方叫它井边草。总之便是向着阴、向着湿而生发的。

到了北地民居,瓦楞之上便多见瓦松。

瓦松,也有叫屋上无根草、瓦宝塔、瓦莲花等等的。若是深究开去,应当很是有趣。

老屋有瓦松,但是少,瘦瘦弱弱的几小簇。

都说密密麻麻的瓦松待到开花时粉红一片,这景象我是没见到过的。

老屋的瓦楞草,真就是杂草多。

本就是天然偶得,又不是有心求之,自然不能要求老屋的瓦楞草多么有讲究。

便就是随随意意地生，随随意意地长，随随意意地一岁枯荣。

这么随意了几十上百年了，而今是遇到情况了。

老屋一拆，再是这无根之草，没了屋顶，何以依附？

但还是那个情况，人都无暇自顾，哪有什么心力顾及这屋上无根草。

愿它们再能借着风势、随着禽鸟觅得一个生长之处吧，或者干脆选个好地方，长出郁然之势来，省得再在这瓦上苦熬着清瘦。

不过，那时，它们也就不再是瓦楞草了。

2020 年 6 月 19 日

田绳

田绳的书面语,应该叫阡陌吧。

"阡陌交通,鸡犬相闻。"说的就是这田园的生活。

书面语不是口语,口语就叫田绳。

你若是叫乡野村夫说阡陌,估计舌头要打结的。

口语表达,但求平实、顺口。

田绳二字,就能表达这不太规则的水田与水田之间的用以间隔区分的土路了。

乡野人说"田绳尽头是北京"。

意思是,天下大同,也是水田连水田的,如若这般,那田绳便真可通北京。但乡人哪晓得,出了这片水土,没了这水乡泽国,也就没了水田,田绳也就无从说起了。

到了黄淮之地,旱地崛起,水田式微。

一马平川的地方,不靠这田绳区分彼此。

所以初到北地,总是替别人操心:这无边无际的玉米地,如何分野,如何权属?至今无有答案。

精耕细作的小农社会的水田,是需要田绳的。

田绳,一方面是利于交通。泽国水田,若是没这么个硬实的所在,怕是无法成行。试想,挑着稻秧到这田绳之上,才能抛撒开去,天女散花。

另一方面是用来确权,一条土坝,分出个你的、我的,肥水不外流。虽然只是这矮矮的一痕硬土,但似乎能隔绝水肥,各安其事了。

分出彼此，也就各有差异了，田绳一边的农人，田间作物超然出众不说，自家这一侧的田绳脚，自然是清清爽爽，不见杂草的。若是另一侧的田绳脚，毛毛糙糙的，不修边幅，那估计也不用抬头细看，田中作物，大概率稂稂莠莠。

地少人多，这一脚站立的地方，不少时候，都是乡野间冲突的焦点。

或是一方多占了，另一方吃亏了，或是本该两方维护的东西，一方做得有条有理，另一方只是敷衍了事，自然是会生出事端。

经常为这一脚之地争来争去，被指责为心思狭隘，也就并不为过了。

不过，话又说回来，本就没有大进大出的利益的地方，不争这边边角角，还争个什么呢？

也有相处得好的，两家商量好，这应许之地不能浪费，是不是塞点毛豆、豌豆什么的种种，地尽其用。商量好，你用这半段，我用那半截，大家也知道，这样子的利用，总是毁伤田绳的，各自修补各自的所用，也便相安无事了。

这样的相安无事，其实两边获益。

到了开花收获的季节，半截子深绿叶子，半截子粉白花朵，各有其位、各有其味。

细想，大多数的矛盾，就来自一时的心中不平，全然不顾经济与否、划算与否。田绳上，也是个小社会。

不过，这也是乡人的粗朴之处。难说善恶，更多是能否自我控制和自我管理。

有这田绳在，倒是为一些趣事提供了舞台。

要是田绳上发现了暗藏的漏水缺口，大概率是黄鳝捣的鬼。除之而后快，或是下钩子钓起来，或是下铲子挖出来。当然，这不会是最终的惩罚，这样的野味黄鳝，最终湮灭在唇齿之间。

要是东少一块、西缺一口，应该是螃蟹洞或者龙虾洞。也要除掉它们，否则这一脚之地，将毁于虾蟹之洞！

不过，这两年随着水田被聚拢起来，大面积机耕，田绳就成了无用之物了，慢慢地被毁，融进了这水田里。它们本是为区别所生，到了浑然一体的时候，便失去了存在的意义。

所以，还是为这一脚之地，多吵吵、多闹闹吧，以后估计也少有这样的机会了。各自散去，各在一方，互不相犯，也就无话可说了。

到这个时候，阡陌不通，鸡犬不闻。

2022 年 9 月 15 日

怪力乱神

在乡里，这两日，照例是要画端午符了。

那是个怪力乱神的世界，万物有灵、多神崇拜，儒道释三教混杂，构成了乡里的信仰体系。

所以，当看到加西亚·马尔克斯《百年孤独》里，挥之不去的命运轮回、诅咒报应之时，当看到迟子建《额尔古纳河左岸》里，信仰、巫术与宿命的时候，觉得，世间本就如此，充满着难以逃离的神怪、魔力。

曾想到过一些答案：若是一人置身旷野，风声呼啸、草长莺飞、唏唏嗦嗦，自然觉得无依无靠，需要一些庇佑；或是在黑夜之际，四顾茫茫，只有安静的黑，自然也会心中无着，期待冥冥之中的看护。当然，若是命运的变迁，让人觉得身如飘萍，或是无尽苦难，那更是期待虔诚之心，可以带来救赎。

话扯远了。

临近端午，照例是要画端午符的。但是，这似乎是一件神圣的事情，在乡间，甚至成为一种身份的构建和"特权"。

照例，端午符，是要"道士"送上门的：黄草纸上，龙飞凤舞，狂草一通，也不知道写了个什么。

但是，符咒的外形，却颇有威慑感觉：不知道是为了什么，其中的狂草，最终会有一笔或者两笔，贯穿其中，然后，在笔画尖头，逗点几下，感觉这个字，就是挑枪披甲的战将，凛然会有无上庇护之力。

符咒之中字里的奥妙，倒在其次，中央一方印章，更是让人觉得，这符咒，通行人世与神鬼之界。似乎大印一盖，就是契约一张：神人见此，自当提供庇佑；鬼怪见此，最好绕道而行；凡人有此，则可高枕无忧。

再说这"道士"。也不在什么道观修行，就是普通的农人，但听闻祖上哪代拾得印章一枚，即端午符加盖之印章，从此，便是道家门人，代代相传。连同枝开叶散的那几户人家聚居的自然村，也叫成"道士门"了，顿生神圣之感。儿时顽皮，但到了那几户人家跟前，都要安分起来，就怕触怒些什么。

"道士"画这符咒，再送到每家每户，也收些钱，但就一块钱。

但这两年，一来是新农村改造，"道士门"举"门"搬迁；二来是乡俗变迁，信仰失去根据。这一块钱的安稳，已经无以为继了。

但，"道士"还有其生存之道。譬如，丧事之上，一班"道士"，道袍加身，搬出蒲团，手持拂尘，再挂出阿鼻地狱之画像，画纸焦黄，更添威权。

然后多是念咒超度。香烟袅升之中，几多魂灵，就此奔赴彼岸世界。

信仰的力量，在于其模棱两可，更在于其规仪的不容置疑。

比如，送亡灵早登极乐，竟有"破瓦"的仪式。但如若是对此有研究的，就会发现，这纯属串线了，一来"劈瓦"，应是佛教规仪，二来，此处的"破瓦"，真真就是实实地在家庭的四向之门，劈而破之。

但因其与死亡、魂灵等联系在一起，若是参与其中，只觉神秘无比，不觉荒诞无稽。

乡间的怪力乱神，还有很多很多。

忽然间的失去方向，可能是被什么力量给"拿住"了或是失了魂了，需要驱魔或是叫魂；毫无征兆的疾病缠身，可能是来了"不速之客"，需要"送客"；再如居家不宁，或是坟茔风水问题，或是相克之物"冲"了上来；若是祭祀出现异象，那更是彼岸世界发出的直白信号……

　　但是，乡野的迷而信之，少有曲里拐弯的，更少有和人心、人性纠葛不清的，也断然是没有无缘无故的恶意纠缠的，即便是不小心冲撞，或是无故的滋扰，最终，有破解之道，能相安无事。也少见，那种借着怪力乱神，妄图要压胜别人的。

　　乡人的思维，在此处很简单：怪力乱神，不可驾驭，若是想利用它，那更是瞒不住的，而且自会折损福报，无论是有心于此者还是助纣为虐者。

2022 年 5 月 29 日

收稻

小半个月前，父亲就告诉我，家里的稻田"收好了"。

他说的"收好了"，意思就是收割完成了。

因为家里只剩三分多的水田，所以今年也没用收割机收割。

人工收割，要晾上竹架子。这竹架子老家的土话发音作"桥纤"，不知道这样写成书面语言是否准确。

三支细竹竿，大概一人高，在一头用草绳绑住，撑开就是一个"三脚架"。

两只"三脚架"，抬着一根粗一点的竹竿，长度有三五米，当然可长可短，那就是一副"桥纤"。

人工收割水稻，就得弯着腰，一手去抓一把稻秆子，一手握一把镰刀去割。

镰刀探向前，勾住另一只手抓住的那把稻秆子的根部，"哗"一声拉过来，稻秆子就齐齐地割断了。

割稻子，双手都要快，要配合得好，一把抓住，一把割下。

所以老家把割稻叫"捉稻"，我觉得是非常形象的。

割好一把，码在身后，然后，后面会有人，拿着水稻秸秆捋成的草绳，在根部紧紧一扎。这叫"一个稻"。

一般啊，这边"捉稻"，那边就会将"桥纤"搭好。

"桥纤"的搭建，有讲究。多西南东北走向的架子，这样晾晒上去的稻谷，才会是一面朝着东南，一面向着西北。

毕竟催干这些新割的稻谷，一面需要借助冬日的太阳，一面需要借助干冷的西北风。

另外，因为湿水稻沉，"桥纤"要选较硬的土面扎进去，深度要够，否则大风一来，甚至大风未来，架子就倒了。这样的庄稼人，是要被大家笑话的。

一个个稻收割完成、绑扎完成，就要上架子了。

一个稻，差不多一半对一半地掰开，形成一个叉脚，跨在竹竿子上，正好。

密密麻麻的跨在竹竿子上的稻，整整齐齐，码在一起，一个"桥纤"就完整了。

然后一个个"桥纤"排成行，成了阵。

在冬日的稻田里，望过去，一块田连一块田的"桥纤"，就像个大迷宫，如果从航拍视角来看这样的场面，应该是十分壮观的。

"捉稻"结束，晾晒上"桥纤"，父亲说的"收稻"就完成了。

然后就等着冬天的不太有力的太阳和势头凶猛的西北风，燥干这一个个稻束了。

当然，冬日的浙北，雨水也不少。不过不要怕稻谷干不了，因为"桥纤"上的稻一个个都是倒挂的，雨水一下，马上顺着稻秆、稻叶就滴下来了。又因为架空，不会被地里的水汽回潮，所以上了"桥纤"，就基本可以高枕无忧地等着稻子干了。

在"桥纤"上晾着的稻束，稻叶、稻谷、稻秆，都会慢慢失去水分。

这时候，稻田里还有一个活，是留给小孩子的——拾稻穗。

给你一个小竹篮，要是有个兄弟或者姐妹，那就可以搭伴，去自家田里拾稻穗。

这个活，说是干活，其实也是玩，一边拾稻穗，一边在已经干得较硬的稻田里，找各种还在活动着的小动物，比如小田鸡。

另外啊，去拾稻穗，刚进稻田，很容易就惊起"桥纤"上正在偷吃的麻雀,甚至是田鼠。麻雀一看人来,就飞散了,田鼠被一惊,跐溜一下顺着竹竿就跑下来了,然后往田角或者是田埂上的窝巢奔过去,胆子大的,还要在中途停下来,看看你,有点挑衅,有点调皮。

一般,对于麻雀和田鼠等的偷吃,庄稼人也不太去管。

五谷丰登肥了雀鼠,想着还有点幸福和满足感。

小孩子拾稻穗,最后会三五成群,甚至是十几个人汇成大队伍的。

拾着拾着,也不知道是在谁家田里拾了,也不知道给谁拾了。

管他呢,回去挨骂就不做声,挨打那就跑。

农人会算着日子,来看看晒干的情况。

父亲的说法是稻子干了,抖一抖都有灰尘冒起来,就可以趁着好天气"打稻"了。

"打稻",就是让稻谷从稻穗上脱下来。

以前是摔稻,"啪"的一声,稻穗被摔在经年累月磨得墨亮的木板上,稻谷迸飞开去,但马上被事先准备好的挡板或者挡布拦住了,乖乖落地躺下,渐渐成堆。

现在用打稻机,一个稻伸过去,哗哗哗,扭着翻三两下,掉出来的就剩秸秆了。稻谷已经稳稳当当脱下来了。

打完稻,还要将混在里面的碎稻草、小土粒等分拣干净,这时候就是风鼓机或者大风扇上场的时候了。

这道工序完成,就是晒稻谷、入粮仓,以及晒秸秆、摞柴堆了。

不过,今年因为冬天雨水多,又因为村里有老人走了,收稻后的这些个事情,父亲说,都要往后推推了。

2018 年 12 月 8 日

燕子，到底在说什么？

春天一到，燕子，就该来了。

但是，上海的春天里，燕子不多见，或许林立的高楼少有能栖身的地方，或许嘈杂的环境，跟它们轻盈优雅的身段不协调。

阳春三四月，本应该是看燕子的季节。

站在田头，望着初开的油菜花田，满目金黄，"喳"一声，掠过一个小黑影，那是燕子来了。

掠过水塘，掠过水田，掠过花海，掠过草地，倏忽之间，似箭一般，身姿轻盈。

下次，你再看到它的时候，它已经站在电线上了，可能起先，就那么一两只，后来是越聚越多，有人说是五线谱般，可不是嘛，这些音符自己还在那边叽叽喳喳。

你若是走近了看，大概能看到略有肚腩的白肚子，由着两只灰色的爪子撑着。燕子肚子上的羽毛，你要是仔细看，是能发现白里透着点金黄的。燕子身躯不大，两只爪子则是灰色带黑，有点冷峻的，爪子表面褶皱，最顶端是细长但锋利的尖爪。

你再往上看去，能看到燕子头底部的羽毛和皮肤，有的是黑色的羽毛，有的却是褐红色的羽毛和皮肤。大概是不一样的品种。

然后，你大概能遇到燕子的目光，它看着你，带着惊奇的小眼睛。再看去，就能看到它的喙。幼年的燕子的喙，是嫩黄色的，成年后由黄转褐，继而转黑。

燕子背上的羽毛，你仰视是看不到的，那是油亮油亮的黑羽毛,有些会有点灰白,但黑色是主色调。那黑色是真纯粹,特别是下着细雨的天,燕子背上的羽毛沾了雨水,更显油润。

你要是看得久一些,准能看到它们展翅,拨弄自己的羽毛,或是突然张开翅膀,飞窜出去。燕子翅膀下的羽毛,是褐和白的组合,但褐色不油润,白色不纯粹。

阳春三四月,还应该是听燕子的季节。

绵长的春雨,下得没完没了,屋外泥泞,不愿外出,躺在床上,百无聊赖。

这时候,窗外晾衣服的竹竿上,来了几只燕子。

一来,就嬉戏起来,聊起天来。说什么呢?叽叽喳喳,似乎没有什么章法。

但是,你要是听仔细了,能听到明显有断句的周而复始的"一句话",这句话神奇地对应着吴地方言中的那句"不吃你粥,不吃你饭,跟你借个屋子来住"。刚开始的两个小半句,说得很快,后面的半句,开始重点强调,所以语速有点降低,最后,那一个"住"字拖得很长。

你若多听几遍,还能觉察出其中细微的差别来。那个说着说着,似乎心不在焉的,大约是只初长成的燕子,心思到底是野开去了;那个说得有点急切的,大概是迁徙来回的次数不多的燕子,心里约摸着是着急着落定下来;那句比较敷衍的话,大概是老燕子说的,一边说,一边可能心想,急什么急,慢慢来,一切都会有的。

这不,春雨时节的那句话,大约真的是一次"口头通知",到了初夏时分,这些家伙真的来借屋子住了!

房前屋檐下,是它们喜欢待的地方,进出方便、来去自由,又有屋子的庇护,还不至于跟人走得太近;当然,也有愿意"登堂入室"的,老屋厅堂里的墙角,成了燕子筑巢的地方。刚开始是来来往往、忙忙碌碌,携来湿泥,垒砌自己的巢来。所以啊,如果是厅堂里筑了燕子窝,可得记着留着窗户或者留着门缝,方便她们进出。

你也好奇,它们是从哪里找来这么细腻且润湿的泥土的。池塘边?水田里?不知道,一般它们都不会让人看到呢。

新筑的窝巢,随着气温回升,筑巢的泥土渐渐干硬,结结实实的一个"屋子"。然后啊,说不定哪天就探出几个小脑袋来,那是小雏燕被孵出来了。

它们是真小,要使劲才能将脑袋探出窝巢的边缘来。但又是那么好奇,你吃饭,它们看着你;你玩耍,它们看着你;你要是看着它们,它们也看着你,你盯得它们久了,它们或许就收了脖子,退了回去,可要不了一会会儿,它们的小脑袋又探出来了!

这个时候,老燕子就比较辛苦,进进出出,抓虫子、找食物,回来喂小燕子。一听到老燕子回来,那几个小脑袋,扯开了嗓子喊起来了。喳喳喳,喳喳喳……烦不烦?是烦的,但是,你也奈何不了它们啊。

然后,再过了一段时间,这帮借屋子住的家伙,真的就走了。小燕子也会飞了,老燕子也完成了自己这一季的任务,留下了空空的窝巢。这些家伙就这么"有借有还"地走了。

那窝巢,你也别费心思去拆了,明年说不定又回来借屋子了。想来就来,想走就走?哼!它们可不就是这样嘛!

2019 年 3 月 24 日

苏湖多糕团

"啪"!

冬日村落的宁寂被打破,清脆的声音,从老宅的堂屋迸出。

"啪"!

粉末飞溅,在冬日的阳光里,悠悠地在三四步外静缓落下。

听这声,就知道谁家趁着冬日的农闲,正在预备年节的印花糕了。

苏湖、宁绍之地,有着浓浓的糕团情结。

可不是嘛,绿豆糕、赤豆糕、黑米糕、定胜糕、青团……

糕团多到跟地名都粘连在一起了:宁波年糕、崇明切糕、上海梅花糕、无锡海棠糕、杭州印花糕、湖州松糕……

不过,哪里也不能独占了这糕团,譬如年糕,想来苏南浙北众多市镇,都觉着自己的才是正宗的吧。

说到糕团,有流派之分:

有米粉派和面粉派之分。苏湖、宁绍自古就是粮仓,而且由于气候的天赐,制糕团的原料可米可面。米是粳米、糯米,磨成米粉;面也是在地的小麦磨就。

有素白流和丰繁流之别。素白的就像是年糕,粳米粉兑糯米粉,别无他物;丰繁的,那就多了去了,海棠糕算是食材丰富了,还有顶着红绿丝、夹着核桃红枣果仁的崇明糕呢。

杭嘉湖之地,出名且比较有特色的就是印花糕和松糕了。

物阜民丰,就地取材。每年待新米收获,制作糕团的序曲便开始了:淘米、磨粉……

也是,新米收在农历的十一月里,转眼就进了腊月,而后便要到年节了。年节时候,各样规仪较多,"糕"与"高"同音,"团"又是"团团圆圆"之意,祭祖、拜寿、上梁、谢工等等,都用得着糕团。

新收的粳米和糯米磨成粉,添了水,和粉,吴语不说"和",说"XIU",具体哪个字就不晓得了,可能"绣"字比较贴切,显出工序的精细来。

这种种工序跟做其他糕团大同小异。而一旦和好粉,印花糕和松糕,与其他糕团的分野就开始了。

印花糕,奇妙之处在于雕花印糕板。

印糕板大有看头,就糕的形状来讲,方圆就是常见的了,梅花形、寿桃形的也常有,还有雕了鱼形的、刻了如意状的,各种各样、应有尽有。至于里头的图样,那就更多了,妻贤子孝、黄山不老松、一日看尽长安花……都有啊!

制作印花糕,便是将和好的粉团,密实地顶压进印糕板,粉团不要太大,太大了底座太厚实,不好看;不要太小,太小了充盈不满,谁也不想见寿桃缺个尖儿,如意缺个块儿。

压实之后,怎么取出来,这便是那一声"啪"的由来了。找准桌角或是凳边,用力敲击,另一个手接好扑出来的印花糕,再用剪好的粽叶一衬,积攒一屉,就可以上锅蒸了。

其中,接糕的动作,大有看头。熟练讲究的老师傅,顺着那一声"啪",手就快速伸过去了,接到糕,手臂带着弧度往后下方撤,轻轻一掂,糕顺势就滑到粽叶上了。一气呵成,自带节奏。

话说,印花糕的变化不仅仅在印版,馅儿可以是豆沙、枣泥等等,也可以创新花样;连粉团也可以变化,揉进青南瓜叶的青绿色,揉进老南瓜肉的金黄色,都是很好的。吃起来也是各有风味,难分伯仲。

印花糕，那是靠着粉团和印版的配合，讲求糕形好看、花样多变。湖州等地，还有另一种集中在花纹上下功夫的糕团——松糕。

原料选取同是粳米粉和糯米粉，但粉团揉得偏松软，糕体在蒸透后也很松软。

揉粉、筛粉、上模、制糕、蒸糕，一块松糕，工序繁杂。

松糕保留了稻米的原味，一般无馅无糖。

松糕的看点是在雕版套红的图案之上，福禄寿喜、寿比南山、状元及第、鱼跃龙门、四季花卉等等，有图案有文字。

松糕印图印字，也要模子，但不同于印花糕顶压进模子印制，松糕的花样顶在糕面上。正方形的雪白松糕上，需要印上红粉图样，先用植物染料浸染的细粉填满浅刻的糕模，然后再去糕体上印字印花。

这样的松糕，本身的美味就值得大书特书：松软、香甜等等，更不用说那些图案了。

吃的时候，就像是在看一页页的小人书，看字看图，先吃哪个字，先咬哪棵松树，倒是吃出了乐趣来，一会会儿的工夫，一块糕就落肚了。

2020 年 1 月 4 日

米酒江南冬

这时节，你若遇得巧，是能在江南冬日的农家里喝上一碗新酿的米酒的。

虽然，世事变化越来越快，几乎容不下这耗时费力的匠艺，但总有角落没有被裹挟进来，留着一份从容。

江南冬日，其冷不似北地，银装素裹、天寒地冻。江南冬看似无雪少霜，实则阴冷逼人，凉冷透了骨了。

这时候，你进了农家堂屋，接来一碗温过了的米酒，有酒香无酒劲，又有温水催发出的热融气息，入口温润甘甜，足以欣然道一声"人间难得"。

你若是攀谈起来这米酒的酿造，那便打开了这农闲时候农人的话匣子，天南海北、古今中外，尽在喉舌之间。

你也不慌不忙，既然进屋坐下，不如也闲一回。虽然世事多已经没有了四季节气之分，无刻无时不纠缠着你，但入闲境生闲心，就这样闲聊吧。口干舌燥了，就再添一碗酒，此地又无续杯是否免费的担忧。

你且听来。

这新酿的米酒，须得是用新收的糯米。

农事以实用为主，所以江南农家，所产稻米，粳米占去大头，这也就是平日里的饭食。但是米酒、糕团等等，又少不得糯米，所以种上一亩半亩的糯稻，也是需要的。

农历进了腊月，新收不逾月的糯米，还带着离土不久的润气。

冬水凉冷,慢慢泡发糯米,浸泡出浓浓的米水,又不会如春水般生发一通,坏了糯米,更不会像夏水那样烫热,泡坏了这农货。

泡发之后淘净,上了蒸笼蒸透。须得是大蒸笼,架上了大铁锅,火力须得均稳,才能让一蒸笼的糯米同时熟透,否则生熟不一,坏了大事。

糯米饭,比之粳米饭,更为晶莹,更加黏连,饭香馥郁。你要肚饿或是嘴馋,这时候便可以舀上一碗糯米饭,挖一勺猪油埋在饭芯,热腾腾的米饭一下子就让猪油化浸开去,再捞一筷子咸菜、加一片儿咸肉……好吃到全然忘了这是要留着酿酒的。但也不能多吃,一来吃多了就不够酿酒了,二来糯米敦实,不好消化。

蒸透的糯米,铺开以待凉却,除了自然的降温外,人力也很重要,多是选井水淋饭,让饭粒快速冷却,不至于结团。糯米的温度有讲究:过热,酒就会色红偏酸;过冷,则是酒水催发不出,产量大大下降。

接下来,便要将碾碎的酒曲细细拌入糯米饭。酒曲之于酒,便有点而化之的神奇功用。不得不佩服其中智慧。

拌酒曲的过程,就是糯米饭入缸的过程,一边搅拌,一边铺陈,层层累累,不要太满,半缸大半缸最好,中间挖出一个酒井。然后封缸酿造。

酒缸盖子是用稻草密实扎就的,有分量,密闭之中又带着透气,最好不过;因为冬日天冷,酒缸四周还要绑上一圈稻草,合适的温度,助力米酒的酝酿。

须得三四天才能开缸。这三四天中,你要是凑着耳朵去听,酒缸里咕噜咕噜的,那是在幻化神奇,酿造琼浆嘞!

耐住性子,等够时候,开缸喽!掀起盖子,酒香扑鼻,只见糯米饭已经酿成一团一团,失去了之前的晶莹,成了模糊一片,成就了一缸美酒。

说是一缸,实则言过其实,酿酒是个过程,酒水是要慢慢析出的。刚开始只是酒井里的浅浅一坛,尝酒酿的好坏,只是用酒提子打了一点上来。

新酒偏生,颜色浑白。所谓偏生,就是醇厚不够,带着生气,但用不了多久,甜味上来,而后是酒的辣气,越酿越醇。

这时候,多是忍不住了,舀上一小浅碗,尝个鲜儿。来人串门,叹羡一句:你家酒真香!那就舀一点尝尝,但真是给不出多少,不是不肯,是真没有。

新酿的酒真正要派上用场,得再需十天半个月。

这时节,就到了腊月下旬了。

年前是祭祀拜神,仓廪丰实、五谷丰登,也得让先人和神仙尝尝这一年的收获。一小盅米酒,就是祭拜的必需。

年后是走亲访友,自然是觥筹交错,自家酿的好酒,招待大家,有心有情。温一壶米酒,满桌子佳肴,正月里的寒意全无。

这个时候的米酒,越发澄澈,带着淡绿色。因为米酒本就含酒精极低,就算是孩童讨一口尝尝,也是无妨的。一桌人,有了酒便更其乐融融。

过完正月,天气转暖,米酒有喝有剩,因为酿造全凭自然之力,酒精含量又低,保存起来倒有难度。这时候,便可以上锅蒸馏了,米酒一经蒸馏,酒精度提升,叫法也变了:烧酒。

米酒的酿造,还能带来很多别样的美食。

譬如酒酿,酒酿圆子、鸡蛋酒酿,就都可以做起来了。

再譬如酒糟鱼,便是将鱼块糟卤后的美食,有酒香无酒味。

浙北农村还做"糟滚鱼"。做法也很简单,小杂鱼里放了酒糟,施淡酱油红烧,酒香鱼鲜,味美无比。

2020 年 1 月 16 日

夜幕降临

在飞奔的高铁上，细细看了黄淮平原夜幕的降临。

为什么单单对黄淮平原的夜幕降临充满兴趣呢？

因为那是一马平川的平原，起伏不大，地广人稀，夜幕的降临，真就如一整块幕布般被缓缓拉下。

不像再往南的江淮或者江南地区，丘陵密布，村庄稠密，夜来得不够齐整，来得琐碎凌乱，很难想象成一块幕布的降临。

冬日下午四点多的太阳，已经斜斜地挂在远处的山顶或是树枝上了。

夜开始降临了。

黄淮平原上，防风林中的暮气，已经开始薄薄地升起。

不像初春或是初秋时分的暮气那般浓烈，冷峻冬日里的暮气，是很稀薄的，有时薄到几乎看不到，稀到如游丝一般。因为正午的太阳已经不能蒸腾起足够的水汽，到了晚间，暮气也就是薄薄一层，似轻纱似蝉翼。

斜阳在暮时，总是红得那么浓、那么重。染红了车窗外一闪而过的河道，染红了在农家屋顶的那一层层的残雪。

夜幕时分，大地上的万物，对残阳的加工与表现，是很不一样的。

平原上，间或闪现的河道，那是残阳和天空颜色的集大成者，如镜的河面上，映出了很是白亮的天，映出了残阳重浓的橘红色。

残雪，偏爱残阳的红，白色的画布上映出浓红，残阳可染残雪，恰到好处。

一望无际、几乎没有起伏的平原上，还有着那麦田的绿。

冬小麦在冬天里独自撑起的绿，多么可贵。它也爱太阳的残红，不过画布是时令和天光共同造就的灰绿，这样的底色衬着残红，不会是明快的，只会是对即将到来的夜的预告。

树，虽少，还是有的，还很整齐。一排排的防风林，冬日里只剩下干枝了，天光偏暗，已经分不清是什么树，只知道是暮色中，色彩最重的部分。高矮参差，颜色是一样的重黑。

慢慢地，远处的地平线已经看不到残阳了，天光还有几分，夜色逐渐放浪，夜幕正在加速拉下。

这个时候，树已经是一团团黑色了。大树林子是大地上的一个大墨点，小树林子的墨点要小很多。那些落单的树，虽有自己的重黑，但是在夜色中，已经不能独立表现了，而是被融进了夜色的背景里。

那一片片灰绿的麦田呢，因为它的绿色杂着灰色，灰色向着黑色，到底是融进了暮色，大地就是一片黑了。

残雪还是亮着，但是这点残存的亮白，微弱了很多，毕竟残雪的白也好，白里染红也罢，都是别人给予的，它们一离场，残雪就只能微弱下去。

平原上的河流是大地上最亮的部分，要是你观察的角度比较巧合，一瞬间你都觉得这河面在夜色中，亮得晃眼。

另外，这时候，乡间农家的灯火，跳出来挑破这正在到来的夜幕。但是毕竟不像城市的万家灯火，这些灯火，只是远远地、弱弱地照出它很有限的亮光，就如漆黑夜里的那一豆油灯。

间或，乡间的小路上，开来一辆车。车灯是有穿透力的，刺穿了夜的黑，但也是易逝的，一下子这光亮或是转变了方向远去了，或是拐进了哪个村子，然后消失了。

夜终究是来了,完完整整地来了。除了上面说的农家灯火和车子车灯的"捣乱"外,整个世界都黑下来了,连河面也不能撑起自己的一片天地了。没有人烟、没有道路处,更是墨黑一般。

天地已经分不出,山川已经辨不明。

黄淮平原上的夜幕,已经完全落下。

夜的世界,完完整整地到来了。

2018 年 12 月 13 日

站在原上

要是不去西北,大概很少能见到"原"这种地貌。

原,四周陡立,而中间是平坦的高地。本应写作"塬",但是因为《白鹿原》等的走红,"原",倒成了人们常用的字了。

这是一种黄土高原地区因雨水冲刷形成的高地,呈台状,四边陡,顶上平。

这样的地貌,在南方的丘陵,或是西南的重山,或是华北的山地,都不会出现。

一般而言,丘陵、山地等,四沿会有山坡连绵开去,即便会有那么一面的悬崖峭壁,也就是一面而已,而且不大会有中部山顶的平坦高地。

而原,则是这样的存在:你在原上,四望开去,觉得地势平坦,一望无际,应该是在一块大平地上;而你到了原的边沿,突然地势陡变,深沟深壑!

雨水在黄土上的切割作用是这么明显,有些地方的沟壑深深切入原内,一条深深的沟,看上去沟两边的人都差不多能手拉到手,而你要去沟底走一圈到对面,大概能走上大半天!

而且,很奇特,黄土原上,土质燥干,植被稀疏,而沟壑中,则是土质润湿肥沃,乔木林立!你要是在春夏时间从空中俯视,能看到这黄土原中,有一条又一条的翠绿的"条纹",那就是深深切入黄土原的沟壑。

在陕西的黄土原上,待过一个下午。

那是五六月的一个下午，天朗气清，从原下上来，就是那么一公里长短不到的路，兀地拔高起一座原来！

你都没缓过神儿来，就上了原了。

原的相对高度，都不会太高，但因为四沿陡峭，一瞬间的高度抬升，还是会让你大吃一惊。

而上了原上，你又会感叹，原上是这样的平坦，地势只有微微起伏，缓缓地舒展开去。

正当你的眼光想继续朝着地平线的方向延展的时候，平坦无比的大地，突然间不见了，塌陷了下去，露出了原下谷地中，高耸的信号塔及远处山谷中的高层建筑等等。

你这时候，才会惊醒过来，原来你刚刚是跨越了这样的高度，才到了原上！

自然的天工之力，可见一斑。

没敢往原的边沿去，总觉得那里是大地的断折处，岌岌可危、摇摇欲坠。

原上的视野，是如此开阔，抬头看远方，似乎苍穹如盖，你都能看到天与地结合部位的优美弧度；原上的天，是如此澄澈，没有了平地里的浮沉，太阳也似乎近了许多；原上是如此安静，听不见原下的人声，只有呼呼的风，拂着草过去了……

原上，是断然不会有水系的，可能地下水也很深，所以，一般不会有高大的乔木，多是些矮灌木和杂草。人迹的到来，则是为原上，画出了一块块地，但是西北农事时令，是如此整齐划一，要么是一整片的玉米，要么是一整块的麦子。就好像，给黄土原盖盖头，喜欢纯纯的翠绿或者金黄。

你若是看过《白鹿原》，可能会想，这样的宗族变迁和世事幻化，是怎样在这样的原上上演的？

白家的麦地在哪里？鹿家的那一块浅浅一挖就能出水的好地

在哪里?"白鹿"又是怎么走过这密密麻麻的麦田的,它有踩到谁家的麦子吗?

田小娥在这原上看过星星吗? 毕竟这儿的天是那么澄澈,晚上少不了繁星。

朱先生的一句"心里孤清得很",是因为这原独立于世,而原下的世界风云变幻,却无法参与其中?

白鹿原上的牌楼,是怎样兀自站立在这远离尘嚣的原上的? 白、鹿两族的祠堂呢,用的可是这原上的土夯成的砖?

一切只能存在于想象。

不过,真真切切的,白嘉轩大老碗里的油泼面,是这原给的。

2019 年 4 月 27 日

还在，就好！

三年了。

老镇河边的桐花，又开了。

还是早春，桐花并不密集，不消一个月，它们就是争春的一把好手了。

泡桐树开花，很神奇，不怎么长叶子，就这么生生地顶出花骨朵来，攒集在一起，一串一串地开。

花色有红有紫，紫色居多，远望而来，碧空之下，气色氤氲。

树，是年复一年，开花散叶。

人事，到底是在这岁月中，变得不一样了。而且，已然三年逝去，大概很多过去的事、过去的人，已经不再被人念想。他们在这世间的记忆，原本是星点散落，现在这星星点点，已经没有火光，黯淡下去，近乎死灰了。

石桥塊头的那家老茶馆，不知道是在这三年中的哪一年，前一夜门板拼合之后，第二天的日头，没能再照进屋内。

大概是人去了，店关了。

本来就是一个老头支撑的生意，三五个煤炉，炖着开水。炉子边，放桌上，一边是密密麻麻的热水壶，一边是密密麻麻的白瓷茶壶。

茶叶算不得好，来客也多是觉得谈天说地时，手里空着总不是事儿，遇到接不上的话，或是不想答的话，咕咚咕咚几口茶，话头自然是接上了，或是就岔开往别处去说了。

茶馆也没啥好的吃食,要想吃个面,吃个馄饨,勉强能做。

湿面,大锅多次煮开,一个笊篱,一双筷子,起面之前,先用面汤冲开碗底的油盐酱醋,最好是捞一点猪油,放一点香葱,开水注下,油花泛起,葱花从青绿变成熟绿。

阳春面多数还是不过瘾的,加点浇头吧,茭白肉丝、青椒肉丝、咸菜肉丝。要想再好的,响油鳝丝、红烧羊肠、干烧河虾,那不好意思了,您请多走几步,换个正儿八经的面馆去吃吧。

当下,不管这粗茶还是淡饭,都已经不重要了。

茶馆面前,已经没有再晒出煤球来了,顶在两根竹竿上的小竹匾也不见了,那里面本应该晾晒着面条的。

或许,这一切,迟早是要作古。

顺着小镇的街巷走吧,镇南的酒厂,借着风,飘过来酒糟的香味。

糯米黄酒,经过浸米、蒸饭、晾饭、落缸发酵、开耙等等工序,在这水乡一隅,延续着。一到特定时间,开耙等等工序,几乎让整个小镇,都微微熏了。

今年的黄酒,应该还是不错的吧。

一地物产,自然造福一地。小镇酒厂,名气不大,但也供着一方。

靠河吃河,鱼虾不少,细小河虾,入油煎炒稍许,就该下黄酒了,"嗤啦"一声,凉酒入烫油,逼走腥味,提出鲜味。

这酒,就这酒厂供着。

小镇的人还喜欢吃羊肉。

羊肉分大小。

大羊肉,就得架起大铁锅烧,浓油赤酱,红烧。去腥去膻,还得靠着这一方的佳酿。煮肉,黄酒就当水用。大厨嫌倒酒速度慢,一只手前两根手指卡着一瓶,后三根手指再捏着一瓶,两手并用,人在两个灶膛中间,左右开弓,一手管一口锅,一下子四瓶黄酒就下去了。

小羊肉,烹制时要"文雅"得多。

嫩嫩的羊羔,小锅爆炒即可,当然还是红烧,还是这黄酒去味、提味。

镇中的肉糕铺,还在。

细腻的粳糯混杂的米粉,用开水烫个半熟揉开,里面塞上一块肉,做成长方形状。

大锅蒸煮,鲜肉出油,被粉糕裹住,外壳糯软,内中油亮,连肉香味都被细密的粉壳密闭其中,一咬开,石破天惊,香味溢出,油脂淌开。

镇北的几家面馆,也还在。

河虾面、黑鱼面、爆鱼面、猪肝面、羊肉面……这是"单品"款。

爆鱼河虾面、黑鱼河虾面、鳝丝猪肝面、羊肉河虾面……自由搭配,就看你多会吃了。

小锅面,讲究的是一锅一烧。面与汤、面与浇头,一锅里翻腾,自然配合出众。

吃面,细细地挑,就辜负了。就该呼哧呼哧,很快落肚而去。

还有镇西南的绉纱馄饨,还在;镇东头的薄脆烧饼,还在。

小馄饨,皮薄肉少,落水就熟,捞到碗里,滴上辣油,一口一个,巴掌打来都舍不得放!

还能奢望什么呢?

还在就好! 还在就好!

2023 年 4 月 4 日

五色新丝缠角粽

端午，总免不了说说粽子，五色新丝缠角粽，就是端午时节常见的景象。

宋人欧阳修有词曰："五色新丝缠角粽。金盘送。生绡画扇盘双凤。"

同时代的苏轼则说："粽叶香飘十里，对酒携樽俎。"

连唐明皇李隆基都有诗写粽子："四时花竞巧，九子粽争新。"

端午包粽子、吃粽子，古已有之。

包粽子，须得有好粽叶、好粽米、好馅料。

粽叶分南北，南方多用箬叶，北方多用苇叶。

箬叶，椭长；苇叶，尖长。

想来本就不是造作之物，也就是就地取材，不去挑剔。

在南方，箬竹墩，是一家人重要的"财产"。箬竹墩子，在无山的水乡，多长在房前屋后。

箬竹，也便是一人高低，竹竿细瘦，指天而长。便是这细瘦的竿子，生发箬叶的能力却是非凡，一株箬竹，生发出好几簇箬叶来，郁郁葱葱。

所以箬竹墩子，是鸡鸭避暑、休憩的好地方。端午时节夏日已到，去攀折箬叶的时候，保不准从箬竹墩子里惊出一群鸡来。有时候还有惊喜，说不定里面就有鸡窝鸭窝，就有鸡蛋鸭蛋！

箬叶长椭圆形，几乎没有叶肉，多是纤维筋脉，叶柄干脆，一折就断，易于攀折。

选品相好的箬叶采摘。什么是箬叶的品相？阔圆而不至于太短，成熟而不是熟透焦黄，还要没有破损、没有缺口。如此这般，便是箬叶的好品相了。

采摘了箬叶，清水洗净，便准备好了一道工序。

也有不用鲜箬叶的，箬叶生发之际，不忍让它就这么老去，便会采摘了，用烫水煮了沥干，便是干粽叶，留待包粽子的时候用，也能剪好了，用来垫青团等等。

箬叶之于粽子，一来是包裹之用，二来也是给粽子增添清新香味。

苇叶又是怎样？芦苇叶子，叶肉比箬叶丰厚，更为尖长，但是清新香味吃来是差不多的。

不过，想来，两种粽叶包粽子，手法会有不一样。箬叶多是两张包裹合拢，尖长的苇叶，应该是环绕包裹吧。吃的时候，也是一样，解苇叶粽子，一环一环而下；解箬叶粽子，拆包解裹，好似会快一点。

粽叶准备妥当，便要准备粽米、准备馅儿了。

粽米，选糯米，淘洗干净，备用。淘洗后的米粒，稍有泡发，颜色乳白，饱满可爱。

到选粽子馅儿这步，南北方便有不同了，弄不好要吵起来了。

赤豆粽、蜜枣粽、鲜肉粽、咸肉粽、板栗肉粽……

哪种好吃？

先不去参与这样的大比拼、大讨论了，你觉得好吃便是好吃的。简单点，分为咸、甜两派吧。

甜派里面，常见的是赤豆粽子和蜜枣粽子。

赤豆粽子是甜派中的清淡派。赤豆与粽米拌匀，包裹进粽叶，蒸熟之后红白相间，恰如白雪染红，自是一道风景。吃的时候，你要是口淡一点的，就直接吃吧，赤豆有甜香；你要是好甜，沾了白糖,素白点红的粽子,顶着白砂糖粒儿,不忍下口。

蜜枣粽子,便是白米入粽叶,中间挖出一个小窝窝,嵌入一枚蜜枣,再用白米盖好,包裹妥当。吃的时候,蜜枣被水蒸气蒸得扑开去,在粽子壁的白米上,映出淡酱色来。

宋人有诗:"莫问腕头缠百索,且将粽子吃沙糖。"清人则讲:"摘来半户青芦叶,香里晶莹玉一团。"讲的应是甜派粽子。

咸派粽子,无论是鲜肉粽,还是咸肉粽、板栗肉粽等等,有一样是相通的,粽米得用酱油泡过。鲜肉的泡得久一点,则咸一点,咸肉的泡得短一点,则淡一点,总之跟着馅料的咸度来决定。

鲜肉粽,选肉要有肥有瘦,肥肉可多一点,出油,才能润了这么些素淡的粽米,吃的时候,瘦肉贡献嚼劲,肥肉贡献油脂。咬到瘦肉,不妨下口小一点,多咀嚼;咬到肥肉,下口大一些,让油脂在口腔中爆发,连肉带米,滑着就进了喉咙。

鲜肉粽,吃的是肥腴;咸肉粽,吃的是咸香。

咸肉中的瘦肉经过腌制后,色泽更红,香味十足;其肥肉部分经过腌制曝晒,则是淡黄色,油润咸香,较之鲜肉的肥肉,更有韧劲,更为耐嚼。

另外的,咸肉蛋黄粽子、板栗鲜肉粽子、咸肉鲍鱼粽子等等,那就都是创式了,粽子不挑馅儿,就看你怎么创新了。

不仅仅咸、甜口味有分化,粽子的包法也有派式:三角粽子、长粽子是外形的分野,粽绳还分草绳和棉绳等等。

三角粽,就是一片或是两片粽叶窝包,形成个尖尖角儿,填塞粽米和馅料;长粽子则是粽叶折绕成圈,填充食材。

放心,外形的不同,不影响里面的味道的。

粽绳的不同,也是一样,草绳蒸煮的时候,有点清香,棉绳则胜在可以包裹得更紧实。

清代嘉兴诗人谢墉有诗《粽子》,里面用的是苎麻绳。

玉粒量来水次淘，裹将箬叶芋丝韬。

炊余胀满峻嶒角，剥出凝成细纤膏。

包粽子吃粽子，别忘了中间那一步煮粽子。乡间的做法是，大铁锅子，先放粽子后上水，水要够多，浸没粽子，大火长时间地蒸煮。煮粽子务必要一次煮熟，如果半途而废，你就会发现，后面再怎么煮都没办法煮熟粽子了。

煮熟后的粽子，不会一次吃完。家家户户会将一串串的粽子归置好，使其骑着竹竿，凉置待食。

刚上竹竿的时候，是热气腾腾、云雾缭绕；慢慢冷却后，会在粽子的尖角析出浆汁来。热的时候，还能垂滴而下；冷却下来，则会垂挂在粽子尖儿了。

2019 年 6 月 7 日

搬凳,吃乘凉夜饭!

八仙桌、长条凳,是江南民居的必备。

临水而居,地面多不宽绰,但再怎么促狭,总要留出个厅堂,一张八仙桌,四个长条凳。

聚会聊天、吃饭饮茶,就都在这八仙桌和长条凳上。

考究的,桌子和凳子也是选了上好材质,雕了花、上了漆,雕花多不繁复,漆色多是酱红。

这样的物件寻常人家也是见过的,只是随着年岁远去,消磨了物什,很多便已经被替换了。

雕花上漆的条凳,多是殷富之家的物件。

多数农家,在八仙桌和条凳上,并不讲究,桌子因为重要和耐用,可能还多是考究的,条凳因其相对次要和容易损耗,便不再苛求。

也曾见过就地取材的桑树材质的条凳。桑树难有成大材的,长势也少有笔挺的。于是,桑树条凳弯弯曲曲,木结拧巴之处不少。

坐着的感觉,难说舒适,但就实用来讲,这便是条凳一个,你也说不得不是啊。

这时节,想到这八仙桌,于是想到了夏日里,烈日落下,凉月初升时刻的乘凉饭。

抬着八仙桌、搬着长条凳,趁着烈日下山,凉意渐起,张罗着吃起晚饭来。

喊一声:搬凳,吃乘凉夜饭! 大家就都行动起来了。

想着,乘凉夜饭,就该是扛出八仙桌来用、搬着长条凳子来坐的。

江南泽国,水系发达,自然少不得蚊虫。条凳子有个好处,若是一人坐,你大可以蜷起脚来,架到凳子上来。能够稍稍免了些蚊虫的叮咬。

乘凉夜饭,就是家常吃食换了个地儿吃罢了。

因着在室外,而且是乘凉时刻,走家串户的活动可以多些。

瞅瞅东家,一盘爆炒螺蛳,不赖! 不赖! 看看西家,茭白炒毛豆,可以! 可以!

谁家要是有一碟子酱板鸭,就不好多用眼瞄了:瞄多了,主家这是叫你上桌吃饭还是不叫? 你是该应承还是不应承?

那时各家多数是不宽裕的,这一时的丰盛,必有缘由。或是要招待客人,或是有祭祀告慰的用途。不好多驻留的。即便是坐上了条凳,聊了一会儿,那还是早些个走吧,以免为难。

还是家常点的饭菜,能留住这些个串门子的。

乡里乡亲,也不管你吃过没有,来了就问:一起吃点酒?

也算不得盛情邀请,你也别太在意,愿意的一起喝,不愿意的坐坐聊聊。

这时候,就有条凳子另外的用处了。

人坐到桌前,先倒酒啊。

也不讲究,井水凉过的啤酒瓶子,拿起来就在条凳沿上一磕:"呲"一声,瓶子打开;"叮"一声,瓶盖落地。

蓝印花碗,"咕咕咕"倒满喽,酒吃起来!

若是观察,那些往来密集、好客待人的人家的条凳子啊,不少在边沿上都是毛毛糙糙的——磕多了瓶盖,自然是要毛出来的。

吃酒不挑菜,螺蛳、茭白,自然都是好的,毛豆、咸蛋,更是妙啊。

只听得"啪啪"几声,那是在条凳子上磕咸鸭蛋呢!

磕破之后,慢慢剥除蛋壳,露出蛋白来。

筷子一捅,有没有"吱"一声冒油,是不晓得的,谈笑声中,可真听不真切。只知道这东西就酒,是绝对错不了的。

条凳子还有其他的用处。

走家串户,烟酒都少不得。也有老人抽旱烟的,"啪啪啪""啪啪啪",这些人啊,坐上条凳子没一会儿,就开始磕起烟锅来了。磕空烟灰,填满烟丝,继续啊!

烟酒之中,天色黑透了,向着午夜去了。

暑气退去,凉意渐起,倦意袭来。走门串户的,吃得也够了,喝得也足了,聊得也差不多了,借着夜凉,该回去睡觉了。

这时候,多半是小孩子们,不愿睡去,倒趁机占了条凳子了。

就躺在那里,或是单条凳子,或是两条拼一条,直直看着天空。

看,那不是扁担星吗!看,那里有一颗移星!

……

看着看着,也有在条凳子上睡着的。

大人会抱着他们回屋,毕竟夜露潮湿、夜凉伤人。

到了第二天,孩子们醒来,记不得自己是怎么回的屋,满心记着的是大人的谈笑吃喝,是自己在条凳子上眺望天河。

想不清楚就不多想了,最终关心的就一件事情:

"今朝夜里还吃乘凉夜饭吗?"

2020 年 6 月 7 日

夏夜，是它们的

初夏而仲夏。

不仅是白日的不断拉长，还是夏夜的因循变换。

初夏的白日，亮白炎炙，但毕竟仍有些许清风，仍有几处荫凉；而到了仲夏，天地间暑热弥漫，一视同仁，无处可逃。

同样，初夏的夜，还有夜凉一说。白日里，是艳阳高照、烈日当空，世间暑气蒸腾。但到了近夜时分，终究会凉下来一点。

然而，时节毕竟到了夏日，夜会凉，却是朝着热暑的方向去了。

所以在日暖夜凉的交替中，夏日稳扎稳打，进一步退半步，终归是要成为夏日的。

初夏的夜凉，正是好时候，热气褪去，凉而不冷，薄衾可挡，最是舒服。夜晚睡觉，只消一床薄被，热时闲着，冷时搭盖，体感适宜。

要是再过一两个月，进入仲夏之夜，就不太会有夜凉一说了。

那时候的天气，白日里烈日高照，水汽蒸腾；即便是到了晚间，烈日落去，世界归于夜色，但终究是暑气不散，蒸闷难受。

夏夜，还有星移斗转。

夏日的夜，延续白日的亮白炎热，到了夜晚也是晴空皓月，古人是说月明星稀，看这星移斗转，是要避开月色亮白充盈的夜的。晴夜柔月，恰到好处。

北辰星自然是千年无转移，辨识度高。另外则是浩瀚穹宇，便是想认指，也不知道从何下手。就记得夏夜的扁担星，一颗大星，牵着两颗小星，说是牛郎挑着两个孩子。

月亮旁有时还有一颗亮闪的伴月星，不似月光的漫散，这颗星的光芒是浓聚勃发而出的。这便是金星了。有时，它在黎明前出现在东方天空，就是"启明"；有时在黄昏后出现在西方天空，则被称为"长庚"。星斗终究是太过宏大庞杂，趴在膝盖上问父亲星斗的名姓，最终是会问不下去、答不出来的。

夏夜还有很多其他的神奇。

你若是在夜幕降临后，敞开着大门，点亮着灯火，吃饭聊天。它们就来了。飞蛾、虫蝇等等，种类繁多，分不清楚，所以大而化之、简而言之，统称"扑火虫"。

扑火虫，烦！"叮叮叮"地不断撞击白炽灯的灯壁不说，撞着撞着，飞将开去，扑到你身上来，甚至是扑进你要喝粥的碗里去，实在恼人。但又无可奈何，毕竟夏夜是它们的狂欢。

扑火虫大军里，有时候还有"宝"，比如磕头虫，比如蝼蛄！

抓住了磕头虫，就热闹了，"啪啪啪"此起彼伏的清脆磕头声；抓住了蝼蛄，就有趣了，蝼蛄带着镰脚呢，能爬能飞，还能用镰脚扒拉着前行……

进得屋来的它们，毕竟是少数，真正的派对，在野外。成群结队的萤火虫不多见，多见的是三三两两、悠悠然、飘飘然的萤火虫。

夏夜里，萤火虫泛着幽幽的光，在夜的幕布上，是细小不过的一个光点；悠悠地飘着，不缓不急，但也很少停留在草上或是叶尖，你若是惊了它，它会忽闪地急促一些，飘荡着开去了，到了它认为的安全区域，又悠然、飘然起来了。

老人说，萤火虫是给夜行的蛇鼠"打灯引路"，想来也就是，不想孩童冒险在夏夜去追逐它们，怕生了事故。

夏夜里，特别是仲夏夜，还有一群聒噪的家伙。"呱呱呱""咕咕咕"，都是它们的声音，在稻田里、水塘边、河滩上。声音尖锐，呱呱而叫的，是青蛙；声音低沉，咕咕而鸣的，是牛蛙；还有些分不清的，也不想去分清了。

　　就是觉得聒噪啊，想来不过是半亩大小的水田，竟有如此多的家伙，远远地就让你听到心烦；你要是走近了，它们消停一会儿，走远了依旧是我行我素，此起彼伏！如之奈何？

　　夏夜，你要是胆大一些，走进茂盛的草地，惊起一个黑乎乎的东西，吓你一跳，就看到一个黑影扑棱棱地飞起来了，那是野鸡啊，想来你是打扰了它的休憩；一样是惊起一个黑乎乎的东西，吓你一跳，却是看到一个黑影"嚓"一下蹿出去，那便是野兔了，夜晚正是它们走动寻觅的时候。对这两样东西，你都不要想着能追到、能抓到，它们倏忽间就不见了身影。

　　你正在懊恼自己没有机灵一点，懊恼自己手脚不快，突然间，"砰"的一声巨响，火星子味道很快飘散过来，不远处的草丛里，唏唏嗦嗦，有动静。

　　别怕，不一会儿，就会钻出一个人影来，拿着还在冒青烟的土火铳，这是村子里的老猎人啊。就看人家，提溜着野鸡或是野兔就走了，留下你惊魂不定、羡慕不已。

　　回家吧，逛了一圈，也到了夜深人乏的时候了，另外，再不回家，怕是讨打。

　　明月星斗继续发着幽微的光，青蛙们还要继续聒噪，萤火虫的幽光是要看夜的温度变化而变化了；野鸡继续在窠巢里休憩，野兔借着夜色和草丛继续寻觅，猎人已经远走回还……

　　草丛的深处、水塘的里面、田埂的洞里、槐树的枝上……还有很多很多的它们，你不一定能看到它们，它们却早已觉察到你的闯入。

　　夏夜的世界，还是留给它们吧。

2019 年 6 月 12 日

两家面馆

老镇上,常去的面馆有两家。

一家有"师承",面条有面条的沿革,浇头有浇头的流派。

另一家,经常去,原因却只是从上海回老家顺道路过。

多说南方人吃米,北方人吃面。也对也不对。

就面食本身来讲,北方的面条幻化多样,就是面条本身,便已经让人惊艳:拉面、刀削面、拉条子、裤带面、扯面、棍棍面……

南方的面,有讲究,但没这么多花样,地道的南方面馆,必然是湿面,我是没见过干面做得好面条的。

南方的面,讲究浇头。浇头千变万化,难以穷尽。

寻常的咸菜肉丝、香菇面筋,可以做浇头;响油鳝丝、红烧羊肉、油炸爆鱼,自然也是好的;再有点意思,酱烧羊杂、红烧大肠等等,都是本地人常吃的浇头。

不知道别人怎么样,在吃面上,于我而言,追求的是熟悉的滋味,就那么几样,不大会变化的。

口味想淡一点的时候,就香菇面筋面、咸菜肉丝面或者青菜油渣面。寻常口味,很多面馆都能有。

口味想重一点的,那就去这两家,至于具体去哪一家,确实是没规律的,哪家方便去哪家。

在那家有"师承"的面馆,多就是黑鱼河虾面或者黑鱼爆鱼面,也吃过大肠爆鱼面和青蟹面。

黑鱼河虾面,鲜活黑鱼打片,鱼市上新来的河虾焯水之后,再与黑鱼同煮,就只是加个盐或者施淡酱油,都是鲜货,不会错。

而且这家面馆,面条会多碗同下,但是浇头是混杂不得的,必然是点了单子,一碗一碗做。先备好的浇头,容易凉容易旧,而且在店家看来:单碗做,才好掌握火候,控制咸淡,否则欲速不达,毁了好东西。

黑鱼河虾,黑鱼常有,河虾难得。

水乡泽国,地利是确定无疑的,但是美味的寻得,还要天时的配合。农历三四月间,河虾上市,最是吃这碗面的好时候。

黑鱼河虾面,我确实是知道它食材的新鲜的。一次点完面条,店主去后厨交代,少顷便从布帘探出头来,告知河虾刚刚用完,若是愿意等,伙计即刻去鱼市采购。

镇子不大,面馆离着鱼市也就是一公里不到;又不赶时间,等几分钟又何妨。这样便等到了胜在鲜活的一碗面。

黑鱼爆鱼面,则是在河虾下市的时节,退而其次。好在黑鱼在河虾不在当季的时候,足够肥美;而新炸的爆鱼,吸收面条汤汁后,足够丰腴。

有两次,分别吃的是大肠爆鱼面和青蟹面。

肥肠入面,怎么错得了!但确实是不敢多吃,这样的吃法很多人会觉得太过"罪恶"了。我敢吃那么一两次,多了,自己都觉得"罪恶"。

青蟹面,不大灵光,一整只青蟹,须知青蟹张牙舞爪、硬壳盔甲,顶在面上,却融不进面里去,喧宾夺主。而且食蟹耗时费力,吃面则颇讲求风卷残云、一蹴而就,两者不太合拍。

那家顺道而过的面馆,更加老派、有市井味儿。

一对老夫妻,忙活整个面馆。老头负责点单、端面、收钱,老太负责后厨,煮浇头、下面条。

你要进去,老头话不多,也没个热情迎接、请人落座的规仪。

菜单上，黑鱼面、河虾面、爆鱼面、大排面等等，多是有的；也有黑鱼河虾双拼、爆鱼大排双拼等。但总的来说，选择没那么多。

点完单，你便找个桌子坐下吧。

两人前店后厨，人手自然是不够的，而且同样是浇头单烧，不带马虎的，所以你得等，一碗面一刻钟，都不算久的。

听人说，人老了，口味更容易偏咸偏重。我不晓得是不是这样的，但是这家老太烧浇头，确实容易重口一些。不过，还能接受，也就是吃完面后，更易口干，更需喝水而已。

这家面馆，在穿过小镇的省道边上，顾客是南来北往的司机和附近工厂的工人。干重体力活，对偏重的口味，更易于接受。况且，这家面馆的面量大，浇头也足，自然生意不会差。

不过，在那样市井、粗糙的地方吃面，多是狼吞虎咽，去了这么多次，竟然都没给他家的面拍照。

另外，总觉得这家店，应该是古镇面馆的应有模样，应该有当地产的黄酒、当地产的糟烧。

不过，现实情况是没有。当时还觉得不够好，后来一想：对哦，你给开车奔波的司机卖酒，怎么卖得动！

2020 年 5 月 17 日

有声无声

记忆的滤镜啊，让很多事情，变得清晰又模糊。

知道自己在怀恋着点什么，但并不真切地知道自己在怀恋着什么。

"五香——热豆腐干——"

即将隐入暮色的村落，就像是正在打盹的老太，被这一声叫喊惊醒。

"五香"两字中气十足，"五"字更是起调很高，"香"字则是拖音很长，到最后都听不真切了。

长的拖音后，"热豆腐干"四个字，就只剩下敷衍了，只是在"香"字的拖音里，急匆匆地向听者交代自己要说的信息，仿佛喊完收工，但是已经气力不足了。最后的"干"字，拖着个含含糊糊的尾巴，"干～"甚至都带一点呜咽感觉了。

一声叫喊，搅动了这方寸世界，忽然间从暮色中浓重的不规则的色块里，闪出一道道光亮来。有的亮起了一盏灯，有的打开了一扇门。

屋舍是跟不上自然之光的变幻的。暮色由淡到浓，而淡暮时分，这人居屋舍早早就是浓重的色块，只有到最后，夜色沉沉，才一道融入全盘的暗黑之中。

有光就有人，一道道黑影嗖嗖地从四面八方"迸射"出来，那是一个个娃娃，有的手里攥着大人给的钢镚，有的两手空空，但知道自己奔赴的方向、期待的东西。

乡间难得的"消费盛宴"！

一辆三轮车拉着一个蜂窝煤炉子，架着一个锅子，里头的热水蒸腾的热汽，从并不严丝合缝的轻质的锅盖的四沿，冲顶出来。

其实也就是白水煮着豆腐干。拿竹签子扎着的、一剖为二的白豆腐干，在翻滚得并不明显的热水中泡着。

借着暮色中的微亮，生意就可以开始了。

记不真切是怎么样的价格了，在我年少的时候，反正五毛的钢镚，就可以享受一番了，一块的纸币，可以称得上豪横了。

不过，白水煮豆腐干，能有什么味道！最后吃的，都是这蘸酱佐料。

泡沫饭盒一撕为二，捞起一串豆腐干，躺在那里，素白无奇；铺一层甜面酱，开始让人垂涎了；再三两滴辣酱，甜面酱暗红，辣酱的红色稍微明快一些，难以相融，却可以互相映衬，有点等不及要送到嘴里了；再撒点葱花，点缀其上，可以说有点出色了。

一手交钱，一手交货。

端过这一半饭盒，就先吃酱，面酱带着甜味，是日常缺乏的味道。小孩子大多不能吃辣，但是几滴辣油，是饮食之中必要的叛逆，就算是被辣到了，也可忍着；香葱是世俗的必需，在他们看来，却并不欢喜，拨在一边，反正也不是稀罕东西。

真的主要是吃酱。素淡的豆腐干是不能很快吸收佐酱的味道的，咬开来还是黄豆的素味。这种素味，热的时候难说美妙，冷了之后更是不太好。

能不能吃完酱，把豆腐干退回去？

五香豆腐干的摊子，有时候也带着卖些粉丝汤什么的，但是买的主顾，并不多。因为，对于粉丝汤来说，另一处，才是名正言顺。

江南市镇，早早地接受了商业化的洗礼，一个小商品市场，几乎是一个小镇的标配。

天南海北的货，天南海北的人，聚集在这里，不为别的，就为便宜。

市场的门口，同样是一辆三轮车，一个炉子一个锅，白水煮着粉丝，锅子敞开着，听任着热气逸散。

市场嘈杂，摊主却不叫喊，默默地做着生意。却也市面不错，估计它是第一家的原因。

手掌大小的塑料碗，一指大小的塑料勺，一碗粉丝，小半碗汤，顶着些虾米、香肠粒、葱花末。至于汤水里，自然是味精、香粉，各种提鲜，否则怎么盖住这一览无遗的素淡。

摊主没什么话，最多你问她一句，她回你一句，很难攀谈。你自觉无趣，也便不再多说。

时间消磨了人。

"五香——热豆腐干——"的叫卖，早就成为绝响。

市场门口无声的"叫卖"还在。只是摊主的腰更弯了，戴着口罩，挂着收款码，话更少了。你付了钱，也没有常听到的"××到账×元"，估计收款码的那一头，可能并不在她的手里。

2022 年 12 月 1 日

乡宴乡厨

你若得空，又愿意"纡尊降贵"，乡宴实在是一个感知当地美食的绝好场合。

国人对于聚餐的热情，浓烈得就如同对于"内卷"的执着。

红白喜丧，人情世故只其一，饮食餐聚，尤为重要。

你若见到上一秒还在长吁短叹、感念生死，下一秒就已经入座上席、品评餐食，不要奇怪，世事如此。

生老病死、喜怒哀乐，就如同油盐酱醋、一日三餐一样，都是这世间运行的规律。

不为死生废饮食，更为苦乐加餐饭！

死生之辩、福倚祸伏，五味调和、酸甜可口，前者还在形而上的星空求索，后者已经在锅碗瓢盆里下筷，人间真实，毫不违和。

有需求，就有供给，而且需求越大，供给越丰富。乡宴就是这世间欲求的集中体现。

乡宴，婚丧嫁娶、走亲访友，都能遇到，稀松平常。

屋里头还在凭棺吊唁，屋外头已经杀鸡宰羊，这"阿鼻地狱"原来去的不止一人；规仪中祝福新人婚姻美满，餐桌上就等大快朵颐，他人的幸福原不过是自己佐餐的一味调料……就是这么现实。

饮食得有人操持，宴会更需有人筹谋。

乡宴之上，断非精烹细作的所在，但也不是能糊弄哄嘴的地方，家庭饮食不过堵住两三张嘴，乡宴餐聚得管住悠悠众口。

乡宴得乡人品，也得乡人写。要说浙北的乡宴，还能品写一番,他乡美食他人吃,他乡文章就得他人写了。

浙北乡宴,主打一个硬、蛮。

硬和蛮,近义但不同义。硬,好理解,硬菜居多,鸡鸭鱼肉、量大管饱;蛮,更丰富,蛮鱼蛮肉,不只是说有鱼有肉,还要菜不离荤,肉丝、鱼丸、蛋饺等等,见缝插针,大荤在面上,小荤无处不在,此之谓蛮。

所以乡宴的菜单上,你会看到红烧羊肉、咸猪蹄髈、葱烧甲鱼、清蒸鲈鱼、蟹炒年糕、香菇鸡汤等等大荤,以及肉皮三鲜、肉丝韭黄、蛋饺烩菜、精肉喜蛋、冬笋肚片、肉片雪菜等等小荤。

有素菜不?不大有!即便是白事的席上,想着应该用素食体现肃穆,上一盘豆腐,你也会发现,豆腐是加了肉丝红烧的——慎终追远、油润有余。

素食者,鄙之!但吃席者不以为然:谁来席上吃青菜!

乡宴得有乡厨,这真是个技术活儿。

主家定了时日、人数,乡厨就得开出菜单了。

什么时令、丰简如何、口味偏好,都得考虑到。洋气有洋气的办法,比如上海鲜,海胆黄油焗波龙,可以做的;实在有实在的办法,羊肉盆子要满,一盆不够上两盆,羊肉一吃准管饱,别的菜就是塞塞胃里的空档了。

然后,到了时日,主家照单买菜。这一环节交给主家,毕竟涉及买卖支出,为免瓜田李下,安稳为上。若是只一顿,那就买一顿的菜,若是三两日的流水席,那得当日菜当日买。

三两日的大席面,得用茶担,茶担师傅擦桌抹椅、递水冲茶,专司茶事。

桌椅支起,茶炉冒气,来客就好泡茶喝茶了。

客分远近亲疏,过远的亲戚,比较疏淡,仅就客气;关系稍亲的客人,客气里带着亲切;至于完完全全的一门自家人,反倒没了客气和拘束,客随主便、主客不分。

一门自家人的客，来吃席也来干活，收拾菜蔬，就是他们的活儿。泡着茶、抽着烟、干着活，待会热菜出锅，还得干端盘送碟的事儿。这席面于他们而言，说是作客，实则"客作"，是来作客，更来劳作。但是，有来有往，下次自己的席，也得有这些"客作"。

菜蔬收拾得当，厨师就位，刀光刀影之间，不存在"斩不断理还乱"的。斩不断的，换大刀砍，理还乱的，拿回去重新理！

须知待到宴席一开，上菜得快且密，否则席面上碗底碟底朝天，来客顿觉主家安排失礼，很是难看。席面难看，主家给厨子的脸色就好看不了，后头结账谢礼的时候，免不了吃话——讲不好听的话给你"吃"；你要回嘴不认，自此之后，大约就断了交易往来了。

为了待会儿的集中上菜，功夫做上前！

冷菜早早装碟，差不多开席前就好端上去了；半冷半热的菜，譬如丸子、春卷，炸个七八分熟，待会儿再下锅过油，既炸熟了还能热乎着端上去，好一招"瞒天过海"。大鱼大肉的硬菜，早点煮得差不多，小火焖着，待会儿开席前大火收汁，火候和慢工，都求其圆满。

小荤菜不好预制，只能热油猛火，席面一开，硬菜一上，来客有吃有喝，有一会儿缓冲时间，但也不长。因此，切好的菜，得猛火炒，冷菜入热锅、冷水入热油，滋里哇啦，油星飞溅，火星溅射，满锅红火！要是这席是晚宴，乡野浓黑的夜，就被这火光撕破，远望去，不明就里的，还会想这是哪里打着铁、哪里炼着丹！

一开席，火光人影，碟声杯响，热气冲天！锅里开了，席上沸了！

吃席者，少有慢条斯理的，于是乎，席面如战场，各自征伐，"取敌首级、攻城略地"；吃席者，有酒就有话，你一言我一语，刚开始是说，再后来是喊，酒多了、人多了，就得靠吼！

烟花易冷，席面易散！孩童吃不了几口就下桌玩去了，妇女不喝酒的，吃饱了也便退了席了，留下些喝酒的、说话的。喝酒的，那就是"酒菜酒菜，喝酒吃菜"，说话的，早已是醉翁之意不在酒，也不在菜,漫不经心挑拨一两口菜,话倒是倒出一箩筐来。

这时候,乡宴接近尾声,乡厨那里,也不是协奏曲了,进入咏叹调,有点响动,但动静少了、响声稀了。

炉灶内,猛火变烛火变豆火,最终是灭了;席面上,一桌变半桌变三三两两,最后是人走菜凉。

夜深了,人静了,留下茶担师傅,收拾碗筷桌椅。

这时,席面还有最后的热闹,那是烧水刷锅洗碗的欢腾与响动,那是滚烫的抹布接触冷凉桌面激腾起来的水汽……

待到明早,酒醒肚饿,来看看昨夜的刀、昨夜的锅,一层初冬时分的薄霜,已经封上,冷峻的刀面上,霜比别处厚很多。

一席散,一席开!

2023 年 12 月 8 日

起鱼塘

入了腊月，不消十几日，村口的鱼塘，就该起了。

所谓鱼塘，言过其实，不过是半亩方塘，而且并无"一鉴开"的景象，反倒是水草蔓蔓，遮光蔽影，天光云影在其中，是断然徘徊不了的。

说是村口，也不准确。石板桥进出的时日，这里是村口无疑，但后来，开地辟路，水泥桥造好，水泥路铺设，星移斗转，风水轮流，村口移转，这村西的一隅，人迹鲜至，热闹褪去，复归乡野。

说回这半亩方塘。你若较真，这其实是算不得正儿八经的鱼塘的，只是村里渔人随性经营的一池水。

只能叫渔人，渔民渔夫的称呼，叫得大了，叫得专业了，名不副实。

水乡泽国，靠水吃水。小村小落，总有那么一两个人，在稻作农业之余，有余心余力，在水里寻觅一碗饭吃。

上不得规模，只能小打小闹，农事之余，寻到可能有鱼的地儿，下几笼网，起网之时，大多只是些小鱼小虾。也有运气好的，网笼下到了鱼窠里，直捣黄龙，拉起网兜，惊喜之后是担心，细密的渔网兜住太多，时刻有经络断裂的危险。鱼窠之于渔民，就像是"应许之地"，"福音"的丰饶，让人动容。也只有见了这鱼窠里下网捕鱼的盛况，才能理解什么叫"渊薮"。

下网捕鱼，是以静制动、以逸待劳的模式，期待的是鱼儿的自投罗网。主动出击捕鱼，也是渔人的必备技能。

村野的渔人，大多"世袭制"，大抵是因为一技之长、术业专攻，又在代际之间，言传身教，耳濡目染，也就一代承袭一代了。若代际传承终止，或是"禅让"取代"世袭"，要么是老渔人自己萌生退意或是家继无人，要么是后起之秀，锋芒毕露，"叫日月换了新天"。

人的传承与流变背后，还有技艺的承继与鼎革。村野的渔人，大多独来独往，可能水性较好，也有浪里白条型的，但是，千帆竞渡、踏浪逐鱼的盛况，在这波澜不惊的河汊里头，于这干瘦黝黑的匹夫身上，是断然不可能出现的。

所有的就是一叶扁舟，舟虽小，船头船尾船舱一应俱全。船头、船尾是工作区域，渔人往来穿梭，船舱蓄浅水，以维系鱼儿的生命。船中还设有暗舱，水深口小，畜养大鱼或是生猛健鱼，深水小口怕的是它们逃逸。一副长桨，是渔舟的动力集成，若是发全力划桨，小舟可如箭矢一般飞快，冲入藕花深处、惊起一滩鸥鹭！一柄短桨，拨划水面，不见波澜只见微漾，开启如不系之舟的慢速巡航模式。

捕鱼的杀器，则在纱网、在鱼叉。纱网捕鱼，在开阔处抛洒，蝉翼一般的渔网，被四缘包裹的石子拉扯着张扬开去，天罗地网不过如此。顺势收网，鱼虾俱在。此乃"大兵团作战"。

单兵作战，则靠鱼叉，乡人的称呼更为铁血，就叫鱼枪。短桨轻划，甚至放舟河上，提枪待立，等到鱼儿靠近，放松警惕，突然发力，鱼枪扎入水里，刺破水幕，直击目标。入水速度太快，甚至连空气都来不及反应，待到气泡回过神来，从水底泛起，几片鱼鳞浮出水面，甚至有殷红血水泛开，必然是有所斩获了。提起枪来，果不其然，枪刺扎穿了一尾白鱼的腮帮！

说了这么多渔人的生活，得回来说鱼塘的事儿。

渔人的渔获，有的堪卖，自然早早去了街市上，煎炒烹炸，是它们的归宿。有的不堪卖，譬如一指长短的黑鱼、两指宽窄的鲫鱼。且不去指责竭泽而渔，这种半大不小的渔获，渔人少有放归自然的心胸，得给它们找个去处，那就是这半亩方塘了。

从年初到年尾,今天三五条,明天六七条,小鱼之外,还有些小虾米小螺蛳的,一股脑儿,鱼虾混杂。鱼塘的经营,如果有的话,也是十分粗放,哪有什么精心的喂食,主打一个道法自然、无为而治。几撮水草由它生长,几乎是水塘生态的全部。少有投喂的时候,要喂也没有鱼饲料什么的,喂点谷糠已经算是不错。好在活水是常有的,好在雨水冲刷入塘的腐殖质,是常有的。

一年到头,尽管漫不经心,到了年尾,还是煞有介事地要来起塘的。寒冬腊月,地闲人闲,凡事看客多了,再小的事儿也成了热闹事。半亩方塘一圈人,烟雾缭绕看热闹。鱼塘边围了一圈人,多是沾亲带故的,又是临近年关,手头宽绰,互相散烟。一圈人,一阵又一阵烟。

所谓起塘,基本步骤就是抽水、排水,待到鱼塘水干,剩下淤泥,就该人下水了。放水的过程,就像是彩票开奖,大鱼在水里藏不住,水一浅下来,它们先露头。人群"哦哟"一声,伸长脖子,那必然是隐约见着大鱼了;若抽水过程进行了大半,众人"啊耶"一句,纷纷摇头,期望落空,大概没看到什么花头。所以,起塘时,"哦哟"多,好!"啊耶"多,坏了!

当然,"哦哟"和"啊耶",都还是看不真切的阶段。冬日起鱼塘,鱼多数是在淤泥里躲着避寒。要是谁告诉你冬天起鱼塘是鱼跃虾跳的场景,他能说,你不能信。

鱼在淤泥,万事皆还有可能。下水装备一穿,真金火炼的时刻来了!一寸一寸的淤泥,用双手捋过去。一手握下去,淤泥挤开去,手心空空如也,这里没有;两手掬下去,塌烂里有个硬实的东西,嘿,一条毛两斤重的黑鱼!

不消一分钟,岸上看客已经给估好分量,算好价格了。心急想下手的,或是想浑水摸鱼的看客,都忍不住要出价了,要是谈拢了,活鱼拿回家,现杀打片,晚饭咸菜炒黑鱼片,想着就美!至于真的在摸鱼的塘主,倒也不急,不过,有人想要,价格又合适,分量虽然没过秤,价出得差不多,也就给了吧。低头不见抬头见、酒桌不见牌桌见的,都是熟人熟事。

开奖还在继续……不过,这个奖池也就这么大。开出的奖多,自然满心欢喜,塘主说话嗓门都大了,开出的奖少,得多想想自己有好好经营这事儿吗?也不好意思承认自己的放任,不行就说,看,塘基上这么大一个漏水的洞,鱼肯定是逃走了!嗯,反正站在淤泥里的就自己,无中生有,虽地上没有洞给自己钻进去,但可以有洞给鱼钻出去啊。

待到人群散去,留下夫妻二人,这个时候,是多是少,是要算计个明白了。多了皆大欢喜,少了互相埋怨。多收获些,不太成材的鱼,送这个送那个的,今晚全村吃鱼;收获无几,便不好意思送人,就算送人,人也不好意思要你的。于是,第二天一大早,夫妻二人趁着晨曦上集市,换成了钱放皮夹里,钱再少也有皮夹挡着,别人看不到。况且临近年关价钱好,也算给自己几分安慰。

半亩方塘,毕竟小打小闹。不远处的大鱼塘,那是规模化养殖,也要趁着年底消费旺季,集中大批量上市。

起塘时,一样备受关注,但是塘太大,看客人数不够,形不成包围圈。而且人家专业养殖,起塘前就大概知道收获,"啊耶"声没有用武之地,"哦哟"声也不大有啥必要。好在鱼塘主人还算客气,给看客散散烟,拢起来一群人,香烟明灭,有说有笑,也算是一桩欢喜事了。

不过不打紧的,这大鱼塘的大收获,可以变成各家门口竹竿上晒着的腌草鱼、腌青鱼:一个出钱,一个交货,乡里乡亲再给点优惠,一拍即合。

待到来年,青菜抽了菜薹,咸鱼炖菜心,冬味春菜,不负时光。

2024 年 1 月 11 日

雪·静

雪后，真安静。

不知道什么缘故，一夜的雪后，推开屋门，扑面而来一整片白色，世间恰如凝固一般，寂静无声。安静得可以听到呼吸声，可以听到心跳声。

江南之地，很少遇到风雪交加，雨雪夹杂的情况倒是不少，但是真正能够积攒下这纯白一片的雪，是不能伴着雨而来的。

而是应该纯纯地下雪，风也不大，缓缓落下，层积叠累。

也须得是夜里落下，睡梦中，全然不知道正在静静地落雪，及至第二天一早，从并没遮挡严实的窗帘的一角，感觉到光线的明白，才知道一夜间已是变幻人间了。

雪后，天空放晴，没有了雪前的阴沉。

放眼望去，天蓝地白，世间少了几多色彩，离了多少喧闹。

柳宗元写江雪，是说"千山鸟飞绝，万径人踪灭。孤舟蓑笠翁，独钓寒江雪"。鸟飞绝、人踪灭的雪后，世间静寂，无声胜有声。

落雪时，门前老朴树，用光秃的枝杈，接住几条雪痕；屋后修竹，顶住一片积雪；远处樟树、橘树，迎雪一面白中透绿，背雪一边绿上缀白……

雪后初霁，静寂的空气中，传来噗嗦声，那是老朴树上的雪，禁不住一丝微风，掉落下来。风细雪轻，雪落到地上叠出一道道痕迹，交杂层架。

隐约有咯吱声音，那是雪下紧绷的竹子发出的。顶着一片厚雪的它们,已经在将断未断的边缘,来不得一丝丝风吹竹动。

雪下的樟树、橘树,也在变换着姿势。层叠成片的雪,在叶子间滑落,一片叶子如释重负地高跷而起,就有一片叶子承接其重低下头去,沙沙声起。

雪夜也并非全无鸟兽活动。通向田间的小路的积雪上,一串爪印,断断续续,似乎能听到利爪压实虚雪的声音,还有扑棱而去的翅膀扇动的风羽之声;田头留着的稻草堆边,散布的小脚印,密密乱乱,哪怕是过了半夜,也能感受到当时的匆忙与慌乱的声音,小脚躁动不安,踏出雪声,慌忙拖出几根稻草,嗦嗦作响:它也没预料到雪会下得那么大、积得那么快吧。

随着日头抬升,人迹开始闯入这静寂世界,雪后的安静,向着闹腾而去了。起先只是静中有声,门户打开的吱呀一声,清冷空气刺激下轻咳两声,脚掌踏实积雪的咯吱声音……

而后,人声渐渐稠密,睡了一夜的小孩看到积雪,兴奋不已,叫嚷着要出门;早起的妇人,不管这雪下了没下,一日三餐的准备不能中断,煎炒煮炖的声音从厨房传出;考究的农夫,是看不得自家的果树、竹子被积雪压坏的,擎着竹竿在打积雪,哗啦哗啦,积雪滑下;早起上工的人,已经要准备出门上班去了,工厂里的饭碗,不看天吃饭,雪天也要继续运转,不过,下了雪,雪天路滑,家人送到门口还不忘叫嚷着交代两声"当心"……

雪后的安静,到底只能是暂时的。也不晓得是人声搅了雪天的安静,还是这雪为喧闹的人世带来了片刻安静?

雪开始化了,低矮土屋瓦檐下挂着的冰凌,引着雪水,"嗒"的一声,落在了廊石上……

2021 年 1 月 7 日

冬节的团子，祭祀的香烟

今天是冬至。

冬至，浙北老家也称"冬节"，是冬日里相当重要的一个节日。

所以，也有说法称冬至叫"亚岁"，也有说法是"冬至大如年"。

浙北的冬至，习俗大概有三个方面：回家团聚、做冬节团子、祭祀先祖。

不过，如今为过冬节回家团聚，是越来越难了，不是法定的假期，自然是没有太多的闲暇时候的。

在外地，电话问了父亲，他们是怎么过冬节的。

冬节的糯米团子，今年父亲说没有自己现做，买了现成的。

冬节的糯米团子，那一口真的让人想念。

新收的糯米，带着深秋初冬尚还温暖的土气，还带着在田间接受阳光带来的饱满、温适的味道。

新新的稻谷脱了壳，细细地磨成粉，粉细细的，指尖去触碰去捻，只感觉到一丝丝的粒感。刚从磨上下来的粉，还很温热。

用那家常吃饭的蓝花碗，舀够了量，放到一抱大小、敞口的、上大下小的土陶粗瓷的盆子里。

要开始揉粉了。做糯米团子这件事，一般村里的妇人是绝对的主力。但是揉粉这一个环节，有时候也求助于家里的男丁，不一尽然。

揉粉要一边揉一边添水，而且是烫水，不能直接沾手的烫水。

使劲地揉搓，不时添水，手掌根部用力地反复揉搓，最后散开的粉,就成了一个巨型的粉团子了。

冬节的团子,一般也就是白糯米粉的,不过也有添进蒸熟的南瓜做成金黄色的,要是在其他时令做糯米团子的,还有揉进绿南瓜叶子的,那就是熟青色了。

这时候,事先做好的馅儿,就要端上来了,或者是葱香萝卜丝的,或者是透透地蒸熟、细细地搅碎的豆沙。时节最美时的风物,自然是总相宜的。

做糯米团子,就是摘一小块粉团下来,抻平了,包上馅儿,再搓成圆团状,多是橘子般大小。

这个工序,看人做不难,要是自己做时,馅量的多少,如何保证馅在团子的中间区域,如何搓成较为圆润的形状等等,都是对技艺的考验。

做好的糯米团子,需要有东西来衬在底下,那就是粽叶。

冬节时分的粽叶,都是夏末秋初时收好、煮好、晒干的。沸水煮,去除了粽叶的青涩感,保留了香气。

在使用前,再用开水一烫,去除干尘气,回到粽叶的润,开水再催发出浓浓的香气,深绿色的粽叶与白亮的团子,相得益彰。

做了有二十来个,就要上竹蒸架,架在大铁锅里的沸水上蒸了。

旺火蒸腾的水汽,被锅盖牢牢地锁住,润了团子、熟了团子,也成就糯米的香黏,以及或是萝卜丝的清香,或是豆沙的香甜。

一架子一架子地将团子蒸好,码在竹匾中,冬日里滚烫的团子遭遇清冷的空气,随之蒸腾起来的热气,弥漫了整个厢房。

蒸好的团子,一大用处,就是在冬节祭祀先祖。

老家已经不见先祖牌位等,所以祭祀,也就是在八仙桌上,东西北三边,三排小酒盅,筷子若干,斟上当地产的黄酒。

一般是八碟子菜,鸡肉、鱼肉、猪肉等等,自然是少不了。

另置一副烛台、一个香炉。

烛光点亮,香烟萦绕。灯光摇曳和香烟氤氲中,先祖享受献祭。

此时,桌角必有新做的糯米团子。

经夜的糯米团子,已经凉下来了,皮已经有点硬,白亮的光泽出现了。

冬节祭祀,是要各种跪叩,一般是三跪九叩。在先人跟前,祈求什么?多是身体健康、事事顺心;对小孩来说,还有一个是期望"书读得出",就是念书顺利。

过完冬节,年就要来了,当然这期间啊,还有送灶神、打年糕等等的盛事。

冬至大如年,过完冬至盼过年!

2018 年 12 月 22 日

腊月廿二打年糕

腊月廿二。

浙北寻常的村庄里，响起"砰砰砰"的声音。

那是过年之前最重要的一个准备——打年糕。

年糕，原材料很简单，需要比例调和的糯米粉和粳米粉。

但要说准备起来，也是不容易。

事先脱好壳的糯米和粳米，淘洗干净，沥干，细细地磨成了粉。

不知道，大家有没有亲自感受过刚磨好的粉的触感？

经过机器碾磨后的粉，手指去触碰，会有明显的温暖的感觉，如若在指尖，捻一下，会有滑腻的粉感。

怎么说？滑是由粉质带来的柔顺感，腻同样是因为粉质颗粒之间存在粘连的感觉。

怎么安排好糯米粉和粳米粉的比例？一个是按照基本的配备比例，另一个是依据自己的口味爱好。

一般而言，糯米粉多，年糕是黏柔的口感；粳米粉多，则是有弹性、有嚼劲。在这样的一般原则的指引下，选择黏柔还是选择劲弹，则是自己的把握。

比例调和后的粉，添了适量的温水，细细搓揉，充分吸收水分，形成略大的粉团子，就要上锅蒸了。

特地垒的灶，火烧得旺旺的，一边在蒸屉里铺粉，一边用旺火催逼出滚烫的水蒸气，润熟了粉，成为粘连一起的大粉团子。

这时候，需要迅速倒入石臼，用石锤反复敲打，让粉团进一步融合,进一步发挥自己的柔度和韧性。

此时的年糕,就要被快速放置在长案板上,进行形塑。

可以做成元宝状,在两头和中间点上红花,这是供年三十的祭祖用的。

打年糕是一村的盛事,一村的男女老少齐上阵,人多话多,聒噪不已,而且奇妙的是,这聒噪之中,谁跟谁在说话,不大会乱了线;更有意思的是,那些在各个聊天对话之间"跳线"的人,东说说西讲讲,竟也杂而不乱。

小朋友们在这盛事中,大有欢乐之处,追逐打闹、嬉戏玩耍,饿了就来问大人捏一团年糕吃,刚出锅、刚打软的年糕,实在是诱惑很大。而且也不用问这是谁家的孩子、谁家的年糕,来了就要、碰到就吃,还吆五喝六一起上,呼朋唤友来分享。年关大事,无赖孩童,哪个大人都不好说什么!

2019 年 1 月 27 日

三餐为一日计时

我们都已经习惯了用时间来定义三餐。

按时按点吃饭，六七点的早饭，十一二点的午餐，下午五六点的晚饭。

三餐似乎存在于时间的刻度上，指针走到某个时间，就到了吃早饭、午饭或者是晚饭的时候了。

按部就班，按时按点。

但如果用三餐来计时，以三餐锚定时间的刻度，又是一种相当奇妙的感觉。

这样的感觉，在不用按时按点、守时守刻的乡间最为明显。

凌晨，你还没有醒，却有一股烟气涌进本就不太密闭的房间。

这股烟气，或是从自家烟囱而来，或是由邻家漂游而至。

早饭，一般不会繁复，熬个稀饭，最多再煎个鸡蛋或是炒个菜。

仔细闻一闻，随着烟气而来的，有稀饭沸腾翻滚而冲出的水汽，带着粥汤的清甜黏稠的感觉——这锅粥是要好了，就等着掀起锅盖，分盛妥当，静置放凉，填充早起下地的农人的辘辘饥肠。

烟气中，带来一股子油腻味，那是烧熬菜油的味道。菜油水大、油腻，自然烟大。闻着闻着你开始担心，油烟味这么浓厚了，可别烧过了。

这时候，就听着"哧啦"一声，你放心了，刚洗净的青菜，带着水，入锅了，遇上烫油，一阵油烟蒸腾而至，青菜被烫油煎炸出清甜的味道；或者调打好了的蛋液入锅，也是一阵油烟，然后蛋液被炸起蓬松,味道就出来了。

有时候,你在这烟气中,还能闻到更多,比如这家的烟气里的辣味,那家的蒜香,一些时候还有惊喜,这家应是有人上了集市回来,一星半点油条、烧饼的味道飘出来。

就这样,你大约知道,应该是六点左右了,该起来吃早饭了。

下床也顾不上洗漱,先跑去灶间看看早上吃什么。

看看粥的稀稠厚薄,看看有没有炒菜或是煎蛋,要是看到香葱煎鸡蛋啊,真开心。如果发现那股子油条烧饼的味道就是自家的,那真的是喜出望外,跑着跳着去洗漱,急不可耐等着开饭。

虽然丰简不一,但是吃过早饭,就意味着上午开始了。

要开始上午的"忙碌"了,有活干的大人忙碌着田事,没活干的孩童忙碌着玩儿。

也不知道过了多久,村庄的弄堂巷道里又飘出烟气来。

基本的味道是来自米饭的,米粒从蒸熟到收水的过程中,大量蒸汽喷薄而出,有时候火烧得过了,米饭很快收水,焦香就来了,那是生成锅巴了。

米饭的味道只是这烟气中的最基本款。

可能还能闻到,这家的米饭锅上蒸着咸肉,一股子咸香之气。那家人家热了锅热了油,又是"嗞啦"一声,然后几番翻炒,但是味道突然淡了,闻不出做的是什么菜,这大约是盖上锅盖焖煮了,你再耐心等等,待会答案就揭晓了:一股油酱的味道散发出来,那这家做了红烧肉或是红烧鸡块;一股油腥气飘移过来,那可能就是中午吃鱼啊。

一些时节的味道特别好分辨:萝卜收获了,少不了一顿萝卜烧肉;新割了韭菜,炒一盘子韭菜鸡蛋;新收了土豆,土豆红烧鸡块……味道藏不住啊!

还有啊,那初冬时分,有些人家灶间一个劲地冒烟,都不知道做了菜是为了哪一顿吃,就是一直有烟火,那可能就是在炖鸡。民俗都说"立冬要吃神仙鸡"嘞。

也有闻着味道比较寡淡的厨房,那可能就是中午在家的人少,没有大动锅碗瓢盆,或是农事太忙,中午要凑合对付一顿了。

不论怎样,闻到这些个味道,就到了十一二点的样子了。

你也该回家吃饭了,去早了,杵在那里,正忙碌的掌勺人不待见你;去晚了,要被家人埋怨,可不是嘛,好好的萝卜烧肉要么是在锅里焖久了烧过了,要么是盛起过早放凉了。要是你是个孩子,吃饭不赶趟,大人是要怒斥的,遇到运气不好的,可能还有一顿打:让你玩得吃饭都不知道回来!

吃完午饭,是一天中的闲适的时候,整个村子似乎都去睡午觉了,笼罩在村庄上空的午饭的烟气慢慢消散,就跟人们肚子里的吃食慢慢消化一样。

也不知道睡了多久,一个小时? 两个小时?

反正大人们睡醒了,就要去下地忙碌;小孩子睡醒了,就要去呼朋唤友玩耍开去。

没有去计时,你也就不知道下午有多长,反正慢慢地天色暗了。

农人是要趁着天光,尽量多干点活的,所以一门心思还在地里。

孩子们看到天光暗了,也还在尽兴玩耍,但是或许有因为中午回家吃饭晚了被骂的经历,总是有点担心和忐忑的:晚上吃饭可别到晚了。所以边玩边还留了一点心思顾盼张望。

看着天际的亮色黯淡,天地间的雾气升起,村庄的灯光点亮,各家的灶间里又开始忙碌。

你闻味道,晚饭时各家有蒸了米饭的,有熬了稀饭的。米饭瓷实,吃了一夜肚子不饿;稀饭好落肚,稀里哗啦,肚子就饱了。

晚上的菜有什么？这家子晚上炒螺蛳呢,油烟自不必说,那满锅子炒的"唰啦唰啦"的声音,错不了！这家蒸了臭苋菜,啊呀,这味道,臭香臭香的！这家人家在炒咸菜,青椒炒咸菜,辣气加咸气,就是这个味儿！……

晚上啊,灶间比较热闹,下地的人回来了,因为接下来就是吃饭睡觉,没了急躁,所以在灶间抽烟闲谈:明天地里要浇水,化肥又贵了5块……

这时候,玩耍的孩子就别贪玩了,该回家了。

不过,到底是玩心重,边走边玩。

一路走一路玩,或许还能遇上在镇上做工的父亲或是母亲下班回来了。

远远地看到一个影儿,走近了赶紧叫一声。要是看到自行车头上挂着装食品用的白色塑料袋子,满心欢喜,可能是买了一腿酱鸭肉或是六七段红烧肥肠,抑或是炸得松松的细小的条鱼,还撒了鲜酱油……

或是跑着回家,或是撒娇要大人载一程,总之是要回家吃晚饭了。

这时候的时间,就是下午五六点,在夏日,因为日光长,可能就是约莫晚上七点的时候了。

三餐便是这样为一日计了时间了。

2019 年 6 月 2 日

佐料的腔调

饮食之中的配佐物料，有一个江湖，是一种文化。

比如川渝云贵湘赣之地对辣味的幻化、荆楚江右皖南对咸鲜味道的侍弄，及至到了陕甘青藏内蒙古之地，也有对饮食之中香料佐料的求探……

哪里说得清，怎能道得明。

对佐料的认知，难以穷尽，况且佐料也随着烹调风味的演化而变化，更是推陈出新、幻化神奇，若是想要全盘了解，无异于老虎吃天。

就说江南吴地，饮食或是求诸本身之鲜味，例如鱼虾，多不需要佐料参与，最多是调味的物料，譬如酱油、香醋等等；或是通过浓油赤酱求之油润，也少用佐料，就像是红烧猪肘，并不需香辛料的参与……

但即便是如此，佐料也有自己的江湖，说大不大，说小也不小，而且是否用佐料，如何用佐料，关乎一种烹饪饮食的腔调。

犹记得鲁迅先生笔下的阿Q，有过一段心理独白：

油煎大头鱼，未庄都加上半寸长的葱叶，城里却加上切细的葱丝，他想：这也是错的，可笑！然而未庄人真是不见世面的可笑的乡下人呵，他们没有见过城里的煎鱼！

阿Q并不追究城里和未庄两地煎鱼其他的差别，独独对"半寸长的葱叶"和"切细的葱丝"耿耿于怀。

想来，这真的是很重要的区别吗？可以是，也可以不是。

试想,你若做鱼,香葱怕是不能少,去腥味增菜色,不论你是清蒸,还是红烧,抑或是油煎,做鱼皆是少不了葱。

而是葱叶或者葱丝,这个问题,怕也并不是非此即彼的关系。半寸长的葱叶,应是未庄毕竟粗犷,饮食并未能如城里般精细的缘故吧;而切细的葱丝,更应是城里馆子的配置,讲求色香味美,自然在葱的使用上,不能马虎。

鲁迅先生在这里,多是调侃取笑的意味,却也说明了佐料在饮食烹调中的地位。

当然,日常的饮食料理中,哪里会这么精细。很多时候,鱼已经接近做熟,赤酱浓油做得七七八八了,却发现没有备下香葱。要是在乡下,就差了家里的孩童出门,去篱笆里揪来三五根香葱,草草切好,或是切成葱段,或是剁成葱花,总缺不得这一样东西。

而且香葱的运用,能见烹调的用心。久置陈放的香葱,香味渐失、混气渐浓,若是饮食求之精细和精心,对这样的佐料是避而远之的;而新切的香葱,则是香气馥郁、葱色鲜亮,自是调味增色的一样好东西。

南方饮食中,浓油赤酱的烹调办法,也将其他地方炙烤食用或是白煮后作凉食等的羊肉收归囊中。

嘉兴湖州一带,喜食红烧羊肉。羊肉膻腻,还要红烧,本是味重的一道菜,但是在起盘之际,蒜叶的运用凸显神奇。

青绿的蒜叶,经过剁切,已经细碎,在肥腻的羊肉滚烫出锅之际,两相碰触,滚烫的羊肉促发了蒜叶的香味,蒜叶自然是消了部分的羊肉膻味。

这道菜中的佐料,不仅仅是蒜叶,还有生姜末、辣椒末。看似并不重要的细碎的佐料,却是这道菜是否俱全、能否成功的重要一环。

江南菜系中，还有对生姜的诸般运用。姜块、姜片去腥提味自不必多说。又因为此地多有河海鲜味需要蘸食，对姜丝的运用，多搭配酱油、香醋等等。新姜陈姜、刀工精细与否等等，都能见饮食烹调的用心和腔调。

这样的用心和腔调，有时候真的无关用什么食材、做什么菜食。

在乡间席宴中，见过一位村野的厨子，看似粗陋，食材菜式也难说精细，但是他对于佐料的用心，十分深切。宴席烹饪前，也便是可着做饭的时间，仔细切了葱花、剁了姜末、捣了蒜泥，一切按部就班，一切自然而然，看似无心实则用心，粗陋随意却自有一分腔调。让人惊喜。

不过，还是那句话，佐料的江湖，哪里说得清，怎能道得明。

2019 年 8 月 10 日

有声有色

一日三餐,三餐一日。

当生活被迫化繁为简的时候,饮食人间,人间饮食,就是全部。

饮食的世界,有声有色。

轻烟升腾的热油,"嗞啦"一声,瞬间将蛋液催膨,延张开去,颜色金黄;蛋液裹着的野葱碎,被热油激发出浓烈香气来,勾人心魂。

家常的香葱煎鸡蛋。

沉闷的、缓缓的咕噜声,听上去就很黏腻,这就是一锅红烧肉,将要收汁而未收汁时候的声响。此时的肉,酱色未正,汤汁尚存。

但要知道,不消须臾,汤汁收干,酱色浓稠,色泽油亮,盛盘上桌,无法抗拒。

"滋滋滋"的细微声响,那是油脂燎灼鸡肉表面的声音。切碎的鸡丁,在烫油之中沉浮,此时,已经是颜色焦黄、表皮松空。

捞出滤油,另起炉灶,辣椒、花生米、干花椒、重重的盐,一并下了去。重油的腻香味道,辣椒的刺激气味,花生被燎炸后,原先的红皮变成酱红,一道辣子鸡丁,出锅而去。

汤汁已经沸腾,翻炒过的酸菜、鸡蛋,在翻滚中不断释放油花,因为要做汤,翻炒的油,必是多放的,满锅之中,鸡蛋色黄、酸菜暗黄,带些深绿菜叶,其他林林总总,也各有颜色。

此时,面疙瘩依次下入,一声声"笃笃",微溅起水花,投身滚滚沸汤之中。一手,只朝着一个方向搅拌,自成流派,面疙瘩也就被裹挟其中,随波逐流。翻滚适时,出锅入碗,添油加醋,各有所好。

酸菜疙瘩汤，最是寻常味道。

熟面条已不是生时的白色，而是白中带着棕黄，因为是宽面，滚煮之中，中间偏硬实，仍旧是直直的，边缘稍薄，已经有些小波浪卷儿。

面条顶着的是蒜末、辣椒面，等到一勺子热油扑来，"嗤啦"之后，"滋滋"不断，蒜末被激发出异香，辣椒面被瞬间烫熟。搅拌匀乎，一碗油泼面！

菜入热油和热油入菜，其声响是有不同的。菜入油锅，张狂的是热油，"嗤啦"声音响，油烟浓稠；热油入菜，到底势单，仅能集中一处，声响一时发作，随后偃旗息鼓，油烟清淡。

颜色微黄的面条，清清的汤汁，白白的萝卜，青翠的蒜叶和香菜，已经准备妥当。此时就差一道工序。

勺子从碗底抄起，挖起了沉淀在下的辣椒面、芝麻、蒜碎的混合物，再提溜上来，大半勺是实的料，小半勺是虚的油。轻微一声入了汤汁，沉者沉去，没入汤汁，但是随即，浮者浮出，红红的辣椒油，反客为主，看似与蒜叶香菜平分秋色，实则是不守边界，延张开去，几乎霸占全碗。

最最常见牛肉面，却是如此可爱。

有声有响，更是在于吃。

切碎的酱豇豆，一碗稀粥，"呼啦呼啦"，落肚而去，这种吃法，气吞山河。也有慢吃的食客，稀粥到嘴边，最多呼啦一下，而后夹起豆角，"吱咯吱咯"，颇有嚼劲。

若说嚼劲，捏得实实的饭团，因为是糯米，耐得咀嚼。又因为，加了榨菜碎、油条碎，吃起来，"吱咯吱咯"之外，不时冒出脆脆的声音。

一个老海碗，新剥了两瓣蒜，丢了进去。只看老汉，随处一蹲，因为是干拌面，筷头的乾坤，得需掌控，捞着面条，得顺带添入蒜瓣、辣油,方才有味。"呼哧呼哧",埋头就吃,不时间,筷头拨拉着碗中之物,瓷碗发出"叮叮"之声。

不消一会儿,海碗空空,碗筷往小木桌上一丢,口中释然,满嘴油亮。也不讲究,伸手一抹,点上旱烟,进入下一个环节。

2022 年 4 月 2 日

人嘴最刁

当江淮一带，金桂在暑气未尽、秋气未来的时分，悠悠开放，四散幽香的时候，关中平原已经是秋意浓重了，又是连日阴雨，让本应该的秋凉，瞬时间到了秋冷了。

反倒是在陕北洛河川道，因为天气放晴，秋意浓且浓着，并未有阴冷的气息。金秋，给这一河川，倒是恰当的。

这三地的秋景大不相同，秋气也是有浓有淡。

浓淡不一的秋气里，生发出浓淡不一的味道。

在洛河的川道里，红砂岩被雨水冲刷、风化剥落，坍塌和淤积，一道成就了一片川地。

虽难说肥沃，但比之光瘠的岩山，那不知道好上多少。

况且，有了川地，自然就有不惜人力的世代耕作，硬是在这毛荒的地方，垦出几亩薄地。

十月里的川地里，葡萄架上叶子已经转黄枯瘦了下去，衬着半青不紫的葡萄的个儿显得更大了。

遇上了就得吃定喽，买些尝尝呗。新鲜地从藤上采摘，也没地儿洗，带着果霜就入了口。

酸涩。

继而是清香淡甜。

想来也是啊，这是东西向的川道的南一边，又是躲在一方岩山侧面的地儿，光照自然是不会太足的。再加之川道水汽重，秋日里怕是雾气缭绕的，真要等阳光透射，要等到将近正午时分了，然而很快又日头西斜,照不进这悠悠川道里来了。

没有充分阳光,新鲜且新鲜着,但是想甜,是难的。

也罢,就为这一口清爽抑或是酸爽吧。这近乎野地的耕种,断然是不能期待有阳光大棚里那甜到不自然的味道的。

人嘴是刁的,既想要这又想要那,十全十美哪有这么容易,总归是要留点缺憾的。

缺憾其实无处不在。

今年雨水颇多的关中平原,就在上演种种缺憾。

雨水一多,光照充足的黄土地,就不复从前了,地还在,就是湿了,光也有,就是不多了。

风调雨顺,过多的雨,自然是不顺的。

阴雨天多,当地的贡梨,也就不复从前了:雨水过多,光照不足,酥梨的汁水倒是多的,但因为光照不足,甜度自然是大打折扣;梨在阴雨低温的天气生长不快,果肉不在短时间内撑起果皮,皮就容易长厚了。

水多、味淡、皮不薄,是个很不好的组合。

也因为雨水多,今年的冬枣,也没去年的甜了,一筐子冬枣扒拉不出几个好甜的枣来。本想享受这脆甜的,不想是吃到了个老涩味道,兴致全无!

过多的雨水、不足的光照,也在侵害秋日里的松花菜。

本应展叶开花,却是动力不足一般,叶不展、花不大,都没怎么长成的菜花,倒先是得了"锈病",黑霉开去了。这样下去,今年的松花,是不大会好吃了。

人嘴刁着嘞,可糊弄不过去!

回到江淮,一秋的金桂,速速随着风雨落了。

风吹花落,雨除花香,花、香两无,空留枝叶。

罢了! 一秋有一秋的花香,一秋也有一秋的风雨。

江淮之地,本不算是四季分明的地方,时序在这里,偏混沌,有时候真的是作不得准的。

这几日的饮食,"秋风起、蟹脚痒"等等顺口的话,说的都在理。

除这些时节珍馐之外,细心的话,可以看到这些天的青菜,还在一个"转型期"!

当下能买到的青菜,多是"宁夏上海青"。

何谓"宁夏上海青"? 就是上海青的品种,在宁夏种出来的,是高原菜。

有什么不一样? 确实有不一样!

高原青菜,光照充足、水分不足,因此叶大但茎部偏瘦薄。一般的翻炒,问题不大,反而因为叶大而增色,毕竟翻炒后软软的菜叶,是大多数人的所爱。

若是本地上海青,因为雨水多、光照不多,自然叶子是不大的,但是叶柄处,瓢大肉厚,用来入汤什么的,更能发挥妙处。

再要等些时日,本地经霜青菜就要上市,稍远的宝应塔菜什么的也到了好时间了。那时候,单单就是一样青菜,也能分出个三五九等来。

有适合干炒的,有适合入汤的,甚至哪样适合做菜饭都要分出个高低好坏来!

真够热闹!

没办法,谁让人的嘴最刁呢!

2023 年 10 月 10 日

第二编

四时风物

朝昏看开落，
一笑小窗中。
别种蟠桃子，
千年一度红。
　　——张以宁《木槿花》

自然而然，又不尽然

老宅门口有一棵朴树。

阳历的五月，已经是树荫浓密。

五月初的太阳，已非春日，而渐渐有了夏阳的力道。

树荫浓密的朴树下，一片荫凉之地，可以坐坐聊聊天了。

自然，什么叫自然呢？

大概，自然而然的意思吧。

是啊，一棵朴树，即便是在冬日里，你看着它光秃秃的树干，也知道来年的早春，树芽是要探出来的。然后，是渐渐抽出叶来，先是亮嫩的黄绿色，是绿更是黄。而后，渐渐嫩黄褪去，浓绿着色。

朴树开花吗？开的，开在3—4月间。

不起眼的小花，开不久，花蕊就败去，风一来，就纷纷淋淋落下，很轻细。轻细到落在你的头上，头发都发现不了它们的存在。

开花，自然就要结果，细圆的果实，米粒大小。深绿、坚硬。

发芽、抽叶、开花、结果，便是自然而然。

如果，仅仅是如此，也便是循环往复，单调有余、灵气不足了。这不是自然。

真正的自然之力，在往复之中，有变化；在因循之处，显不同。

今年的朴树叶、朴树花、朴树果，是不同于上一年的。

今年的春，雨水多，光照少，树叶怕是较去年稀疏些，花大约是较去年晚一点，果子大概也会少一点。

就说是树本身，也会有变化，雨水多的年份，年轮应该是要宽一些的。

年岁时节，如钟摆般，往复来回；但绝不是一成不变。

自然的诸种微变，譬如雨水的多寡、天光的短长等等，幻化着不一样。

朴树边的那棵柚树，大概也感觉到了不居的时节中的那些细小的变化。

今年的柚花香味淡一些，柚花掉得早、掉得多，大概也是雨水、天光的原因吧。

同样受到扰动的，还有桑树。

雨水多、光照少，桑叶稀疏且长得晚，影响着一季春蚕的养育。

这大概也会影响入冬时分，裹在孩童身上的冬衣吧。絮了蚕丝的冬衣，也免不了岁月时节变迁的影响。

冬季还远，当下要紧的是今年的桑葚。

雨水多、天光少，桑葚结果晚，而且偏酸涩，全然没了去年的那种油亮的颜色和浓甜的味道。

还有，今年的桃树、李树，也免不了变化。

自然而然，但又不尽然。年岁时节，大概就是如此。

2019 年 5 月 3 日

寻味"青草香"

连日阴雨后的上海，迎来久违的阳光。

早春时节的阳光，不浓烈、不燥热。如果在日头下，浑身暖热，要是避进阴凉处，还有点薄冷。

正是在这样的时候，缓步行走在郊野的绿地上，身体为暖阳所温热，皮肤为丝丝蒸腾而起的水汽所润湿。

畅舒妙美。

就在这时候，遇上一块新割了的草坪，真是幸运。

新割了的草，一股浓烈的清香。

清香，比较好理解，这本是青草自有的香味，如果你走进草丛，用手指掐断一根草茎或是一片草叶，在指尖或者是茎叶的断裂处，会有种清香。若有若无、单薄缥缈。

这样的味道，又为什么会浓烈呢？确实好奇，但如果你有过走入刚割过的草地的经历，我想你会同意浓烈这一形容的。

千万棵草、亿万片叶，被割草机快速旋转的刀片打到，击发出草叶中虽难说丰盈但积少成多的汁水，被机器甩将开来，散逸到空气中。真是浓郁的香味，清香、翠香、润香。

另外，你有没有走进过刚收割过的稻田或者麦田？

刚收割后的稻田或者麦田，也有植物茎叶被击碎挥洒的浓郁香味。

但这不是清香，更像是一种偏干的香味，有点刺，吸入鼻孔，似乎感觉有芒灰。要是用铡刀铡碎干燥存放的麦秆或稻秆，这种芒刺感会更强烈。

不过,稻田和麦田在收割后的气味,还是有点不同的。稻秆的味道偏清,麦秆的味道偏油:你若是剥开稻秆,能看到包衣之下,会有一种干青色,而要是剥开麦秆,包衣之下,会有一点轻微似无的油脂。这,让两者的气味有所差异。

植物的气味,真的很奇妙。不说浓烈的,如花朵,也不说郁重的,如果实。仅仅闻茎叶,植物的个性,其实就很有区别。

薄荷、葱韭等自带辛香或激刺味道的自不用说。

气味并不浓烈的,如田艾,基调是草香,当然也有菊科植物的稠香,闻起来很是舒服,若是细细揉进面团,做成那江南清明时节的麦芽塌饼,兼有淡香与甜润,真是极致的享受。再配一杯清明时节的新茶,茶香氤氲,饼香萦绕⋯⋯

素淡的如粽叶,鲜粽叶是翠清之气,干粽叶是燥香之味。此物垫衬的糯米青团岂有不香的道理,此物包裹的鲜肉粽子怎会不好吃?

你若再来闻一闻青茅,那是青润的清淡,嗅一嗅干茅,则是干刺的醇香。所以,旧时新修的茅草屋,满屋茅香。《诗经·国风·召南》讲道:

> 野有死麕,白茅包之,有女怀春,吉士诱之。

白茅包着为心仪之人猎得的猎物,并将对方比作这纯洁的白茅,想来也是浪漫无比。

寻味"青草香",真得有野趣、能静心,想来现在这样的机会,也不会多。

2019 年 2 月 25 日

107

吃了，才知春光短长

今天，是谷雨，二十四节气中，第六个节气，也是春天最后一个节气。

从立春到谷雨，也就是春天的短长了。接下来，便要立夏，进入夏日了。

所以，谷雨时节，春天还有个尾巴。

对四时的感知，现在大家并不过分在意。

而对于吃食来说，四时是非常明显的界线。

所以说，吃了，才知春光短长。

你想想，韭菜，也就是在立春、雨水时分的，才能叫头刀；春笋，在惊蛰、春分时刻，那才是尝鲜；香椿吃在春分之际；螺蛳嗦在清明时节……

出了这些时节，你不能说这些吃食不鲜美了，但是毕竟不算是时令风物了：韭菜，到了春末夏初，绿韧有余，而鲜嫩不足；春笋，过了清明，量大高产，但是少了春雷初来之时的鲜气；香椿，若是过了时节，香气浓郁了，但鲜香之气逐渐消散；螺蛳则更明显，清明时节赛过鹅，而到了夏季，肥润过头、肉质松垮……

时节，为吃食"断代"。

所以，懂吃的人才会留心四时之草木，丈量春光之短长，而且是特别细致精微的那种：去菜场看看，就能知道四时轮转，时节之不居。

当然，你说现在"反季"盛行，是啊，你不都说了吗，是"反季"，那就会有"当季"来对应,你内心里,还是认可当季的吃食的。

想想,春天的一季吃食,韭菜、马兰头、香椿、春笋、螺蛳等等,挨个吃下来春天也就这么过去了。

还有很多特别考验时令把握的风物,比如柳芽、松尖、槐花、桐花、蒲菜、棕包……有些已经过去,有些正在当季,有些还未到来。

时光易逝,风味移转。

想想,时节造就的吃食,真的很奇妙。

比如,你想过,凉拌个柳芽吗?

你想过清炒个松树尖儿吗?

上汤蒲菜,怎么样?挖了蒲笋,切了段儿,添咸肉、加海味……

桐花可以在树枝上开着,也可以在菜盘里吃着呀!

槐花烙个饼吧,或者是裹了面清蒸,清香微甜,吃的是春夏之交的味道。

江西赣州人,会吃,四月间,吃棕包,并且称这味风物叫"苞米"。何谓棕包?就是棕树上长出的未露头开放的花穗。切了片儿,小炒了腊肉。

时令风物,不胜枚举。

一季的吃食到来,记得要抓住。错过也别慌,另一季的吃食,接踵而至,就看你的味蕾对时令风物的把握了。

2019 年 4 月 20 日

春日，空气里的"小东西"

到了春日，空气中的"小东西"就多起来了。

比如：风絮、游丝、氤氲。

顾名思义，风絮倚靠的是春风，游丝是春光的产物，氤氲则来自春的润湿、和煦。

风絮

一川烟雨、满城风絮。

春雨一来，烟雨迷蒙；春风一吹，风絮飞舞。

到了三四月间，柳树、杨树的花絮，开始在空气中游荡。

垂柳或是白杨，到了花季，花絮浓稠，春风一来，散将开去，在空气中游荡。

一定得是微风、暖阳，这样的风絮，才是最佳的。

风时断时续、轻柔绵长，花絮轻飘无比、随风起舞。要是够多，在空中飞舞，大概可以称得上"烂漫"了。

最好是暖阳天，春日阳光和煦，晒在身上只觉温暖，不觉燥热。阳光晒在飘荡的飞絮上，突出了花絮的绵白，再有蓝天衬托，更是显得这一朵儿的绵白浓厚、晶莹。

夕阳西下时分的风絮，更是可爱。橙阳可染白絮，风絮犹如画布，呈现不同天光云迹幻化。

春日里大风天也不少，大风一来，花絮没了在空中游走的状态,席卷而来的风,裹挟着花絮,呼啸而过,避之不及。

南方各地多柳絮,北方则更多的是杨絮。

柳絮细绵,杨絮朵大、繁密。

在南方的春日里,你要是看到垂柳轻摆,柳絮就要随风舞出了;而在北地,一排排高大的杨树,风一来,密集的树叶有沙沙声,风絮飞舞,弥漫街巷。

游丝

你不知道它们是怎么来的,春日里,空气中的游丝。

这个词语的组合很奇妙。游丝,拆开来,就是一个"游"字和一个"丝"字。

"游"是一种存在和运动的状态,也是一种对形态的形容;"丝"是说它们是什么形态,却也透露着它们那若有若无的存在。

游丝多是蛛丝,但也不尽然,春日里的絮丝,种类繁多。

这样的絮丝,一定是轻盈游走的,多在春日的晨间或是暮时。

此时,天光柔和、空气湿润。再吹来微风,不知道从哪里,就飘出一丝半缕的絮丝来。

真的就是那么一丝半缕,可能是蜘蛛网破碎后游移开去的蛛丝?可能是花絮中飘离而出的絮丝?不得而知,也不用探其究竟。

要是雨后转晴的暮时,或是前一天春日较盛,蒸腾起不少水汽,你或许能看到串着水珠子的游丝。

但是游丝本就若有若无,其上的水珠当然就是细碎无比了,细碎到你用手指去戳破,都不一定能感受到指尖的润湿。

氤氲

氤氲之气，也是要在雨中、雨后或是前一天春日的蒸腾之后。

氤氲，就是笼罩、弥漫、模糊等等感觉的综合。

你说它是一种气团，可以；你说它更像是一种水汽、光线的混合体，也对。

氤氲之气，不是春日独有，初秋时分天气由暖转凉或是盛夏清晨蒸腾的水汽暂时冷却，都会有氤氲之气。

春日的早上，你推开门，缓步来到水边台阶，看到水面上一层如云似雾的气体，就是氤氲之气。

轻盈无比，但又感觉无处不在。

你看它轻悠悠地浮着，想去扰动它，却并不容易。人工的扰动，多没什么效果，你只能在其中穿行，而氤氲并不被打扰。

若是自然发力，太阳一晒或是风一吹，它就兀自散开了，也没有什么中间的渐变形态。

还有是春日的雨中、雨后，山林竹海，最会有氤氲之气。

下雨之时，一边是偏冷的雨水，另一边是偏温暖的大地和林木，冷暖相遇，产生水汽，笼罩山川；下雨之后，一来是此前的水汽尚未消散，二来是新照的日光蒸腾，也会有烟云之感。

氤氲，对风和光的要求也不低。无风最好，微风则添其动态；阳光似有尚无，最是恰当的时分，过于浓烈或是黯淡，多会没有氤氲的感觉。

2019 年 4 月 13 日

苦楝有树

有些树，生来就惹人关注。

比如，苦楝树。

苦楝树，又叫紫花树、楝枣树、苦辣树等等。

这么多的别名，其实都有讲究。

四五月，苦楝树就开花了。

花瓣是由白渐变到紫色，犹如一把汤匙，凑近了看，花瓣面并不光洁，而是有细微的柔毛。

白色总没有紫色那么夺目，所以远远看，你看苦楝树，就是开紫花的。

这便是紫花树名称的由来吧。

春末夏初，阳光亮白，远望一树翠叶，顶着细碎紫花，这便是花季的苦楝树。

苦楝树叶，在四五月，真的是翠绿，绿色带着油亮，似有油脂。这样的绿，是苦楝花极好的背景。

若是遇上一大片苦楝树，恰逢花季，目光所触，翠绿淡紫，又有夏初太阳的眩晕光影，茫然氤氲，似梦如醉。

还有苦楝花特有的香味，你看到这淡紫花瓣，应该会觉得这花应是素雅的。

不尽然。

花色素淡，但花香偏浓郁，鼻子闻到，会觉味重，当然不是难闻的味重，而是香气浓重并有甜辣相伴其中的感觉。

唐人温庭筠有诗《苦楝花》：

> 院里莺歌歇，墙头蝶舞孤。
>
> 天香薰羽葆，宫紫晕流苏。
>
> 晻暧迷青琐，氤氲向画图。
>
> 只应春惜别，留与博山炉。

写的苦楝花其香、其色。

不过，无论是天香，还是宫紫，抑或是晻暧、氤氲，终究是春惜别。

此花开时，春去夏来。

苦楝树，之所以叫苦楝树，在于其苦。苦在何处？其皮其实。

苦楝子，味苦、性寒、微毒。或许还有些辣，所以还叫苦辣树吧。

苦楝子初时油绿，成熟时显示嫩黄，继而焦黄干瘪。

经冬不落。

所以，冬日里，你也能看到苦楝子仍挂在枝头，冬雨打湿、冬雪覆盖，却不落下。

苦楝子，苦、有毒，但可以入药。

不过，即便是苦寒有毒，却有不少鸟类食用，不厌其苦。

现实中，灰椋鸟、灰喜鹊、白头鹎等许多鸟类都以楝果为食。

有些鸟类取食楝果后会将果核从嘴中呕出，从而无意中帮助其自然繁殖。如白头鹎，通常会将果实叼到空旷的地方享用，来年在这些地方就很可能会出现楝树的幼苗。

2019 年 5 月 7 日

想吃枇杷，要到蚕罢

想吃枇杷，要到蚕罢。

春蚕快要到吐丝结茧的时候了，枇杷也到了上市的时节了。

暮春初夏，草长莺飞，风物繁多，记不住、不好记，怎么办？

就以一物记及另一物吧，春蚕多是四月中下旬开始蓄养，到了五月间，便要化蚕为茧，便是蚕罢时节了。

这个时候啊，屋外院墙边的一树枇杷，由暗青转为橙黄，到了枇杷熟时。可能你不以为然，早在二三月间，枇杷就已经上市了，何须等到四五月。

是啊，二三月间，云南蒙自、四川米易的枇杷，就已经可以采收。所以，枇杷可说是早春时令鲜果。

不过，江淮地区的枇杷时节，还是要到四五月的暮春初夏。

食之过早，过于酸涩；食之过晚，怕是轮不到你了：燕雀最喜欢枇杷，一旦成熟，就飞上枝头啄食，驱之离去而后返，贪这一口。

枇杷是由冬而春，开花结果的果树。

前一年的十月到十二月间，枇杷开花。花期不长，入冬后，空气很快清冷，枇杷花也要忍冬开放，开花结果。

枇杷花，花香幽淡，一般很难闻到什么花香，或许只有清夜之际，微风似有若无，暗香会有浮动。

清秋初冬之际的枇杷，还有很重要的一个用途：秋冬日，容易肺热咳嗽，一碗冰糖雪梨枇杷汤，润肺养肺。这里的枇杷多是枇杷叶，但也有用枇杷花的。

还有人,采集枇杷花,晾晒干透,制成花茶,来年冲泡出其中的淡香与清润。

花后,便是果。

冬日里,枇杷树就开始结成细粒的果实,刚开始如豌豆大小,随后慢慢长大,如鹌鹑蛋,长得大的有乒乓球甚至是鸡蛋的个头。

枇杷果青涩的时候,果实表面有绒毛,暗青色,在争妍斗奇的春日里,其貌不扬。

但就是在春天快要过去,夏天正在到来的时分,暗青变为黄绿,最终变成橙黄或是亮黄,一季的果实,到了收获的时节。

采摘枇杷,上午较好,阴天较佳,下雨或是烈日,都不是理想的时候。采收时,用枝剪,连短枝剪取,品相好,还适合储存。

采得枇杷,从果蒂之处,折去短枝,果皮出现缺口,用指甲细细剥除果皮,得一枚枇杷。碰到好剥的、技术又好的,囫囵一个;手气较差、技术不佳的,剥好的枇杷坑坑洼洼。

不论怎样,一枚成熟的枇杷入嘴,软甜糯润,享受到登造的美味。枇杷有哪些比较好的产区和品种?

应该说,枇杷在国内绝大部分地区被广泛栽培。

大类来讲,枇杷分红肉类和白肉类两种。颜色只是便于区分,至于口感,白肉类和红肉类中,都有出类拔萃者。

早春时节,云南蒙自、四川米易等地的枇杷胜在早熟,适合尝鲜;暮春时候,苏州东山的白沙种、苏州西山的青种、杭州余杭的塘栖软条白沙等等,都是良种。

不知道有多少诗文,写到过枇杷树、枇杷花、枇杷果。

印象最深的还是那句:"庭有枇杷树,吾妻死之年所手植也,今已亭亭如盖矣。"

至淡至浓,至简至深,最是平淡又最是情深。

2019 年 5 月 12 日

就等新油了

春日里油菜花的烂漫金黄，褪去了。

留下的是黄绿的油菜秆和酝酿着油菜籽的荚了。

油菜花变成油菜籽了。

是啊，就等着新油上市了。

在早春的满眼金黄里，你大概不会想到，有一天，漫山遍野的金黄，消失得无影无踪，留下的是这么朴素的场景。

多么其貌不扬啊。

瘦长瘦长的秆子，绿得不润，而是黄绿，甚至是带点焦色的黄绿。叶子基本掉完了，光秃秃就剩秆子。

细长的荚子，表面鼓鼓囊囊的，包裹着油菜籽。

吹动春日花海的微风，对这样的光秃秃、沉甸甸的东西，没什么兴趣。"呼"地过去了，都懒得摇一摇它们。

在太湖平原上，油菜是冬种夏收。

收完稻谷的水田放干了水，采完桑叶的旱地都不消平整，就可以种油菜。

一般旱地是散播，水田是要排干水，做成垄，移栽的。

散播省力，一小把油菜籽，抛撒出去，落地安身。

趁着秋末冬初的雨水，生了根、发了芽。

生出那细矮细矮的苗来。密密麻麻。

不消多久，就能长大成株。

但毕竟是到了冬日了，天光回短、气温回落。

油菜叶,没了鲜绿,多是绿中带紫,要是经了霜打,紫色更是明显。

已经不是生长的季节了,熬冬吧。

熬冬前,还有一步,水田里的油菜,是要从别处移栽过去的。

收过水稻的田,将水排干,掘土堆垄,高处种油菜,垄间用作排水之处。

堆好的垄,须干置两日。然后,就到了种油菜的时候了。

别处拔来的油菜苗,还带着土。一根木棍,在垄上一戳一个洞,栽进油菜苗,洞口轻轻一捏。一棵油菜就种好了。

水田和旱地不同的种植方法,到了春天就显示出不一样的阵势来了。旱地的油菜花,杂密;水田的油菜花,成行成列,而且植株大,花朵也大。

油菜的金黄岁月,也就是在三月,到了四月,菜花谢去,菜籽孕育。

当然,要是在河湟谷地、青海湖边等地,油菜的花期更晚,结籽也就更晚。

五月油菜渐渐转黄,六月就开始略呈焦黄了,到了收获的时候。

割下油菜秆,在田头或者地头晒干。

铺好油布,搬过油菜,用木棒敲打反复,扬起尘灰,打下菜籽。

油菜是否干透、用力是否恰当,有讲究。

晒不干,就得用力打;晒得干,就可以轻轻敲。

敲打下来,还得筛扬,去掉尘土和杂物,留下细如笔珠的油菜籽。

有的墨黑,有的暗红。

去捧一把油菜籽,确实是油油的感觉,一季的孕育,成就了油脂,连外皮都有滑润的感觉。

油菜籽榨油,有用机器榨取,也有人工压实榨取或者碾榨。不太了解。就知道啊,榨菜籽油的时候,那是芳香四溢,是一种香味,带着腻味的香味。

榨出来的油,浓稠金黄,香气四溢。

榨过油之后,剩下的或是菜籽饼或是菜籽粕,是极好的饲料原料之一。当然,也可用于钓鱼。菜籽粕碾碎撒在水面,油脂和香味,很快就引着鱼儿过来了。

一季有一季的吃食用度。

就等着一季的新油上市啦!

2019 年 5 月 14 日

覆盆子，多采撷

三四月间，水乡的河浜岸边，一种白色的小花，就会绽放了。

花不大，拇指甲盖大小，五个花瓣，不多不少，花色纯白。

花蕊黄绿色，中心有密密麻麻的蕊须和蕊头。

白花依托的植株，半人高低的团簇状，偶尔有伸展出的新枝，可以长到一臂长短。

因其傍水而生，又因新枝嫩软，所以低垂到水面。鲜绿色的细碎的叶子，随着风，时不时划拉一下河水，划出微痕一道。

暮春时分，这些花朵，已经由盛放转为凋零。

因其生长在水边，到了花谢的时候，花瓣掉落，浮于水面。洁白的碎细的花瓣，浮在一汪春水之上。

小河浜不似大江大河，水流静缓，水面极少有波纹，花瓣就那么静静地浮着。

间或有农妇下得台阶来洗菜浣衣，花瓣就被推着向着河中央漾开去，四散漂流；这时候，再来一位渔夫，划船而过，却又推逼着花瓣去往两岸。

两力互搏，让花瓣熙熙攘攘地拥到了一块儿，成了一条花瓣的带子。在离岸不远的水流半中央浮着。

这便是覆盆子树、覆盆子花。

印象中，我只在河岸、溪边或者水渠岸边，见过这种树、这种花。但想来，它对生长环境并不是很挑剔，大约水分充足、光照尚可的地方，都能生长。

到了五月间，覆盆子的白花谢去，由花而果，覆盆子果，就会结出了。

此时，树叶已由鲜绿转翠绿。所以，小小的绿色嫩果，并不显眼。你隐约觉得它是果实，就那么细小的一粒，表面褶皱，带有绒刺。

继而转黄，那种鲜黄色，然后渐变到橘黄。

这时候，你才真正意识到它是一种果子，仍旧不大，但你能看到果肉的饱满、果色的鲜明。

果肉真的极富张力，似乎要胀破那薄薄的一层果衣；果色澄黄，特别是在春日的阳光下，亮白的阳光洒在果子上，澄澈明亮。

橘黄之后是淡红，继而深红、酱红。

淡红还带黄绿的时候，不要着急着采食，太过酸涩；深红乃至酱红之际，已经到了采撷品评的好时候了，此时的果子，恰到好处，清甜：果肉的甜味有，但不浓厚，甜味中带着清香。

毕竟是野果子，覆盆子不会太大，当然现在有人工的培育，有了莓子的大小。

野生的覆盆子，就是贴着细枝生长的那么几粒果肉的攒集，攒得也不完满，甚至是东缺西少的。

你要是不细细寻觅，在一片绿叶中，发现不了这些小野果。另外啊，就算你看到了，下手前，也要仔细看看，伸手攀撷的时候，当心枝条上的细尖细尖的刺儿。

鲁迅先生，也写过覆盆子，在《从百草园到三味书屋》里，先生写道：

如果不怕刺，还可以摘到覆盆子，像小珊瑚珠攒成的小球，又酸又甜，色味都比桑椹要好得远。

一句话，写到了覆盆子其树有刺，其果如珊瑚珠子攒成，果味酸甜，等等，言简而意丰。

我对吃覆盆子的印象是,初夏的清晨,与母亲一起下河摸河蚌,在河浜的浅岸处,母亲攀得两三粒覆盆子,没有也不用清洗,带着前一日的雨水和当晨的露水,塞到我嘴里。

　　饱满的果肉,在口腔里瞬间爆裂,果汁喷溅,酸甜相杂……

　　母亲问我:甜不甜?

2019 年 5 月 18 日

菱角，由叶而花

时节到了五月，由春而夏。

清明、谷雨、立夏、小满……

一年也走掉三分之一了。

清明时节，落种、散播的菱角，发芽、抽叶，就要向着开花去了。

早菱，清明时分落种；晚菱，可以到谷雨时候，再下种子。

早晚，也就是一个节气的时间。

当然，你说要是大棚种植，只要光热水土条件合适，寒冬腊月，也可以播种，也能得到收成。

菱角，喜光、喜肥，水生。

所以，阳光充足、淤泥肥沃的河边浅滩，很是适合。

具体怎么选择地方，怎么下种，下多少种，如何平整塘底，施多少肥……都有讲究。一般没有实践过的人，说不出个所以然来。

须得有专门种菱角的"把式"，才能道清说明。

当然啊，你若想种着玩玩儿，那且放心大胆地去尝试，菱角不娇贵，有阳光、有水、有肥泥，就够了。

你可以找个石臼，臼底铺十几、二十公分的淤泥，浅浅地添了水，放在向阳的地儿，确保水分充足，准保也给你来个抽枝散叶。

时光的造物，真是如"一生二、二生三"般，简短、直白，不造作。

清明也好，谷雨也罢，落种的菱角，到了五月下旬，必是一株株悠然漂浮的秧苗了。

中间有一个芯儿，芯下有长根，通河底；围着秧芯，四散而有叶片,当然,有的叶柄短,所以凑近秧芯,有的叶柄长,所以逸散于外,若即若离。

不论短长,叶柄上都有鼓鼓囊囊的一段儿,不知道作何用,似乎是这些鼓鼓囊囊的小部件,撑起了菱角秧在水面上的悠然自得。

初夏的阳光,逐渐亮白、灼热,连带着吹来的风,也是明亮和热烈的。

因为喜阳,所以菱角鲜绿的叶,是向着阳光,完全敞开的,阳光下,水润油亮。

因为恶风,所以菱角多在静稳的水面,要是长在风口浪尖,被大风生生掀翻,让浪花直直打翻,便容易成为倒栽情状,乱了阵脚、失了仪态,更重要的可能是一季的结果、一季的收成,就都没有了。

微风细浪,最佳。风拂、水漾,叶片波动,秧芯点头,动而不失分寸、静而不木不讷,珊珊可爱。

有时,细浪扑出几滴水珠,滑游在菱角叶上,更添情趣。

抽生出枝叶之后,便等着花开了。

菱角花开,多在六月。

六月天,夏日已至,但不到仲夏,仍是舒缓闲适的时节。

菱角花开低调,花开稀疏,花开白色。

就是一点点的星布的小白花,细碎,不惹眼,很稀疏。

高于菱角秧,也只有两三公分,甚至更少。

诗人周邦彦谓,——风荷举。但菱角的枝叶本身就不高举,菱角花也就不是高擎弄清风了。

小白花儿,花蕊淡鹅黄色,不出众。当然,也有开黄花的,也是一般的细小和低调。

但就是这样的小花,早一点的在七八月间,晚一些的到九月、十月,却能收获鲜嫩丰盈的菱角。真是要感叹造化之神奇。

菱角水生,花期过后,先是枝叶下的细粒,继而膨大,渐渐有了棱角,就成型了。

菱角品种多,南湖馄饨菱,菱角肩角上翘,腰角下弯,菱腹凹陷,菱肉厚实;吴江小白菱,皮绿色白,菱角肩角略向上斜伸,腰角细长下弯,腹稍隆起;宜兴大青菱,皮绿白色,肩部高隆,肩角平伸而粗大,腰角亦粗,略向下弯;还有水红菱,叶柄、叶脉及果皮均呈水红色,肩角细长平伸,腰角中长,略向下斜伸;两角菱是果形长大,皮暗绿色,两角粗长而下弯⋯⋯

就这么个小物什,大有讲究。

采摘菱角,很有意思。

菱角生吴地,采之以菱桶。

长椭圆形的木桶,浮于水面,一人居于其中,攀采菱角。

攀采劳作,还要保持平衡,不容易。弄不好,人仰桶翻。

菱角,可以生食,比如红菱,清香清甜,脆爽,嚼之有声响、有汁水;可以入菜,炒个菱角,加上荷兰豆、藕片,美其名曰荷塘月色,还可以西芹炒菱角、银杏青瓜炒菱角、菱角炒毛豆、菱角炒芦笋等等,食之取其清脆;可以熟食,蒸熟之后,掰开硬壳,香气四溢,果肉绵厚,不过食之过多,容易噎塞⋯⋯

一地的物产,也是一地的祭祀用材。

吴地祭祀,多用到菱角。

大约是取"菱"与"灵"同音,求其灵验。

2019 年 5 月 22 日

五月末，一夜风雨

五月末，一夜风雨。

在夏初的时节，这样的风雨，并不少见。

风雨之后，闷湿的天气变为凉爽的雨日。

不像夏季常见的倏忽而至的雨，不带凉气，只增潮热。

照例，申城在雨里，变得清爽了，马路都被冲洗干净了。

而若是在乡下，这样的一夜风雨，在第二日，便会带来乡道的泥泞难行。

一夜的雨，是能下透大地的，即便是走的人多了形成的路，也会湿透，更不要说那并未踩实的地方。

土路上，低洼处，是要积起雨水的，自然是泥泞湿滑，不过，也因为积了水，肉眼可见，除了穿了雨靴或是踢踏着凉拖鞋的孩子外，一般人也就绕道而行了。

难走的是那不积水，但已经泡发的地方。下脚前，以为是实地，一下脚才知道判断有误。运气稍好一点的，就是沾了一鞋子的泥；运气差一点的，脚底的泥扑滑开去，免不了要摔一跤，弄不好两手泥。

遇上这样的时候，绕道而行是对的。怎么绕？有砖石垫脚的地方，你放心大胆地去。没有的话，找草丛走。

找草丛，有讲究啊，太茂盛的你踩上去，不光湿鞋，连裤腿都要湿了。找密集的浅草处下脚，最保险。草密，根系也就密集，踩下去，地实；草浅，不会弄湿裤腿，最多湿了鞋面。

而且你要观察就会发现，草多是个矮根深，浅草处可能是多年的根系缠盘,而即便是再高的草,也是一年生,所以根系也就是浅浅地盘蜷在地面。

这样的雨后,你可千万别踩进新翻的地里,保准你是越走越沉重;鞋底的泥越粘越多,而且进退两难,进也是粘,退也是粘,真想直接跳到三五米开外。

不过,长性子的雨一下,这样的泥泞难行不消人提醒,大家都能预见。让人放松警惕的是初夏时分的那种阵雨,不大不小地下那么一阵,你一看泥地面是湿了,但也不泥泞,所以就大胆地走吧,一走才发现,不对,泥地表面被雨水泡发了,下面仍是干白,所以湿泥和干土分离,都粘在你鞋子上了。

夏季长性子的雨一下,收完油菜籽的水田就蓄满水了,翻犁之后便可以准备播种育秧了。

翻犁水田的时候,最是有意思。现在少有水牛犁田,多是农机翻地。农机翻犁的地方,打碎了水草,也免不了毁了青蛙、水蛇、蝼蛄、泥鳅、黄鳝等的洞穴,所以运气好的,可以逮了泥鳅、黄鳝回家。

这时候,燕子、白鹭最欢快。燕子低盘,捕食被农机惊起的蚊虫;白鹭在翻犁后的水田里寻觅:青蛙、蝼蛄、小鱼、小虾都是它捕食的对象。

整理好的水田,就等着芒种时节的播种了。之前多是育秧移种,现在则是直接散播。

育秧移种,泡软松发的泥地,最适合秧苗迅速扎根;散播直播,这样的软土地也是最能让已经育出雏芽的种谷,扎入泥土,生根发芽。

雨顺地利,一季的耕种就到了时候了。

2019 年 5 月 26 日

朝开暮落花

六月初夏,木槿花开。

木槿花,早晨盛开,暮时萎落,所以也叫朝开暮落花。

花粉红色或者粉紫色,还有粉白色的。

由花瓣四周向着花心,颜色由浅而深渐变,花心是突出的花蕊,鹅黄色。盛开的木槿花,花粉丰裕,洒落在花瓣,随风飘漾。

木槿枝细叶小,却顶着舒展后有一指长短宽窄的花。

在初夏的六月,伴着朝气,望去,出挑着一树的花朵花苞。

暮时,花朵收敛,但也并不当日就落下,而是先萎敛到有如松散的花苞样子,毕竟盛开过,所以不似花苞般紧实了。

明日或复开,或随着夏风夏雨落下。

木槿花期,在夏在秋。夏花盛烈,秋花静美。

木槿花树,落叶灌木,高出一人,高一点的有 3～4 米。叶多菱形或是三角状卵形,叶沿齿裂,叶色多深绿。

木槿树好长,不挑剔生长的地方。乡间老宅的低矮土墙边,就曾有一株木槿。高多少?不知道,彼时仍是孩童,看世界的高低大小,跟现在很不一样,就知道这棵树比竹子低,比黄杨树要高一点。

树根就贴着土墙,想来或是先有树,然后沿着树根筑的墙?抑或原本是有墙无树,不知哪个年月,突然生发了一株树苗,然后生长盛发?不知道啊。

就是这么一株树,倚贴着土墙生长,靠墙一侧,枝叶稀疏,远墙一侧,枝繁叶茂。所以,你若想顺着土墙爬上去看木槿花、摘木槿花,多是很难够着。这倒也成就了半树的木槿花,不被打扰。

木槿花树下,是一条被雨水反复侵蚀的斜土路,土路由高而低,向着河边去,所以水土不免流失,路面深切进去,都比土墙的墙基低了得有二三十公分了。

所以,即便是大人骑着自行车,走到树下也不需要低头而过;而坐在后座的孩童,想要趁着自行车倏忽而过的一刹那攀拉树枝,也多不可能。

木槿花开,行经此处,你或会发现自己衣服上多了鹅黄的花粉;木槿花落,便落在土路上,暮时天光昏黄,免不了被归家的农人踩碾。

木槿,朝开暮落,所以《诗经·国风·郑风·有女同车》讲道:
有女同车,颜如舜华。将翱将翔,佩玉琼琚。彼美孟姜,洵美且都。
有女同行,颜如舜英。将翱将翔,佩玉将将。彼美孟姜,德音不忘。

"舜华"就是指木槿花,这名字倒是贴合其朝开暮落、瞬间之荣的特点。

唐代诗人刘言史在诗中写道:
酒阑舞罢丝管绝,木槿花西见残月。

诗名叫《王中丞宅夜观舞胡腾》,酒尽舞罢、丝管音断,木槿花西,残月可见。

晚唐诗人李商隐有诗《槿花》:
风露凄凄秋景繁,可怜荣落在朝昏。
未央宫里三千女,但保红颜莫保恩。

写得有些悲了。

元末明初的文学家张以宁作的《木槿花》写的则是闲情:
朝昏看开落,一笑小窗中。
别种蟠桃子,千年一度红。

2019 年 6 月 5 日

129

时令多挽留

时令终将过去。

对也不对，一季的时令过去，还会有另一季的时令到来。

我们在感叹时令已去之时，大概是有对已过去的时令的挽留，再有就是对尚未到来的时令的期待。

想来前者更多。

一季时令，鲜美华丽，却终将过去，难免生了挽留之心，起了挽留之意，做了挽留之举。

由春而夏之际，对时令的挽留，可以多种多样。

留住春滋味的扁尖笋和潦菜，便是其中两种。

江浙一带，对笋的加工和幻化，五花八门。

扁尖笋，笋如其名。扁是因为其潦熟晒干，尖笋是说它的原料。

暮春初夏，春笋过了时节，纵有新笋探出，也没了早前的肥美了。

早笋，在地里盘踞得久、酝酿得长，随着春雨探发，自然是积攒下的精华；晚笋，图的是快，这图快实则是天气时节使然，阳光热烈、气温攀升，哪有从容的盘踞和酝酿，只有急躁的破土而出、蹿天而上。

而且啊，经历早笋的勃发后的地力已减，生发的晚笋自然也就是"先天不足"了：细瘦直长。

但就是要取这样的晚笋，你也不盼着，它们也确实不会成材。

剥了笋壳，细细洗干净，热水焯熟，用上足量粗盐，抹匀腌制，仔细码好，放置几日。

需得是粗盐，你若观察，腌制肉类、蔬菜，多是粗盐。粗盐价廉是一方面，想来粗盐不似细盐般有渗透力，不至于让腌物太咸，久置不化的盐粒，在食物表面，可以持续贡献盐渍，让食物不会腐坏。

腌制之后，滤去渍水，借着初夏的太阳，迅速晾干。腌制入的盐分，又被太阳催逼析出，挂粘在表面。

这一味留着晚春味道的吃食，便是扁尖笋了。

扁尖笋怎么吃？

西红柿毛豆扁尖笋汤吧，西红柿贡献酸味和色彩，毛豆粒贡献鲜味和嚼劲，扁尖笋贡献咸鲜之味。融合春滋味和初夏时令，在天气渐热、胃口不振的夏日，最是佐饭的佳肴。

可以加时令的丝瓜或是冬瓜，添一点开洋，做汤，自是人间美味一道。

还可以用来煲老鸭汤，或是扁尖竹荪鸡汤，等等，都是鲜物。

另一味挽留春滋味的吃食便是潦菜。

潦菜的制作，一般早于扁尖笋。

农事饮食，因时节而变幻，但也因时节变幻不一、各有特色，而丰歉不一、多寡不同。

三四月间，万物生发，自然菜蔬也是正当其时。

各类菜蔬一拥而上，但又时令不长，很快老去。

这时候，便有人做潦菜，想要留一口这些时令美味。

潦菜，看其字面，一目了然。

鲜菜洗净，不掰细碎，整棵入滚水，一焯就起。

待烫气散去，一棵一棵，骑着竹竿晾晒。

叶色因焯水，已是深绿，叶梗经水焯熟后，在阳光下被照得亮白剔透，骑在竹竿上，色彩搭配得宜，很是耐看。

日头好，不消两日必是燥干无比，抓取的时候生怕蹦碎。

这一味吃食，自然是不会有鲜菜的丰润了，却把鲜菜的鲜香精炼为醇香，手捧嗅之，浓烈的干香味道。

潦菜在吃的时候，用冷水泡发，拧干，细细切碎。

可以炒笋丝，可以炒茭白，可以烧肉，总相宜。

这味菜介于鲜菜和咸菜之间，失鲜香而得醇香，去清寡而添醇厚。

如此存储，可以在夏日乃至秋日，再品春菜的味道。

不过，这味菜传布不远，多在浙北苏南一带，可能知道的人不多。

2019 年 5 月 29 日

花椒飘香

有些味道,一旦闻到,就很难忘掉。

去年,也是六月间。

在关中平原的北沿,不经意间撞到花椒树,以及那独特的花椒香。

六月过半,关中平原,天青燥晴,日烈风无的一天。

八百里秦川,铺满金黄。麦子熟了。

一望不见边际的麦地,在农人的收割下,出现不同的色块。

一整片一整片的金黄之中,有了空隙,被收割后的麦地,留有秸秆,还没有来得及捆扎,于是金黄色到这里不再齐整,而是杂乱,有些地方还显露出大地的一点暗黄色来。

麦子田头,白杨树下,被辟出一块菜地来,种的是长黄瓜、圆茄子。

还没细细看,黄瓜是否鲜嫩,茄子是否光圆,就被一种独特的味道吸引了。

浓郁的香甜味道。一时间,却不知道怎么形容,就是清新、甜香。

柳橙香味?!

是的,"柳橙"的味道,浓郁的"柳橙"的味道。

再不知农事,橘生淮南淮北的故事,总是知晓的。

黄河支流渭河两岸的大地,不会是柳橙的生长地。

闻得香气,却无从寻觅。

定得神来,才知道隔在自己和黄瓜、茄子中间的篱笆就是"柳橙"味道的来源。

密密生长,围成了一圈篱笆。

这树,没在南方见过,主干不高,细条伸展,叶色油绿,细叶遮不住密密麻麻生长的果实,细圆的、顶着一个个泡粒的果实。

嗨,那不就是花椒吗?

六月间的花椒,是新果,也就是青花椒。

不似成熟采摘烘干后的花椒,果色暗红,而是一种鲜绿的青色。

果实的表面,密集地凸起一粒粒小包,不平整得很。

扎堆攒在一起,通过纤细的果蒂,一粒粒花椒联结在一起,然后再和母树相连。

花椒果实,多而密集,花椒树碎细的叶子,根本遮不住。但又因为其果实细小,远处观望,不一定能觉察明了,看得真切。

"柳橙"香味,便是来自这些青花椒啊。

凑近了闻,"柳橙"香味更加浓郁,而且添了油气。

惜物,但又好奇,只敢扣折一粒下来,两根手指碾搓,指尖有一星半点的油脂感觉,这是碾碎了花椒的油囊。

想来啊,六月,关中平原的烈日和燥气,催逼出了这青花椒的香味和油气。

再用力搓碎,果实皮核分离,花椒果壳青白色,果核却还没长成,只见到带有一点褐色的粒子。

这样的小果实啊,到了八九月间,最晚就到十月,竟会变成鲜红色,连果蒂都是一色的红,继而转褐红、暗红。

那时候,就到了采摘的时候了,采摘后或是晒干或是烘干,逼去水分,催出油脂,便是香料世界中的珍品了。

辣椒传入中国前,花椒便是辣味的重要来源,而现在人们用花椒,是取其麻味。

青花椒,吃的是青麻的味道,麻味不如成熟后的果实般浓重,却自带清香,果色又清新,色香味皆妙。

将成熟的果实烘干后,有些仔细的人家还会筛去黑硬的果实,留下花椒壳,自是调味的佳品。

炖肉的时候,加进去熬煮,沸水催出麻香;火锅里,更是少不了花椒,在红油中,与辣椒一起翻滚……

炒菜或是拌菜时,备好了花椒粒、蒜末、辣椒末,稍事搅拌,躺在那里,静等。

一勺滚油过来,"呲啦"一声,花椒的麻香味道,夹杂着蒜香、辣味,妙不可言……

2019 年 6 月 14 日

还有几茬鞭笋

虽然过了中秋，按说还有几茬鞭笋。

说鞭笋，那是因为有别于春笋。

春笋破土而出，而时令到了夏秋，竹笋便不会直拔而上。

在夏季，竹林子是沉寂的，大约是夏日过于炽热的阳光压制了竹笋的生长，若是在夏天去竹林子里，大概找寻不到竹笋的踪迹，最多不过是些暮春时生长的新竹或是存留下来的细长竹竿子——那是成不了材的细弱竹子。

而到了夏末秋初，一旦酷暑退去，带着凉意的秋雨落下，竹林子倒开始萌动新的孕育。

那便是鞭笋。由竹鞭生发的竹笋。

八九月间，竹林子里没有了对比夏日骄阳而显得弥足珍贵的荫凉，更是没有了春日里的新绿勃发。有的是老叶的转黄飘落，嫩竹褪去了亮绿，颜色沉厚起来，而老竹则是又添了一年的苍莽，更显旧意。

你不用如春日里进了竹林子那般的蹑手蹑脚，生怕踩到了直顶而出的笋尖儿。而是可以放心大胆地下脚，且一定要用脚，或者说眼脚并用。

你用脚，或重实或轻虚地踩下去，感觉到脚底的竹林地里，有着微微隆起。

这时候，你可以再用眼睛来仔细看看，在竹子的根部附近，脚踩到的微微隆起的地方，是不是有内生之力向外顶突的痕迹——

一条条隆起的土脊，上面的土块已经开裂。

若是，有隆起有开裂，那得祝贺你，你发现了秋日里竹子孕育的美味。

这时候，你要做的是，用着小铲子，拨开覆盖在地面上的厚厚竹叶。竹叶上层干白，下层却是湿腐，想是前两日的秋雨后的白日，只是蒸腾起了表层的水汽，而内部的湿潮却是未能被逼干，抑或是到了秋日，土地自己也变得凉湿起来，由着一层竹叶子吸附了潮气。

然后你细细看开裂了的土脊的裂纹和走势，看裂纹宽窄，对鞭笋的大小有点估摸，看土脊的走势，知道这竹子在土里孕育怎样的图景，也是为了下铲开挖的时候，不至于伤了竹鞭的根本。

看好选对，就要下手挖刨了，刮去一层一层松软的泥土，突然间刮到硬物，颜色棕黄，刮上去不似金属般尖利，却是竹材的硬脆感觉，那你可能挖到竹鞭了，鞭笋也就不远了；你若是挖到一个亮白的带着弹性的物什，用着铲子尖儿一刮，便能刮下绒毛或是笋壳片儿来，可别再用大力了，你挖到鞭笋了，这可是件柔嫩的东西。

铲子用力一挖，竹笋从竹鞭上分离下来，便得了一支鞭笋了。

不似春笋的笋壳，灰棕色，尖儿带着青绿，深埋土中的鞭笋，一律是淡黄色夹杂着亮白的颜色，只有那埋长不深的鞭笋，露着笋背出土来，才会是青绿色的。

到底是竹鞭在秋日里孕育的新物，没有了直顶而上的长势，而是扎向土地深处的生发，不像春笋的直长，鞭笋是弯曲而生，多半是弓着的，尖儿扎向土地深处。

鞭笋也没有了春笋的粗实根部和由下而上逐渐收小的滚圆的笋尖儿，而是上下粗细差不太多，笋尖儿少，笋根儿多。你若是看鞭笋的笋尖，细长细长，笋壳不是春笋的嫩薄，而是相当硬实。

私以为,鞭笋做汤比较好,加了新开坛的咸菜,一碗咸菜鞭笋汤,有笋的鲜味,有咸菜的咸味。

鞭笋比不得主打嫩鲜的春笋,它的鲜味来得更加醇实,鲜味不外扩,而是内敛的。

又因为毕竟是靠近竹鞭生长的,鞭笋一般不嫩,甚至是纤维密织,偏老。有时候,咀嚼不烂,吃个笋还要吐个渣。

但终究是这道鲜味令人难忘,便有了秋日里在竹林子里寻觅摸索的身影。

想来还有几茬鞭笋,便要入了深秋,迫近冬日了,竹林子也要到一年之中休息的时候了。

2019 年 9 月 16 日

立秋已过，有了盼头

时令一到，气候不至于倏忽而变，但总是有了不一样的盼头。

炎热异常的暑日里，突然发现立秋了，心里的念想就不一样了。

想着地里正在生发、膨大的番薯，快到了可以起秧、挖取的时候了吧。

八月间的番薯，秧苗已经生发得差不多了，土里的茎块则开始膨大起来了。夏日的充足光照和丰沛雨水，透过藤蔓的作用，传导到根茎，正在形成时节的物产。

你可以试着偷了鲜儿，在番薯垄凸起的地方，下了镰刀，慢慢挖下去，兴许能找到几个两三根手指粗细的番薯了。

番薯少有浑圆的，想来也是，在软硬不一甚至还可能触碰到硬土块、硬石块的地里，想要长得浑圆，几乎没这可能。而且茎块的生长，还需要根须下探去获得足够的养分，所以便生长成长条状了。

因为是偷鲜，就顾不得太多，在水渠里草草洗净，除去多余的根须，也顾不得细细剥皮，或是连皮啃食，或是先啃下再吐皮，怎么方便怎么来。

鲜番薯，就是吃那种鲜爽生脆的感觉，确实如此，硬脆的果肉，咬上去咔咔作响，而且水分也不少，倒是鲜物一件。

不过，番薯真正地得了时令上市，还是要到中秋时节，那时候茎块的生长多已经停止，不再生长扩展，但更加专注于沉淀酝酿，到了要登台亮相的时候了。

同样的,在立秋时节,江南水乡稻田田头的芋艿,也还是在成就表面风景的时候:挺举的茎,舒展的叶,差点让人忘了它正在造就的吃食了。

这时节,你要想吃芋艿,真得下决心:此时翻垦出来的芋艿,必然是没长成的,而且一旦翻垦,芋艿秧叶便再无继续生长的可能了,一株芋艿的生命周期便就此结束。

立秋刚过的芋艿,也有了茎块,但是这时候的果实尚不能和茎区分开,也不能与根区隔开,有的只是稚嫩和形状初成,所以便被称作芋艿头或者芋艿子。

这样尝鲜的东西,好吃吗?还得看你怎么做。可以简单地炖熟,加一点蒜叶,芋艿头到底还不够丰润,你也就是吃一个糯感,但与真正成熟的芋头不好比;倒是可以用来烧肉,因为生脆,所以耐煮,久煮而不至于散了形状,倒也得当。

不过,时令时令,还是等到真正合适的时节吧,也便是中秋时节,那时候的芋头便是炖煮总相宜、鲜糯两不误了。

立秋了,可以盼桂花了吧。

八月桂花香,说的是农历八月,中秋时分。田间地头、房前屋后,馥郁的桂花香味。

现在也有四季开花的桂树,但是花香不浓、花色偏淡,不好。

金桂时节,你便可以留意收集了。美味很多时候来自细心的守候。

收集到的八月里的桂花,也不用晒干,晒干后颜色褪失、香气散逸,失了风味。

将那时节一道得势的橘子,取橘皮,刮去橘皮内面的绵白丝絮,只留纯粹的橘皮,切了半个指甲盖大小,合着桂花一道,入了细小的坛子,腌制,便是一味桂花橘皮茶。取用的时候,用细小的木勺挖了出来，开水泡发，香味回复，颜色回转，自是好物一样。

还有啊，过了立秋，就能盼那夏日里丰美水草成就的肥膘的变幻了，秋日里便要贴秋膘，羊肉自是不能少。

夏日里燥热，食欲不振不说，伏天的羊肉，丰润有余，紧实不足。不如过了中秋，甚至是到了暮秋初冬，草料水分减去，羊肉开始收干，肉质紧凑，便真的是得了时令了。

还有那蟹，到了稻香时节，也要蠢蠢欲动、按捺不住了。

且等着吧。

立秋已过，毕竟有了盼头了。

2019 年 8 月 13 日

最是寻常难得

谁能想到,竟要为吃葱发愁了。

最最寻常的东西啊!

且不说乡间,即便是在大都市里,只要是个愿意逛菜场,而不是只愿意去超市或是网上买菜的人,都不需要为吃葱担心啊。

但凡是买了点东西的,蔬菜摊的大姐,怎么也会给塞一把小葱到袋子里。

心气大一点的,那一把,约摸小半斤;即便是细碎心思,为了笼络些顾客,三五根小葱,也是少不了的。

到了鱼摊,现捉现杀个鲫鱼、鲈鱼的,破肚刮鳞,草草一冲,扔到袋子里,往前一甩,袋口便能打结扎拢。因为袋子腥气了,还需套一层。里袋外袋之间,卖鱼小哥就给塞上一小把葱……谁做鱼,能离了小葱啊!

所以,断断是不会缺葱吃的。

平素里,都是小葱在冰箱里变了味,只能丢弃;或是在厨房里,随处一放,最后失了水分,老干下去,没了用途。

但是,极少有没有葱吃的时候啊,多是一茬接一茬地来,只挑鲜的吃。

要是在乡下,吃葱那是真不用备着。

房前屋后的小菜园里,一小块地儿,种几大把葱,随吃随掐。

春秋的早间,想煎个鸡蛋了,鸡蛋都打好了,油锅都热着了,发现没葱。

不着急啊,去菜园里掐呀。

这是个小活,都不愿意进篱笆门的,隔着篱笆俯身下去就够着了。

春秋之际,昼夜温差大,春露秋霜。

小葱尖儿顶着春露,越积越多,终于过于丰盈,滑溜了下去;秋霜则没那么灵动,只见薄薄一层白砂,裹着翠绿,见了日头才会消融。

人手的加入,打破了它们的宁静,露水快快滑溜而去,霜粉迅速消融成水。

指尖一掐,葱汁盈溢,葱香逸散。

也顾不得多想,飞走而去,毕竟架着油锅呢! 留下掐断处,冒着些许汁水,倒有几分可怜。

一盘葱香鸡蛋,葱虽然在最后一刻才被加入,但这是灵魂所在,缺不得! 缺不得!

至于冬夏之际,小葱的功用,又别是一番景象。

夏日暑热,清早便已经蒸腾人间。天一热,胃口不佳,清晨之际,但还有些吃的念想,一盘子小葱拌豆腐,缺不得葱!

冬日则又不同。不是极寒之地,冬日的葱还是青绿翠色,早起下碗面吧,汤面也罢、干挑也好,要几根葱的。

面都出锅了,跑去院里,掐那院墙上,盆栽的葱。要是下了雪,那就要扒拉出来小葱了,雪白葱翠,说"雪顶含翠",不过分吧?

寻常之物,也不仅小葱一物,且说蒜叶吧,也是寻常得很,但也要紧得很。

料酒、淀粉,泡着猪肝,只等下锅。

这是样腥臊之物,即便是洗了、泡了,还是本味难掩。没这蒜叶真不行。

还是去挑园子里的蒜苗,拣鲜嫩的蒜叶来用。太老,入了菜,味道旧而无用,弄得不好,还坏了这道菜的嚼感,不好。就得是嫩一些的,蒜味虽新但相宜,不浓不淡,随着猪肝片入了嘴,并无明显纤维感,却有蒜味香,真好。

再譬如这辣椒,什么时候缺过?

虽然是在吴越之地,浓油赤酱,但因为口味变迁,辣味"登堂入室",园子里的鲜椒,唾手可得。

灯笼椒那是看样子的,切碎入锅,当菜吃。

长椒则不同,虽然还是菜,但已经很出味了。炒茄子,可以用不辣一点的,青紫之间,调色为主;炒咸菜,得用辣的,咸菜味重,辣椒味辣,要的就是这个劲头。

吃辣,多免不了越吃越辣,后来,小尖椒也堂而皇之进了菜园子了。

朝天而生,色黄或者色红,炒菜放一丁点就够,如果煮鱼什么的,配合着花椒,麻辣味道。

要说起煮鱼,更要说起一味寻常可得的佐料了——紫苏。真是遍地都是,都不用寻觅,去腥去膻,最是有用。

好了,当下时节,这最是寻常的、出味的东西,偏偏就难得了。

食无味,不如不食!

2022 年 4 月 10 日

薤上露，何易晞

薤上露，何易晞，露晞明朝更复落，人死一去何时归？

清明时节，低声吟哦《薤露》，实在是悲从中来，不能自已。

人命本就如露水一般易晞，还是挂在薤叶之上，自然是不得长久的。而且，露水明朝复落，人死一去哪有回来的路？

至于薤上露的说法，汪曾祺老先生有过分析：不说葱上露、韭上露，是很有道理的。薤叶上实在挂不住多少露水，太易"晞"掉了。用此来比喻人命的短促，非常贴切。

想来确实如此。

便是在这清明节气，去到老坟坟头，一簇簇荆棘开着淡白色小花，星星点点有几把野薤。

薤叶本就是细瘦细瘦，不似葱叶粗实，不像韭叶平阔，就是细秆状，真是挂不住露水的。野薤就更是细弱了，瘦弱的茎秆，即便是一两滴露水，怕也是撑它不起！

薤，有野薤，自然也有家薤。家薤能够粗壮一些，但也少有能到筷子粗细的。长得也不张扬，茎秆不挺、薤叶不张。若是人工培植，看着密集，就像是几根茎条撑着一团杂绿。

薤，算是这种细弱菜蔬的学名，而日常称谓中，便有藠葱、藠头等等的说法。藠葱和藠头两种不同的称谓，实则是代表着对其的两种不同食用方式。

藠葱，是带着藠白和薤叶一起食用。藠葱切段，与春笋同炒，兼得香鲜。

藠葱本身就有着香味,似葱香,但带着一丝辛辣和异香;春笋的鲜,那就不必说了,取嫩笋尖灼炒,鲜味尽得。

藠葱本身便是嫩物,笋尖也是经不起长时间炒作,所以两者一般就是同时下锅,略微翻炒,加点汤水,稍加炒煮,便可起锅。

也不添什么佐料了,本身藠香四溢,无须画蛇添足。

葱韭之物,炒鸡蛋自然也是不会错的。

绿白的藠葱和金黄的蛋块同炒,真真是错不了的。藠葱不太吃油,鸡蛋又是吸油之物,两两中和,倒真是相得益彰。

至于藠头,那便是吃其鲜茎。

白爽的藠头,就如葱头一般带着辛香。

藠头炒腊肉,是不错的选择。不过,话又说回来,鲜爽的藠头,搭配上好的腊肉,能差到哪里去呢?

藠头有香味,腊肉有油气,想想就是美的。

还有便是酸甜藠头。

只吃到过一次,忘了是在湖北湖南还是在贵州,藠头味道很冲,又加了糖醋的味道,还加点辣,吃上去虽然还是爽口的,但是味道到底是重的,故吃得不多。不过,当时觉得这个东西虽然味重,却是入口有冲劲而无臭味,很是新奇。

那个时候,不知道薤菜、藠葱、藠头之间的关系,也便印象不深。

现在想来,好物不可多得,当时应该多吃一点的。

得多说一句,藠葱开花,花淡紫色至暗紫色。

开花之际,就如蒜薹般抽生出一枝绿硬茎秆来,开一柄小花。

不过,家薤不会养到这么老,以至于失去食用价值;倒是野薤,能有开花的机会。

2020 年 4 月 6 日

等到檇李

三月里，就在盼着它了。

真正等到它，都到了闰四月里了。

檇李，算不得一种大众的水果吧。

只晓得杭嘉湖平原的东北一角，在海宁、桐乡附近，有这种水果。也听过其他地方的，但据说只有这个一隅之地，产的是正正宗宗的檇李。

有史籍记载：吴郡嘉兴县西南有檇李城，其地产佳李故名。

地名来源，于风物面前，不太重要了，须知这可真是种佳李！

就在这时节里，家人从桐乡带来新采的檇李。

果实浮着淡淡果霜，果皮殷红偏酱色，带着星星黄点，这都是果实熟成的标志。

这种水果的奇妙之处，让人惊奇。

你要是拿到一个檇李，能够将其墩在桌子上，而没有纹丝晃动的迹象，那你是挑到好果子了。

熟成的果实，就只是一层果皮包着内里充盈的果肉和汁水了。

故而，檇李能够平置，便已经是熟透了。

试想，一般的李子，哪有这等景象。平素里买到的李子，若是放得不巧，能给你滚得老远，溜下桌来，触地弹起。

你说这是因着新鲜，所以弹性十足。那也就听过算过吧，好吃不好吃，嘴巴说了算。一口下去，李子皮涩、李子肉酸，再吃到李子核，那更是酸涩不已。酸掉大牙，倒人胃口，不如不吃。檇李，则完全是另一幅景象了。

熟成的槜李，实在是不好用大力气拿捏的，也经不起长途的运输。

收到新鲜、熟成的槜李，轻轻拿起，指尖留下薄薄果霜。用水洗净即可食用。

只消用齿尖轻触，勾破槜李外皮，这时候须得唇齿并用，轻轻一嘬，满嘴清甜丰盈的汁水和熟成绵软的果肉，实在是最最好的享受了。

果肉和汁水全无酸涩的感觉，吸净汁水后，留下略带纤维感的果肉，也只需稍稍咀嚼，便可落肚。

即便是吃到果核，也就是甜味中略带鲜味，那是果肉与果核联结处，特有的鲜活口感。

槜李个小，这样的吃法，一会会三五个下肚不在话下。

但就一样，因为汁水丰盈喷薄，食用的时候，免不了溅染了双手或是衣物，得留个心思。

窃以为，这水果大约真是适合细品的，小口咬破果皮，轻吮汁水，慢嚼果肉……真真是好。

不过，于我可真吃不出这意境。

倒是试过"囫囵吞李"的，一整个槜李入口，上下颚一压，满嘴爆浆的感觉。

总是觉得不甚雅观，就如猪八戒吃人参果一般。

不过，我可没像猪八戒一般问这槜李什么味道。因为，口腔里已经有最最惊艳的感觉了，不用别人告诉我是什么感觉。

得说说这槜李树。说是就只有海宁、桐乡两地有正宗的槜李果树。即便移植外地，总会是南橘北枳，变了味道。

想来就是一方水土一方物产吧。

不好评说，于我而言，年年就是吃那几棵果树的果子。那几棵是老树,并不是他处扦插的树苗。我自认是吃到了正宗的檇李的。

另外,水土物产,自然逃不掉年岁风雨的影响。

比着去年,今年的檇李味道甜味偏淡,鲜味更重,按照果农的说法是,今年入了夏雨水偏多,果味就淡了。

但于我来说,这是刚刚好了。

檇李的当季时间不长,现在还只是个开头,接下来大量上市,但还没等着你想多吃几次的时候,便又下了市。

收成了檇李后的李树,也便会枝繁叶茂地入了夏,而后到了秋,过了冬,静待来年春雨唤起李花,或洁白或粉红,然后再又结了果,满足那些等待的人的口腹。

岁月轮回,物产往复,人间值得。

2020 年 6 月 14 日

丝瓜援上水杉

村子口,河道边,那一条地,实在是没有大用处。

窄窄的一条地,也就是一脚宽窄,虽说有两棵水杉,树根拢搂着少得可怜的一点儿土,但到底是太小,又被树荫遮着,实在是派不上用场的。

这地,也不知道谁家的。

但应该是有人家的,只是新修的水泥路占去了地的大部分,孤零零地隔裂出这么一条地来。

这水杉树是有人家的,树底下的地儿,也便是这家了吧。

不知道。只是知道,爱惜地力的人,没有浪费这一条之地:暮春时分种上了丝瓜秧。

要是知道丝瓜习性的人,大概会想,真是有人种下的丝瓜秧吗?

须知,丝瓜真是哪地儿都能扎根。

墙角屋檐下,兀地生出一株丝瓜秧来。

虽小,但是显示出韧劲来:茎秆、秧叶,肉肉乎乎的。刚抽生的丝瓜秧,新叶上还顶着墨黑的丝瓜籽壳——生发的力量,让它破壳而出、顶壳而起,最终弃壳而去。

不过,看来这丝瓜秧是有人种下的,起码是有人料理的——矮矮的丝瓜秧边上,扦插着两根桑条。这是为丝瓜秧攀缘而上准备的。

杉树下的土,经年累月的树叶攒积,沤出熟肥的黑色来。

杉树又是好树，不似朴树的浓荫下，遮天蔽日，寸草难生；更不似樟树下，枯叶层积，笼盖一切。

杉树笔直而生，树枝分叉，但又不会交错密织，近地处更是挺拔而起，不横生枝节；杉树树叶密集，但是细小羽状，不至遮蔽天日，落叶不多，细细绵绵铺就一地，也能容得下新草探头。

初夏时节，丝瓜秧已经生出丝藤来，攀缘着到了桑条顶，再挑空着伸出去，够着了水杉低处的枝丫，爬了上去了。

这时得要开花了，黄花，花瓣拢得并不紧实，花开易败。

攀缘着杉树，这边探出一朵黄花，那边显露一晕淡黄，高低错落。

最怕雨疏风骤，最难将息，零落一地，付之流水。

但花一开，果就要来。

先是花下膨大，显出小丝瓜来，花大瓜小；而后是丝瓜尖顶着缩靡的焦黄残花，瓜大花小。

最终残花落去，丝瓜膨大抽长。

此时，初夏已过，仲夏来临，新瓜待采。

新成的丝瓜，瓜色重绿，带点白霜，摘取后，瓜、蒂断折处沁出汁水。瓜味新，但有清苦气味。

刮去青皮，露出清白果肉，果肉不实，但也不是虚空。若是虚空了，便是熟成有余，或是有嫩籽孕育其中，也不能说不好吃，这样的部位，更加绵软。

切滚刀块，炒至软塌，加入事先微炒而成的嫩鸡蛋，便是最常见的丝瓜炒蛋了。

青翠配了金黄，清苦配了油香。

这道菜，适合汤汁丰盈一些，丝瓜在翻炒中，汤汁越发黏稠，浇饭是再好不过的了。

鸡蛋换成油条，便是丝瓜炒油条了。

要是觉着清寡了些，加点虾米，大不一样。

因为丝瓜清苦，入汤得跟味重、油旺的东西一道，所以，丝瓜肉片菌菇汤，试过，挺好，清味、油味、鲜味，三味一体。

肉片换成虾仁，也好。汤更清些，也更鲜些。

丝瓜，有不同品种。惯常的就是长丝瓜，后来试了短香丝瓜，真不一样，味道带些香味自不必说，果肉更厚实、绵软。

水杉树到底是高，攀爬上去的丝瓜，不大好摘。

有办法，竹竿一头绑了镰刀，便是一支钩镰，一拉一割，丝瓜掉下，丝瓜到底是嫩，即便是摔在落叶厚积的地上，也容易摔断了成了几截。

实在是攀缘得高的，都逃出了钩镰的"杀伤半径"，也就只能由着去了。等着它老去，瓜皮老硬，转了色，甚至是枯裂开来，瓜籽落下，说不定又是下一茬丝瓜新的一个轮回的开启。

更多的老丝瓜，随着藤蔓枯老了下去，收成过来，要留种子的掏了瓜籽留好，剩下的丝瓜瓤，进了厨房，又是清洁锅碗瓢盆的好东西。

这一茬丝瓜算是到头了，要等来年新上了。

地力物产，时节风雨，往复轮回，岁月久长。

2020 年 7 月 27 日

终是错过

时节，终是留不住，错过了。

由早春到了暮春，谷雨时节，就是向着夏去了。

这两日，看着小区河边的一簇茅草，知道真真错失了它的好时候了。

要是早春时节，这样的植物，会诞生神奇。

早春时节，万物复苏，一岁枯荣的茅草，到了生发的时候。

青茅直刺而出，说是青茅，实则颜色多样。有些带着严冬留下的紫红颜色，似乎是经霜历雪后的劫后余生；有些甚至顶着去岁野火残留下的炭黑灰烬。

但是，冬去春来，再多艰难，都已过去，生发时节，甩开凝重，热情奔放。

青茅生发之中，会有些尖锥形的东西，像一根针，刺破土壤，兀自耸立。

这是样好东西，吴地叫茅针，而到了鲁地，说是叫谷荻。

前者直白，后者诗意。

茅针之说，象形，直抒其意；谷荻的说法，却颇有意味，荻为其定性，谷则亦静亦动，既说的是其青嫩的形态，又说了它将向何而生，含静而动，联想无限。

自然的生发，很神奇，看似自然而然，实则不尽其然，颇需机缘。

青茅生发，并不一定能成谷荻。有些茅草，萌出的芽儿，只有叶子而没有谷荻。即便都是谷荻，高矮胖瘦，不尽相同，如果能找到个"肚子"挺出的谷荻，那是个幸事。

最是丰富多彩的乡野，对不少地方来说，有时候真是匮乏的所在。

自然的万物生发，太过循规蹈矩，而人的欲念，则是难以驾驭。欲念可大可小，可是地产从容而出，两者之间的矛盾，永存。

且不拔高到这个层面说，早春时节的乡野，谷荻提供了难得的一种味道。

微微提起谷荻，能感觉到它脱离母体的一瞬：嫩芽与茅草根断裂，提起的谷荻，能看到断裂处沁出的那一泓汁水。

这一提，实则是断送了它生发熟成的可能了。

无奈，天地不仁，以万物为刍狗，自有其规律，若是劫数，也便难逃。

眼睛继续寻摸，小手见针而动，不消一会，满满一握的谷荻。

到了享受的时候了。剥开硬刺的茅草嫩叶，能见到奇迹：里头躺着软软的嫩芽，有些尚是混沌一片，难辨其形；有些则已经是万事俱备，只待破壳而出的穗状。青发之物，在初始之时，多是青白颜色，白色居多，青色渐染，谷荻也是如此。

入口细嚼，绵软之中有些微韧劲，青涩味道有之，但回味清甜，只是味道难以持久。毕竟只是自然之物，而且是瘠贫的茅草，自然是难有聚拢浓烈甜味的能力的。

这一早春味道，终是错过了。若要再相遇，只能待来年。

留在早春时节的，不只谷荻一物。

人间四月天中，一挂槐花，叶青花白，湛蓝天空、明媚阳光，春应如此！

槐树槐花之美，冠绝人世，乌铁般的树干，青绿色的树叶，能挂出一串串洁白的槐花。各颜各色，泾渭分明，毫不含糊。

还有地名叫"槐芽"的。槐芽槐芽,此地风土人物,不用多说,已经引人联翩。

说回槐花,当然,好看是一事,好吃又是另一事。

捋来的槐花,清水冲洗,洁白花朵,沾水即会滑走。

拌上面粉,调对了佐料味道,上锅蒸,清香四溢。熟了后,拌入香油、蒜、葱花、辣椒油,如此等等,看自己的爱好。

搅拌充分,一碗槐花饭,一碗春滋味!

也用槐花烙过饼,花香并不浓烈,游丝一般的香味,时有时无,但缥缈最是难得;花味亦如此,唇齿之间,并不凸显,但总有瞬瞬之间,与唇齿相遇,将美好付出。

时令味道,要得其所,才不至错付。

待来年,提那么三五百根谷荻,吃那么三大碗槐花饭!

才能春不负我,我不负春!

2022 年 4 月 20 日

雨后新蕈

前几日这样的大雨后，要是在太湖平原上的农乡，就可以在雨后去找新发的蕈了。

暮春初夏的雨，可不是润物细无声了，而是声势浩大，伴随着春夏之交的风，做足了场面。

而且不如春雨的绵长，这时节的雨也来得急。

但到底还是由春入夏，雨势虽急，却称不上急骤，更不是盛夏那种晃亮日头下的大白雨，或是那种给天地间拉了幕布，摧枯拉朽的大暴雨。

不过，既已近夏了，雨势和雨量到底是向着夏雨的模样去了，就把它称作夏雨吧。

一场夏雨后，可以去林子里找寻雨后的新蕈了。

蕈，菌菇类的称谓。这或许是个古字，有"出于树者为蕈，生于地者为菌"的说法。吴语的乡音中，却也是这么说的。古语不古，仍然是鲜活的存在。

雨后新蕈很多。构树的腐朽木头上，生发出各色各样的蕈菌来，有细圆密攒的黑蕈，还有长白挑空的白蕈；竹林里厚积的竹叶堆中，也会探出蕈菌来，却是黑长高挑的样子……

误食蕈菌中毒的事情，口口相传。又因为蕈菌本就像是天然偶得，所以乡民不将它们作为什么不可或缺的吃食，也便不去冒这个险，而是寻觅些安全的品类。

太湖平原，鱼米桑蚕，遍植桑树。雨后的桑林中，新蕈生发在桑树上，黑小耳状，便是桑树木耳。

雨后新蕈，真正是鲜嫩的。

雨前，你看不出这桑木要长出蕈来的迹象；也便是一场一个多钟点的雨后，桑木上竟密密生发出木耳来。

鲜木耳，色黑但不算重黑，带点棕黑；肉质软嫩厚实，你要是去捻一下，皮肉顷刻分离，毁了这个鲜物。

采摘回来的木耳，并不鲜食，而是等到夏雨后的曝阳，晒干之后存储，日后泡发食用。

至于做法，木耳凉拌或是炒肉片等等，都是很好的。木耳本身味道浅，需要佐料的帮助才能成了菜。

蕈菌种类繁多，蕈菌的食用方法也多样。

清代文献中，记载着很多香蕈（即香菇）的烹饪方法。

譬如熏蕈和醉香蕈。

观《食宪鸿秘》中记载的做法，真正是下足了功夫的。

熏蕈：南香蕈肥大者，洗净晾干，入酱油浸半日。取出，搁稍干，掺茴、椒细末，柏枝熏。

醉香蕈：拣净，水泡、熬油锅炒熟。其原泡出水澄去滓，乃烹入锅，收干取起。停冷，用冷浓茶洗去油气，沥干。入好酒酿、酱油醉之，半日味透。素馔中妙品也。

至于香菇卷汤，按《清稗类钞》的提法，又是不同的一番幻化。

卷蘑汤：以蘑菇、香蕈在清水中浸透，去泥沙及蒂，随意撕碎，略加盐花，其浸剩之汤，滤去泥沙待用。再用新鲜豆腐皮切小块，将蘑菇、香蕈包入，卷成小筒形，至蘑菇、香蕈包完为止。入锅，将猪油熬透，取出，即以原汤在他锅煮沸，加入蘑菇小卷筒及盐少许，略煮即成。

古人的食不厌精，可见一斑。

再说到别种蕈菌，虞山的一碗蕈油面，是真真好的。

常熟虞山多松林，雨后生发出蕈菇来，蕈色淡棕，伞状。因之生发于松林，天然带有松香。

虞山的松树蕈，可制蕈油。说是蕈油，更像蕈酱，油脂煎发出松树蕈的清香，熏染了面条；蕈肉不虚，颇有实感，像是嫩肉；酱汁又能浸染面汤，清香油润四散开去。如是，再配之以苏式筋道湿面。

这一碗，绝对错不了。

再往云贵之地，那便是食用蕈菌的天堂了。因为不甚了解，也不敢盲目置喙，留待后日伺机品尝吧。

2020 年 4 月 24 日

无物虚生

自然之物，无物虚生。

再若与人力结合，更是万物得其用，而不得其闲。

每逢年关，村落里打年糕，有一物，颇有趣味。

年糕年糕，年年高升，自然是要向神祇献祭和祷祝的。

所以，长扁圆形的年糕，两头要"点红"，以作供奉之用。

乡野之间，对仪式、寓意，十分讲究，但是，毕竟是粗朴之地，器用多数时候是不够的。"点红"这一道工序，同样如此。

然而，于无有处生发可能，便是智慧所在。

我见过有村妇从廊柱的钩子上，取来一朵"花"，焦黑的颜色，浑圆的轮廓，还有辐辏状伸开去的细小硬刺，蘸上红色颜料，往热乎软绵的年糕上一戳，一朵朵绽开的小红花立即显形，最是有绵软可爱的感觉。

惊奇之余，追问何物，村妇但说是"麻草花"，不甚真切。

及后查询，方知是苘麻，而且不是花，其实是苘麻的果实。

相识之后，更是想到其实跟它早已照面。

地头路边，杂草之中，细秆阔叶的苘麻，出挑难藏。虽是春日繁花之中，苘麻的花，亮黄颜色，明快清朗。

从花骨朵，绽放成花，招蜂引蝶。时日过去，结成果实，内藏种子。待到夏阳远去，秋意袭来，秆枯叶焦，连带着果实也暗沉下去。

若此时采摘收藏，悬于廊柱下，避雨经风，更添硬实。待到腊月里面，就派上了大用场。

造化主导着世事万物,这小小的果实也本就是造化成就之物,又成就了祭祀造化之物,天道轮回,始终相依。

再说这着色之物,白婆子草。

清明时节,田埂上,生发杂草,根盘蔓绕,好生热闹。

但就是这随意的生发之中,还有一小株一小株的白婆子草,不选择匍匐而生,却要挺立而出。

瘦小的细秆,带着白白的绒毛,叶片匙状倒卵形,同样被白色厚绵毛,细密的小黄花,攒在一起,一簇一簇,擎举着。

此物作何用?

大有用处。清明时节,江浙之地做塌饼,就用这白婆子草。

白婆子草焯水捣烂,揉进糯米粉中,颜色青绿,且增加黏性。虽最终,塌饼是免不了塌的,但此物的介入,着色添香,少它不得。

结合了人力幻化,这看似自然闲物,亦不虚耗此生。

再到夏日里,大雨过后,桑林之下,一物探头。

一柄一叶,挺举而出。

先只是一柄蜷曲的叶,恰如未展的旗。

随后逐渐生发,叶子舒展开去,三叶成一簇。但是,此物极少密攒而生,而是各自保持着间距,根须也不发达,枝叶就不散发,疏疏落落,各自生活。

这就是半夏草。

半夏的功效,世人大多知晓。其奥妙在于块茎,可入药,有清热化痰的功效。

自然生发此物,本无特定用途,但是,经人力发掘后,便就幻化成神奇。

到此处,想来,人力终究是无法穷尽自然之物的吧?甚而,有些自然之物,虽早曾被人驯化、利用,但终究是湮灭在了过去。

譬如,乡野太婆的花盆里的,那密密生发、近乎缠绕的细小粉红秆子,长着肉厚小绿叶子,能开出淡粉带白的细碎花朵的无名之物。随着逝人已去,花盆荒芜,终究也是向死而去了,竟无人知晓其名。

人在花在之时,未曾寻根问底,而今想问个究竟,便只能是有问无答了。

若这样想,或许时过境迁,苘麻花也将消逝,毕竟献祭和祷祝,已经渐被淡忘;白婆子草也将散灭,因为对春之念想,多要移情而别恋了;半夏也会自生自灭吧,它能清化些什么,大概是越来越不重要了……

2022 年 5 月 15 日

灰

灰,有什么好写的。

乡野人家,垒灶煮食,有火有柴,就会有灰。

当然,草木灰才叫灰,烧煤烧炭的,一般叫渣,但是要是争论说,也能叫煤灰,嗯……也行吧。

稻作的乡间,灰真是无处不在。

大冬日里,放火烧荒,枯黄的茅草,经不起火燎,在干冷的冬风助力下,野火如入无人之境——确实,人可不敢站在这火苗边上——火势连天,恰如一块幕布,席卷而来,随风呼啸。

除了茅草地外,也烧芦苇荡,摧枯拉朽,苇叶、苇花易燃,瞬间幻灭。这样的火,免不得伤及无辜:一场火下来,也不晓得烧了哪只野物的窝巢。

当然,这些干枯之物遇火,燃烧之势虽大但是不持续,所以很快火尽,留下一片焦灰。

刚开始,这草木灰还有些层次,草叶就是薄薄一卷灰,草茎还有些笔直模样,要是烧到了木头,还有那么硬硬几块。

这个时候,草木灰其实还没完全燃烧,更没冷却下来,真正冷下来,这些草木灰,大多会分化崩析,成为一般模样的蔀粉。

待到春风化雨,雨水就带着这些个蔀粉,去了土里,新一年的蚕豆、豌豆、红薯、土豆、芋头、茭白……都能得了它们的好处。

野火带来的草木灰,不常有。家家户户灶膛里的草灰,则源源不断。

稻作农业之下,饮食就是稻草烧稻米。稻草挽成团,生出火苗来,燎灼铁锅,煮出饭香。

也有煮豆燃豆萁的,还有油菜梗灼热菜籽油的,大多是同根生来相煎的。麦秆不大好,因为带着油脂,过火很快,麦秆里又存着空气,遇热膨胀爆破,"噼噼啪啪"一阵,光听着、看着热闹。但也无妨,能生火煮东西,就值得珍惜。

再要是架起木柴,那必然是做大菜了。

木火文质,缓缓的火苗舔舐锅底,"咕噜"一声,锅里的水吐出一个大泡,水蒸气腾起,蒸裹着砂锅里炖着的鸡,已经蒸出黄油的鸡汤,随即冒出了几个小泡……文火熬好汤。

木材的文火,看似不热烈,实则火力不小。连绵的火力,让酱色润进了肉里,逼出油脂,最后汤水混着油脂,收成酱汁:红烧肉、红烧羊肉、红烧鱼、红烧鸡块……文火烧大荤。

不论是稻草还是木柴,灶膛里的燃烧,最后还是会留下一灶膛的灰,所以要及时扒灰出来。

灶膛里,燃烧是充分的,即便是这一顿的草木没能充分燃烧,下一顿饭还要做,不容留下一分可燃。所以,灶膛里的草木灰,扒出来,多是清一色的白灰颜色,灰白、浅灰。

天地之间,无物虚生,即便是这草木燃烧剩下的灰,也大有用处。

培植幼苗,这草木灰,既保暖又有营养,铺陈在种子之上,浇淋雨水,水分和温度协调,很快就有苗头探出。

一茬韭菜割去,只消铺上一层灰,然后雨水打来,扑腾起一层灰气,雨势渐大,冲淋着草木灰消弭于土里,一场雨后,能看到新韭蹿出老高一截!

所以能在连绵春雨中,或是夏雨未来前,看到乡野村夫、乡野农婆,挎着个簸箕,装着灶膛里扒出的草木灰,这边三五把,那边撒一条,这都是在精心侍弄作物。他们最是见不得一块地空着长草,总是得种点啥,收点啥,否则这一年的阳光雨水,岂不白白溜走?又不惜力,边边角角的地方,不知道忙活了多久。

除了施肥外,这草木灰,也有许许多多他用。

乡野土话里,腌制咸鸭蛋,是不说腌鸭蛋的,就说"灰鸭蛋"。"灰"是个动词。

盐水调制完成,倒入草木灰,搅成灰泥,包裹着鸭蛋,等待时间完成幻变。

其中,盐分自然是主打,但想来,这草木灰,也不会只是"重在参与"的吧?

2023 年 6 月 18 日

胎菊待采

　　暮秋时节,胎菊待采。

　　今年的杭嘉湖平原的秋天,来得炎热、来得干燥。

　　到了阳历的十一月里,农历也到了十月了,竟然还在二十多摄氏度的天气里。

　　而俗话说的"一阵秋雨一阵凉",因为秋雨不至,天是凉不下来的。秋天倒像是干旱少雨的夏日,干燥炎热,正午时分更是日头灼猛,只是在树荫下有了秋日的凉气。

　　这样的秋日里,地里一垄一垄的菊花,到了采摘的时候。

　　杭嘉湖平原上,菊花的品种主要是杭白菊。

　　细细的枝秆,散开的、边沿曲折的叶。叶由着枝秆的生长,而伸展开去。到了十月中下旬,便要露出花骨朵来了。

　　而仔细想想,也就是小半年前,农人只是在地里种下了一株株细小的秧苗。

　　纤细的秆,带着灰紫色,也就两指长短。

　　菊花秧苗的种植,在暮春初夏里。农人垒起了微微突出的地垄,留下了浅浅的沟——菊花不喜欢太多雨水。

　　那时候的日头开始旺盛,新鲜的秧苗,很快被逼烤得干蔫了,软趴着躺在垄上。

　　于是乎,趁着晨间或是暮时,农人担着水桶,挑了水沟里的水,用舀子,细细地浇着秧苗。这样精细的作物,真的是要侍弄,是个细活。

水一浇，秧苗挺立起来，重绿色，但在万千作物争胜的时节里，实在算不得起眼。

整个春夏时节，菊花酝酿的是枝叶，枝秆粗实起来，秧叶繁茂起来。枝秆上，有些细小的毛刺，叶面上也有细白的绒毛。

此时的花秧，你要是凑近去闻，能嗅到一股带着清凉之气的香味。

夏日的光热，最适合作物生发，过个夏天，两指长短的秧苗，成了齐膝盖的植株，而且膨大起来，团簇在一起。

说来也是不同寻常，在其他作物或是落叶或是结果的秋日里，菊花倒要开花了。这时候，它便出挑了。

在日渐肃然的秋冬之际，草木枯黄，那春夏日子里繁茂的青茅，此时就是枯黄一片，芦苇也是顶着绒白的苇花……是啊，这不是个生长生发的季节。

满目的萧肃，忽然被一片墨绿打破，一垄一垄、一簇一簇的墨绿，这便是菊花了。

先是含苞待放的花骨朵，起初由着细密的花萼包着，只是膨大出扁圆的形状来。而后，到底是包裹不住了，鹅黄的花色透露了出来。

密密麻麻的鹅黄色花骨朵，挺举着，点亮了秋日里残存的这一片绿色。

这时候开始，便要采摘菊花了，采摘的是胎菊。

胎菊的产量自然是不高的，又轻又少，但是价格是高的。作物的售卖，多有求量还是求价的权衡，即便是时令的东西，也有尝鲜和上市之分，尝鲜之际量少价高，上市时候量大价低，供求使然。

这样的秋日里，便有农妇提溜着篮子，采摘那头茬的胎菊了。采摘多是趁着晨光或是暮时，此时没有烈日，胎菊的水分持留，花质更润。

手指齐着花骨朵一掐，掐断茎秆，涌出细微的一点青绿色汁水，一朵胎菊便下来了。积少成多，一垄地下来，也能有浅浅半篮子。

现在多是采摘后趁鲜卖给菊花厂烘制，不至于损失了分量。而早先是自己将胎菊蒸熟晾干，卖的是干菊花。

烘制完成的胎菊花色浓黄，还带着干绿的花萼。

开水泡制，胎菊便会在水中舒展开去，释放淡黄颜色和清新花香，久泡而不散不烂。

一茬一茬的胎菊采摘，收获其实还是有限的，毕竟是花骨朵，量少珍贵。

而到了农历的十月中下旬，菊花便基本盛开，一朵朵菊花，撑展着，花瓣洁白、花蕊亮黄。

这时便是菊花大量收获的时候了，不过价格也滑下去了，靠的是量。

花期过去，菊花便也老去，在霜打之下，叶色由墨绿变为蓝紫，再是焦枯的颜色，叶片凋落，枝秆枯干，便会被农人割获了去，成了冬日里灶前的一堆柴火。

话说今年的胎菊收购价，比着去年多了三成，这样的价格，引来农人赞可，全然忘了往日侍弄的辛苦了。

收成便是如此，有了收获，也得有好的价格，这样才算是成了。

2019 年 11 月 4 日

赤豆知秋

　　时令需感知，但是于作物而言，时令不消特意感知，自身的枯荣，便是时令的轮转。说是叶落知秋，于它们而言，叶落便是秋，秋便是它们经络的干实、枝叶的枯燥。

　　过了寒露，天竟一霎凉下来了，甚至有点透凉。

　　这时节，蜷攀上老屋前篱笆的赤豆，要步入转色熟成的阶段了。

　　人多说"春来发几枝"，有些作物，真是不需要耕耘播种，时节一到便自己生发了。

　　最初不过是豆芽吧，然后则是伸展出植株来，说是植株，也就是茎蔓顶了几片叶子，蜷曲着攀上了篱笆上的细小竹竿。

　　自然的生发，美感天成，茎蔓是舒适的蜷曲形状，慢慢缠着竹竿向上，一路上去，再抽生出叶来。

　　天光雨露之下，这豆秧便要开花结果了。

　　赤豆花鹅黄，赤豆荚细长。

　　因为植株茂密，这鹅黄的细碎花朵，却好像是浮顶在叶片上的细小的色块，竟觉得不是很真切。

　　也因为植株茂密，所以细长的豆荚也不明显，起初时，因为颜色同样是嫩绿，倒像是叶片下增生出来的茎条。

　　但入了秋，光景就不同了。

　　先是叶片稀疏。一来是时节催促下，叶片的自然收缩；二来是经过了虫蚁繁盛的夏，叶片是耗损了不少。

因着叶片的稀疏，豆荚倒凸显出来了。

豆荚的凸显，也是颜色转换的过程。豆荚已不是春日的鲜绿、夏日的深绿，而到了秋日的重绿而淡灰了。

再下去，豆荚就要变黄了。

作物遵时令，作物的成就也需要恰合的时令风雨。

这时候，如若雨水多，豆荚也能变黄，但会泡发出淡黄色来，转天到了晴天，豆荚便会变黑，严重的会霉变。

须得是少雨的秋日，阳光虽不再炙热，但是正午时分还存热辣。逼干的豆荚，先是转黄，而后转酱色，渐渐地颜色深浓，又因为天气干燥，转色的过程也是祛水的过程。

这时候的赤豆荚，能显示出时令的步步而来，早熟的豆荚早已焦黄转黑，中间成熟的豆荚仍是黄色但不焦干，晚来的豆荚则还是干绿色。

秋日的阳光，持续照射下来，燥干的豆荚便要崩裂了，豆粒掉落。豆荚禁不住持续的燥干，没有了豆粒的支撑，便蜷曲起来。

自然幻化出了神奇。你轻轻一捏，捏开豆荚，便能等到酱红色的油亮赤豆。颜色红中带酱，长椭形，有着自然赋予的油质光泽，一线长长的豆眼。

忘了跟你说了，在篱笆上自然生长收获的赤豆，野生的多；而在篱笆中，沿着精心搭的架子攀缘而上结豆的，则是家养的赤豆。

两者有什么区别？野生赤豆的秧苗瘦弱、豆叶厚小、豆粒细瘦，豆色酱多红少；而赤豆秧苗，在人工的培育和照料下，茎蔓粗壮、豆叶薄大、豆粒圆胖，豆色红中带酱。

收获的赤豆，便是蒸煮研搅豆沙的好材料。

赤豆泡发蒸煮开花，搅碎研细，添了白砂糖。豆沙包、豆沙卷、豆沙饼、汤圆……都好用。

在做豆沙的时候，遇到久煮不烂、久煮不开、久研不碎的豆子，

169

大约是混了野赤豆进来。野的到底在效用上没那么"服帖"。

赤豆整豆，也能入了甜品，赤豆粥、赤豆芋圆……都是好的。

另外，赤豆和红豆有什么区别？豆色、豆形、豆质都有区别，但是现在多是混食得多，乡人只说赤豆，不说红豆，也就不去区隔了。

2019 年 10 月 9 日

是夜开花

有些吃食，就是素淡。

吃完之后，你可能会想，这个吃食，到底是吃了它什么味道：香味不浓郁、果肉不紧实。

但是你又真切地觉得，这个吃食还是有它的魅力的，糯柔清淡，而且可以调和幻变，自是风味一道。

七月间当季上市的夜开花，大概就属于这种吃食吧。

夜开花，以其开花的时间而得名，因为花多在夜间及阳光微弱的傍晚或清晨，遇夜开花，故名夜开花。

学名叫瓠瓜。不好记。

三月里，或是暖棚或是阳畦里育苗，细小细小的苗，纤细的秆顶着两片叶，便是全部。

到了四五月间，是夜开花秧苗舒展、攀缘的时间。

细小的秧苗，生发出惊人的长势来，先是茎秆粗大、叶片伸展。

粗大的茎秆，先是带着绒刺生发出去，而后会变成硬绿，真就是成了株干了。

秧叶是愈来愈多，叶是掌形，叶面光洁但不平整，叶背则是凹凸粗糙，经络明显。

枝叶生发的过程，是植株攀缘、延蔓的进程。

你就看，借着植株顶端的弯卷的触须，它攀上了柴垛，它援上了篱笆。一旦锚定地方，就看它的触须有劲起来，卷曲着捆住了柴枝、缠住了竹竿。即便是风雨袭来，叶片翻动，而株干不动，自有定力。除非是狂风暴雨、摧枯拉朽。

到了六七月间，舒展开去，承接阳光雨露的植株，就要孕育果实。

先是伸发出触突来，是一节稍有膨大的分支，本以为可能是一张新叶的伸展，没想到膨大后，开始孕育花苞。

继而是开花，是夜开花，花色柔白，花瓣薄软，花香却是无处寻觅。

也多是花开一夜，而后柔白变成黄白、黄枯，花朵褪去。还有是在花开之季，遭遇风雨，薄软的花朵并无强劲的花柄攀固，一整朵花或是随风而落或是雨打落地。

开花之后，便能等到果的到来了。

细小地膨大，顶着枯黄的花朵，扩长开去。先是如乳瓜般大小的一根，而后如小茄子、如丝瓜，最后竟然拉长膨大，成果出现。

这时候，大概就是在开花后的半月有余。一根顶着绒刺的、表皮绿而硬的夜开花，也就成型了。

也有圆形的、葫芦形的，不尽相同。

夜开花，吃嫩果。果实老去，果肉便会干缩、孕育出籽粒来，果皮逐渐硬实，掏净晒干，倒是一种容器。

夜开花嫩果，怎么吃？

青嫩之际，都不用去皮，就可以切片或是切丝炒食。素炒夜开花，也就是添一点蒜末葱花，用油煸炒。当然也可以用雪菜加了平菇片儿，杂炒；还可以加了剁椒炒，菜色是很好的。

再老熟一点，则可以切块上汤煮食，可以加咸肉片，或是加开洋。

夜开花，真心素淡，甚至可以说是素白。果肉没什么香气，更没什么嚼劲。所以，除非是清炒，吃一份素简，否则与其他菜蔬的搭配，要强调素白配浓重，清寡配丰腴。

雪菜炒夜开花，可以用雪菜的咸味染渍夜开花的素白；剁椒夜开花,也是取剁椒的鲜辣能点缀夜开花的素淡;而咸肉、开洋,也便是因着它们的重味,不至于让这一道菜仅有一股青素味道。

七月间,还有一道鲜物上市——梭子蟹。可以用来配夜开花,或者更应该说用夜开花配梭子蟹。那可真是清寡配了丰腴了!

当季的蟹味极鲜,可以改了夜开花的清淡味道;蟹色橙红,搭配夜开花的青绿……

这道菜,做法便主要集中在怎么做梭子蟹,夜开花的加入,在蟹味烧煮出来、汤汁逐步浓饱之际,入汤酥软、吸味吸汁。

这样的做法,一物难得,一物平素,搭配说是精妙,其实也是自然而得,不造作,也便成就一道美食。

是夜开花,就是一道风物的成就。

2019 年 7 月 18 日

茨菰，慈菇

这几日，菜市场上，当季的茨菰大量上市了。

茨菰，又叫茨菇、慈菇、白地栗等。

十一月以来，就已经到了它的收获时节，市场上就有它的身影了。

茨菰是椭圆球形，球身上会有一道或者多道线节，上面附着着黄褐色的衣，带一个长长的蒂。这个蒂长得很是拖沓，有些时候甚至占去整个茨菰的一大半。

茨菰的种植环境，介于莲藕和芋艿中间。这指的是，它不像莲藕那样需要种植在淤泥中，也不像芋艿一样，是在田头较高的土埂中的。

茨菰的生长环境，以浅水环境居多，间或还需要将茨菰田中的水放干，让它的根茎更为发达。

茨菰在植株长成后，大约有到人的膝盖高度，叶子是尖锐的心形，有些叶子会长成箭头状。茨菰的花是白色花朵带黄色花蕊。

每年的清明前后，在杭嘉湖平原上，茨菰的种植户就会开始育秧种植。茨菰在夏季生发成长，在秋末成熟收获。十一二月间，新上市的茨菰就能到人们的餐桌上了。

茨菰的做法，最经典的是茨菰烧肉。茨菰烧肉，肉也是需要肥一些，因为茨菰本身口感较为干涩，切成大块的茨菰，需要用肥肉的油气，才能浸润内部的较为干涩、略带沙感的果肉。

其中的茨菰的食用口感该如何描述呢？

我觉得它的别名"慈菇"，倒是名如其实："慈"的口感。

什么叫"慈"的口感呢？就是绵柔。去皮的茨菇，食用时没有纤维感，会有些沙感，但是也不明显。

但干厚的感觉也是存在的，即便烧得时间够长，还是有汤汁不达的干的感觉，又因为一般茨菇烧肉的时候，切块较大，内部果肉又很丰盈，所以厚的感觉也难免。实在是难以完全入汁入味。

还有的做法是，将茨菇切片油炸做成类似薯片的吃食，或者是茨菇片与肉片一起清炒，也可以入汤，现在还有咖喱的做法，等等。

说起茨菇入汤、烧肉等，汪曾祺老先生有过描述："咸菜汤里有时加了茨菇片，那就是咸菜茨菇汤。或者叫茨菇咸菜汤，都可以。"又说："春节后数日，我到沈从文老师家去拜年，他留我吃饭，师母张兆和炒了一盘茨菇肉片。沈先生吃了两片茨菇，说：'这个好！格比土豆高。'我承认他这话。"

不过，汪曾祺也透露出自己并非对茨菇有着很旺盛的食欲。他的原因是觉得茨菇有苦味，而且年少时吃太多。他甚至直言不讳："真难吃。"

而我则是一直比较在乎茨菇的干涩感，难以做出如土豆般的黏香或是如山药般的黏脆。所以对茨菇也就是新鲜上市时尝那么一次鲜。另外，茨菇虽然作为和莲藕一样的水生作物，却因为叶貌平平、花香淡淡，所以一般不为文人骚客关注。

不过也有茨菇入诗的情况，比如那首《江南行》：

茨菇叶烂别西湾，莲子花开不见还。

妾梦不离江水上，人传郎在凤凰山。

写的是离怨，写的是孤居之苦，写的是盼郎归之情。

2018 年 12 月 16 日

争食柿子

前院柿树上先熟的柿子，到底是没能留住，给鸟吃了。

说是吃了，其实就是鸟儿看上了这先熟的一抹橙红，啄破了柿皮，约莫吃了一小半。另外一大半是挂不住了，掉了下来，在天井的地上，摔烂了。柿皮、柿肉溅了一地。

可惜！

这时节，柿子生熟不一，先熟的柿子，免不了人鸟争食的下场。

一般也就是乌鸦，最喜欢挑这一口新鲜下嘴。所以，看到这一地的溅落，先咒骂的也便是乌鸦。

估计是在晨昏时刻被鸟儿抢了先了！

暮时晨光，天擦黑或是蒙蒙亮。一来，这样的日光中，人眼没有了优势，而它们骨碌转的眼睛正是发挥作用的时候；二来，暮时是要觅了食回巢休息了，辰时则是一天的开始，寻觅这一口新鲜的食儿，作为一天的开端。

人上树到底是难，也不能那么随意可为。

要跟鸟儿争食先熟的柿子，得先下手了。

架了梯、上了树，摘了还没被糟践的柿子。九月底的柿树叶子，还没干黄，而是干绿——绿意犹存，但到底不是生发之际的嫩绿了，而是走向深秋之际的干中带着枯意，在枝头的时日毕竟是不多了。

新摘的柿子，颜色橙红，柿皮外面带着些许果霜，不多，手指一触，指肚上薄薄一层。

到底是熟透了,这时候的柿子,是一层柿皮,包裹着里面已经是糯软欲滴的汁水和果肉。采摘的时候,没有留心,划破了柿皮,溢流出汁水和果肉来。

到底是风物最好时,吃柿子,也就只需要撕破或是咬破柿皮,一旦柿皮破裂,汁水和果肉自溢自流,轻轻一嗦,尽收口中。要是用个吸管什么的一吸,怕更是爽快。

汁水甜稠、果肉糯软,不消咀嚼,说是吃,更是喝,一下子就落肚了。

舍不得果皮上连留的果肉,再去细细剥了吃了。

争得一枚先熟的柿子!

此地在关中平原,柿子的品种,有讲究,叫个火晶柿子,说是柿子软化后,色红耀眼似火球,晶莹透亮如水晶,故称为"火晶柿子"。

最出名的是临潼的火晶柿子,"果形瑰丽、色红似火、晶莹透亮、无丝无核、丰腴多汁、皮薄如纸、极易剥离、清凉爽口",不缺溢美之词。

当下的柿子,还是偏早了一些,要大面积成熟,还需要一些时日。所以,现在柿树枝头,挂着的还多是硬黄的生柿子,要靠时日来催熟。

待到柿子橙黄橙红挂满枝头的时候,柿叶凋零,留下这一个个果实直面世界,没了遮蔽。若是赶上漫山遍野的柿园,红火火的一片,荒黄的山地衬着,便是一幅自然天成的画卷。

当季上市,哪里能吃得完这么多。

便要晾晒了做柿饼。

柿饼的做法,一般便是去皮晾晒,日晒夜露,经月可成。短短几字,其中到底有多少门道,外行却是不得而知的。

经月之中,柿子或是成串挂晒,或是铺就在软席上曝晒。

西北的日间,即便是深秋初冬,日头的威力不减,都能晒得人

177

生疼,熟透的柿子,便被这阳光催逼去水分,果肉由黄红色,变成酱色,汁水则是不断析出。而到了晚间,则是天地骤凉,析出的汁水便如这时节的霜粒一般降临——果霜出来了。

自然的物产,便得是借着这自然的力道成就。

做成的柿饼,外层稍硬,内部则是软韧的攀连的果肉。味道甜美厚实,也有嚼劲。

关中之地,还有一种柿子饼。那便是添了猪板油、青红丝、核桃仁等等,与柿子、面粉和匀,成了柿子面,揉压成饼,煎炸而成。饼色金黄,饼心绵软。

这得趁热吃,烫嘴不放。

物产的幻化,妙不可言。

2019 年 9 月 27 日

新土豆

今年的初夏，天气反常。

大半日的闷热后，一场大白雨，浇透了大地。热天下雨，最不喜小雨，恰如火炉子里撒些个水，蒸腾成水汽，更添溽热。

须得是这种大白雨，透透地下，将热起来的大地，来个透凉。

雨后，晚饭，恢复了些食欲。

家人端上一碗简单甚至粗制的饭菜——蒸土豆。

小的土豆蛋蛋，是囫囵一整个的；稍大些的，切了块儿。统统带皮蒸熟，汤水里只是些油和酱油。又因为家人不喜吃辣，也没个辣椒丝点缀，没个葱姜蒜伴佐的。

若只是看到这里，或许就想这味吃食，也就是聊以果腹了。

但是，惊喜往往是在期望降到低处时到来。

这是碗新土豆，新收的，没有长足的土豆。囫囵的土豆蛋蛋，夹一个入了嘴里，先是尝到生抽和熟油的鲜重味道，微微一嗦。

再上下颚一挤，细嫩的皮被撑破，内中新淀粉的味道冲出，暖香的味道。真真是好啊！

对淀粉浓香味道的渴望，大概是人带在基因里的，让人愉悦和满足。

再来看这个菜肴，全然没有了之前的粗制感觉了，而只是觉得味道自然，看似简朴，而实则大有讲究。

新土豆，也就是离了土里没有几天。人对美味的追寻，让他们知道什么时候的食材最能有味道。

农人知道，就是夏季的烈日和暴雨到来之前，土豆在暮春的干暖天气中,略略长大。茎肉初成,水分尚少,最是相宜之时。

新土豆,就是暮春夏初,初长成。个头小,皮儿薄,未能熟成的土豆,新淀粉气味浓厚,肉质沙细。如果待到入夏进秋,熟成的土豆,虽然大个,但终究是没了那新嫩味道,失了那细腻口感。

扯去地面上攀蔓开来的藤儿,稍稍一用力,就可以扯出几个土豆蛋蛋来;再用锄头慢慢刨开,三三两两能拾不少;有时候运道好了,刨开的土里,一窝土豆蛋蛋,真是兴奋极了!

这时候,想想那样的场景:广袤田地边的棚屋里,一个铅皮饭盒,架在几块石头上。饭盒底下是不时吐出的火苗,饭盒里是翻腾的开水,滚煮着几个新挖的小土豆。四周是期待的眼神……

是啊,知道这味道的人,怎么能不期待呢?只需要等它们煮熟捞出来,有细盐的撒一点儿,没有也无妨,就已经是人间美味了!趁热吃,趁着皮儿暖着容易剥离,趁着茎肉热着、香气足着!

当然,由着这土豆蛋蛋想开去。如果加了辣椒粉,泼了热油,撒了胡椒,那又是另一番风味了。

土豆,真是种神奇的作物。其实,身处的太湖平原并不是最优质土豆的产地,黏湿的熟土,不利于茎块的膨大;多雨的持续高温,也不利于淀粉味道的馥郁。若是往北往西去,沙壤更是它所喜爱的生长之地。

不过,土豆的神奇,在于虽有它最喜爱的环境,但如果在差强人意的地儿,它也能生长,就算是云贵高原的石头间的浅浅一抔土里,也是它幻化神奇的所在。它成为很多地方的主食之一,也就顺理成章了。

土豆是主食,这么想,这一晚上,米饭就这土豆吃,也就是一共吃了两碗主食了?

算了,吃都吃了!

2021 年 5 月 17 日 

香莴笋

小区北墙外、河岔口的一块小菜地，这几日颇为热闹。

一小块菜地，不成气候，种的是寻常的青菜、韭菜等等。特殊时节，这便成了金贵之物，特别是即采即食，更是鲜味难得。

所以这一小块菜地的出产，一时间竟然供不应求。

其中，有一物，更是难得。真真的香莴笋。

如果说，人与食物有"只如初见"的情结，那么，我对莴笋的初见，就是香莴笋。

田间地头的孤零菜地中，这种作物，经常也只能占据一小角。不为贩卖，只为自给而食，十来支莴笋，足矣。

早春时刻，尖细的莴笋种子，入了土里，和风细雨，探出芽来。

说来奇怪，很多菜蔬的种子，在初发之时，多差别不大。细秆细叶的，柔弱得很。

但是，不消几日，生长开始分野。先是根系发达，慢慢有点茎秆，抽出叶来，渐成气候。一株株莴笋秧，就这样幻化而成。

播种过于细密，一定是要移植开去的。稀稀落落地种了开去，便要等待春风化雨、阳光和煦的造化了。

茎秆越来越膨大，且拔高而上。先前是秧苗心处的嫩叶，被顶着上去，而后撤向四周，成为老叶，看着又有嫩叶抽发。一茬一茬，生生不息。

当然，到底不是能成参天之物，到了一定的高度，也便消弭了拔升的力量，专心成就内在了。

茎秆越来越膨大，特别是靠近根部，膨大的果肉，甚至撑破了表皮，皴裂开去，又很快结成了褐色的表皮，恰如一道道刀疤，实则只是自然的力量。

有些更是在根部，因为一层一层老熟表皮的累叠，竟然弯曲起来，就像是本应是此处的高耸而起，硬生生被往另一个方向扯了三五公分过去，但是整体还是直拔而上的，只是位置上，有点漂移了。

早的在四五月间，稍晚的等入了夏，甚至到了早秋，便是可以收获的时候了。

细嫩叶子都开始变成墨绿了，甚至有些偏紫绿，叶面原来的微微顶起，变成更明显的隆起了。莴笋表皮，也是硬实无比，能看到粗实的植物纤维。气味上，已经不是青嫩时候的清新味道，而是明显的浓郁香味了。

镰刀在根部一割，起起一柄莴笋。此时，要见证神奇了。

只见割裂之处，汩汩汁水沁出。好的香莴笋，必是沁出浓白的汁水的，带着浓烈的香味。

这样的神奇，还会延续。一张一张剥去莴笋叶子，叶柄之处，照例是汁水沁出，剥完叶子后的莴笋，敦实挺立，自然天成。

从根部开始，刀口向顶，连削带掀，撕扯去老皮。

汁水随皮而去，露出墨绿色的果肉，点缀其中的，还有通顶而上的白色纤维。向着顶部而去，果肉越来越嫩，重绿颜色褪去，青绿颜色出现，到了顶尖处，就是透亮的青色了。这般尤物，天工造就。

好物无须造作，取其自然，便成美味。

莴笋打片切丝，一指长短，纤纤细细。滴了香油，加点儿醋，辣椒切丝也罢、切断也好，青青红红，已成绝色绝味：一碟子凉拌莴笋丝。

若是天气溽热之时，胃口不佳，这一味凉菜，恰到好处。

莴笋自带香味，又有清爽味道，香油补上油气，辣椒添点儿重烈，调和成就。嚼之"轰轰"作响，唇齿欢悦，入口而下。

或是切了块和山药块翻炒，这一盘菜之中，青青又白白，山药经过烹煮后，让汤汁凝稠。清爽又不失味道，相得益彰。

清爽之物，不挑搭档。莴笋溜鸡肉片，一素一荤，各司其职；莴笋炒肚片，一物至清，一物至腻，两相调和。

其他林林总总的做法还很多。总而言之、言而总之，莴笋的功用在于清爽、清香，于烹饪之中，扬长避短，不负所得。

莴笋叶也大有用途。香莴笋叶，是一碗菜饭的必需。腊肠丁入米饭蒸熟，加入翻炒好的莴笋叶，拌匀再加热。莴笋叶在其中，贡献的是它独有的香味。这一碗亦饭亦菜，简单而不简陋，寻常而不平常。

说回"只如初见"的莴笋，特意强调一个"香"字。

确实如此，香莴笋短而敦实，而现今多见的是长而不实、过于瘦削的莴笋，且香味大不如前者，去皮之际，更是不见汁水，味道到底是不如的。

有说莴笋有青种、白种之说，香莴笋是青种，现在寻常可见的莴笋是白种。前者香味好，却产量不高，后者香气淡，却容易丰收。此中差距虽有，但饮食偏好，则是各有所好，彼汝之间，众口不一，但各取所好罢了。

于我，莴笋得是香莴笋。

2022 年 4 月 12 日

勿忘六月黄

忙归忙，勿忘六月黄。

今年有农历闰四月，多了个四月，可是苦死了等待的人。

讲归讲，六月黄就是这农历六月边的风物。不到时候，自然求之不可得。

也怪不得闰四月，即便是没这多出来的一个月，螃蟹要不褪这第三次的壳，那也没得六月黄可以大快朵颐啊。

就是这六月边，春的鲜味渐行渐远，盛夏酷热将至未至，人的胃口，也不至因着酷暑而大败，六月黄来了。

六月黄，便是童子蟹，就是雄蟹，褪了三到四次壳，将熟未熟，个头不大，一般二两上下。

个头虽不大，鲜腥味道却很是浓郁，又因到底没有熟成，所以壳软、肉嫩。膏体流质，未能如壮蟹般成型，但是胜之新嫩，实在是妙从中来，多一分嫌多，少一分就欠。

乡民多说，人嘴最刁，吃老熟的还不够，尽挑幼嫩的吃！

想想也是，谁又能想到这将熟未熟最是美味，谁又能想到在未成之际就"竭泽而渔"，顾不上熟成收获，只顾先满足口腹之欲呢？

若是按照常理讲，风物出产，自然是要等到熟成，而后收获。

然后"秋风起、蟹脚痒"，成蟹上市，也是风味完满、时令不负。

但，偏这风味藏在不熟之中，蕴于不满之时。要是过于爱惜天时和地利，不忍早早让这物产"夭折"，下了锅，落了肚，是真真要错过这道风味了。

都说佩服第一个吃螃蟹的人，叫我说，我佩服这第一个吃六月黄的人。

想来第一次吃，这人怕是得饱受非议：嘴馋如此，都等不到蟹熟。

得感谢他，也不知是有意还是无心，美味就此成就。

是啊，六月黄，真没见过做坏的。

最方便的，清蒸。

因是嫩蟹，求之嫩鲜，切忌老熟，所以火候便只需点到为止，蒸腾的蒸汽已经燎熟嫩蟹，恰到好处。

米醋姜丝，轻薄酱油。

这道菜，不似大闸蟹般需推敲螯钳、斟酌膏肉，私以为，因为蟹嫩肉鲜，求之虚软，大口咬噬最佳。

此中境界，求其味，不求其肉。

六月黄炒年糕吧，准错不了。

蟹分左右，一刀两断，各自煎熬。

蟹沾了干面粉，煎至金黄色，施葱段、下料酒、老抽、白糖，各司其职，煸炒入味。

加年糕，翻炒至软糯，汤汁由水煮熬至汁，起锅便成。

除非是蟹不鲜，否则这菜真是难做坏的——这么好的食材，自成美味。

申城还有做毛豆面拖蟹的。

六月黄沾了面粉煎炸，加了毛豆翻炒。

两者都是这时节的好物，吃在时，不会错。

两味好物，不负彼此，互相成就，此味天成。

常想，这菜，一个"拖"字，真好。

透过"拖"字，似乎可见这个菜的汤汁浓稠模样。

吃起来，自也是如此，汤汁浓郁鲜美，螃蟹柔滑新嫩……再吃到毛豆粒，嚼之有物，不负唇齿。

要是家里还有腌肉，那跟六月黄同蒸，成就蒸菜，肥美加上鲜嫩，再好不过；要是两者同煮，那也是极好啊，共赴一锅汤，鲜美与共。

再有将六月黄做醉蟹、蟹酱的，都是为了这味道，使出浑身解数。且宽心，这样侍弄这味吃食，一准错不了，定能给你惊艳的回馈。

说起这六月黄的产地，就所知的，那是遍布四方。

其实有蟹的地方，就能有六月黄。譬如，阳澄湖，有大闸蟹，就有六月黄；再如太湖，有太湖蟹，就有六月黄；如此等等。

其中，非要说出个三六九等来，需要功力。

自觉是没有这个本事，但也不能就此承认自己本领不行，要说也说是因为自己吃得还不够多！就等着哪日遍尝天下六月黄了。

话说回来。

忙归忙，说穿了这年头谁又能不忙呢；勿要忘了六月黄，忙里头记不记得吃这口在时的好东西，那就是个人的选择了。

记牢，勿要忘！

2020 年 7 月 19 日

生食一枚番茄

可生食，对于一种食材来说，似乎是最高的评价了。

比如，可生食的鸡蛋，现如今，就是对品质的一种认证了。

儿时自家的鸡生的蛋，很多时候生食，就是温水冲调炼乳，打个鸡蛋进去，调碎。但细想，这应该算半生不熟的吃法，还不是最高的认证。

于番茄而言，生食，照理并不是什么需要特意强调的，潜意识里，这就是不言自明的。

没见过乡间自己培育番茄苗的，都是从集镇上采购而来。

确实如此啊，因为没见过有收番茄籽的，自然就不会有留种、育种了。

春日里种了番茄秧苗，虽细弱，却一应俱全，根系、枝秆、叶片，一样不少。不用担心弄错了，番茄秧苗打小就有一种异香，特别浓烈，无须凑近，就可闻到，沾手之后，更是久久不散。

没有贴切的词语形容它的香味，要说，就是很浓重的、沉沉的香味，而且这种香味似乎已经些微过了度了，有向着臭的方向演化的危险。

看番茄秧苗上细小的绒毛，还似乎有些油脂，所以它的香味似乎又带着绒毛的刺挠感觉和油脂的腻重味道。

春风化雨、春阳催生，很快，浅浅栽着的番茄秧苗就生根而下、自拔而起、舒展开去。

一阵雨后，会看到一朵朵的小黄花，探出身来。

也是毛茸茸的,花瓣尖细,花色是春日常见的亮黄。

春日里,万物的节奏都是快进的。很快番茄由花而果,微微膨隆出细小果子来,圆圆滑滑的、油亮油亮的,通体青色,有着些细小毛绒。便是番茄果实上场啦。

春雨春风的催发,于番茄这样的一年而生的作物来讲,不是厚积薄发的积淀,而是顺势而为、得势猖狂的跃进。

对它们而言,春夏秋,便是全部,虽说这一朝岁月,会浓缩成种子的精华,入冬待春。但是来年之后,种子生发,另成芳华,终究不是同一世了吧?

今年此生之花,凋谢之际,已去彼岸,湮灭弥散;来年来世之花,盛放之时,前尘往事,尚有余温乎?终究人非花,不知,不知!

反正,春雨生发、夏雨瓢泼,不需几日,这细圆东西,很快膨大,形状也开始幻化,有的若水滴一般,有的会扁平而去,更有生得离枝秆太近,竟然曲弯起来,没了章法。

也对,没章法便是最最之章法。

果实既成型,接下来就要等着熟成了。

青色渐变成青黄,再由果子尖儿开始变红,如同用纸吸墨一般,缓缓而上。

外化之变,显而易见,内中之化,潜流涌动。外面颜色变化,内中则是果肉开始酥软、籽粒开始饱满,并且褪去青涩。

这时候,要是忍不住,是可以偷鲜了。但是,到底是不到时候,只能嗦一嗦内中酸涩之气未能脱尽的籽粒和汁水,果肉是硬硬的,不堪食用。

再等些时日吧!很快,果子通体红色,内中籽粒汁水也已经盈满。

一物至此熟成了。

乡间物产,很多时候,权属不那么真切。若是在地头干渴难忍,看到熟成番茄,也不用去管谁家的,摘那么一枚,擦净了生食,没人说什么。但若是多采了,起了贪占之心,便是逾了度了,少不了遭人埋怨、指点。

话说回来。此时番茄,才下枝头,就到舌头,生长与品尝之间,几无间隙,此中风味,是不会差的。

若是摘到熟透的番茄,吸溜一下,籽粒、汁水、果肉,一扫而空。若是还有几分生的,也是好的,掰开来,能看到内中沙沙的果肉,好似有细小的结晶霜降其上,莹莹可爱。

需要说的是,无论是展叶,或是开花,还是结果,最终熟成,番茄的浓烈味道,一路相随,时时刻刻有之。

但,不知是何缘故,这种气味,越来越闻不到了。而且确信的是,不是自己的原因,而是番茄确实越发没有番茄味了。

一则,香味尽无;二来,果肉不是熟成的酥软,也不是带生的沙感,而是硬邦邦的。

这样一来,了无生趣,即便是最普通的番茄炒蛋,也会因番茄的硬邦,毁于一旦。更不用说去尝试糖腌番茄、番茄拌黄瓜等等的了。

皮之不存,毛将焉附?番茄不行,纵是万化千变,也是枉然白费。究其原因,有说番茄的品类中,便于存储、易于运输的硬果取代了软果的,也有说因着土壤肥力变化以致难成原本味道的……

反正是不好吃了。

但是,食之味道,总有人念念不忘。其回响,便是尚有味道在坚守。

有一枚番茄可生食,夫复何求?

况且,求之也难得、不得!

2022 年 5 月 22 日

189

芦竹熬冬

四时节律，亘古如常。

到了立春，可以盼春了，时至春来，自然而然。

不消多久，大地回春，人世融暖，珊珊可爱。

念起长长河岗上的那片芦竹了，想来，定是在蓄势待发了。

前一年的芦竹枯叶，在水乡的冷冬里，庇护了几垛勉力维持的冷绿杂草，一旦春来，情势立马翻转，既把春来报，也要把春争。

芦竹自己，也有着节律脉动，待时而动。

江南的冬日，冷便冷了，不至于冻土伤根，那土里的残热，成为芦竹根清苦熬冬的重要依凭。想必它也是知道的，熬过这冬，就是那春。

一旦春至，芦竹墩里，就开始热闹了。

这东西，本就是野物，野性难驯。

你会看到，它的生发，不讲道理。因为近着河水而生，春江水暖，春势一来，仗势傲物，四处突发。

一簇芦竹墩子，老根盘错，嶙峋突兀，恣意而生。

芦竹芦竹，就有芦竹笋，不像是竹笋的生长，因为竹鞭有其铺张延展的脉络，所以竹笋的突起生长，也是有凭有据。

芦竹笋的生长，全然没有规矩。因为竹根盘错，一眼青芽，便能成一株长笋。

于是乎，可以看到一株一株的芦竹笋，见缝插针，突刺而出，毫无章法。

这本就不是天地精华之物，若是造物，想来就是无心的随意，生长全然不需什么地力，既然无所取，也便无所忌，就那么自顾自，散漫而生、随性而长。

这更不是什么美食方物，清苦得不能食用，自然也就摆脱了被挑挑拣拣，随时可能被取而食之的命运，极少夭折，生由天定、长随天意。

不多久，由笋而竹，一人多高的个头了。细瘦细瘦的秆子，倒拖着阔长阔长的叶，强叶弱秆，风一起，秆随叶摇，并没有什么定力。要是遇上大风、洪水，根系浮浅，扶倒下去或是被冲而走，也是见怪不怪。

春风春水，最能发物，这细瘦东西，也是要抽穗开花的。

先是尖顶处，新叶缱绻，酝酿不一样的势头，很快抽出嫩绿带黄的穗来。

速生速长，抽穗后就开花，起初是青绿，后来花尖带红，淡淡的红，就在尖儿上，细碎的穗，每一针带一点红，远望过来，就能模模糊糊地看到一个尖长蒲扇，扇柄青绿，扇叶由绿到红渐变，颇有风韵。

因为长得细密，这一<u>丛丛</u>的淡红，攒集在一起，倒是能成一片红晕，随风摇曳，淡红明暗，一时齐聚一时散离，不负春色。

这时候，顽童上场，折下一穗花，连秆带穗，剥去芦叶，削去芦穗，只留尖尖一撮，酷似花翎。小刀在秆子上划拉几刀，就是个响器了。

鼓起腮帮，呼啦呼啦吹，芦笛呜呜，不成曲调，随风潜入春光。

要仔细听，这春光抽长之物，带着清空邈远之声。

速生之物，容易老去，经春至夏，都等不到秋来，芦穗老去，淡红变成焦黄。四时之中，尽性尽情，匆匆来，也便匆匆去，少有奢求什么完满的。

天造地设，自然无物无用。

再是这野性之物，再是这速生速长、速来速去，也有用武之地。

待到秋天，芦秆老硬，扯去苞叶，削成一般长短，扎一个篱笆，可好？还可以选一些出挑挺直的芦秆，扎一扇篱笆门。硬直的芦秆，带着熟成后的油亮，自成门面。

至于芦叶，也有其归宿。

乡野公婆，晒着冬日暖阳，手里是要带些活的。农事无闲时。

在枯瘦粗糙的手中，芦叶被挽成草团，晒干收拢，灶前一堆，灶膛里的一团火，就是芦叶的去路。

此时此刻，冷冬里，长长河岗上，又是留下芦根在熬着冬了。

天行有常，节律有常。

熬过冬，就是春。

2023 年 2 月 4 日

紫苏可以调味

自然的风物，有时候成就在不经意间。

比如，夏日里随处可见的紫苏。

直直的秆，平阔的叶，生长在房前屋后土地阴湿之处。

紫苏，之所以叫紫苏，在其色紫，紫苏叶或是两面紫色或是叶面色绿而叶背色紫。

紫苏叶，是卵圆形状，表面褶皱膨起，并不光洁，叶脉明显，交错连通。

紫苏秆，直棱绿硬，中间并不密实，而是中有空隙，弯折易断。

紫苏一般长得密实，密密麻麻地簇在一起。长成后的紫苏有大半个人高低，所以在密实的紫苏叶下，是一个精彩的天地。

因为生长之处阴湿，蚯蚓虫蚁自不必说，还有鸡鸭喜欢在其中躲避夏日的烈阳。

紫苏这样的植物，在自然界中，并不突出。虽有色紫的特点，也比不得繁花的五颜六色。

紫苏，胜在清爽的香气。

你若攀折或是揉捻紫苏叶，会闻到一股清爽的香气，味道恰如薄荷，但是比薄荷味道更有浓郁气味。

这样的清爽气息，成就了紫苏调味的功效。

紫苏叶，可以去腥、解腻。

你若做鱼，特别是鱼汤，不妨试一下放三五片紫苏叶。

洗净的紫苏叶，或是淡红紫色，或是带着些绿色。

入了汤汁,会变成蓝紫色;平阔的叶,经了滚热的汤汁,会蜷缩起来和软烂下去;在浓稠泛白的鱼汤中,增了色彩,祛了腥气。

紫苏可以去腥压味,所以多用于河鲜的烹调。比如爆炒田螺的时候添了紫苏,翻炒之间,紫苏发挥其效用;在烹煮虾蟹之时加了紫苏,用蒸腾之气带着紫苏味道熏除腥味,如此等等。

要是偏爱紫苏清凉爽清之气的,还可以生食紫苏,那便是洗净了的紫苏叶,用了香油、味精、酱油、辣油等等,鲜拌食用。

紫苏叶,还可以作衬托之用,比如食用肉片、鱼片之际,用紫苏叶衬取,既方便取用,又能添几丝清爽味道。

所以,日料之中,多有紫苏叶,伴佐生鱼片。

东南亚菜但求味道纷杂,所以也多用得到紫苏,例如越南菜的汤菜中,多见到用紫苏调味。

紫苏,还能用来染色,淡紫色浸泡出来,可以染了泡菜,染了姜片。特别是紫苏姜片,黄白色的嫩姜片,染上了紫苏的淡紫红色,色泽动人。

紫苏,不知道什么时候出现在国人的餐桌之上? 明代李时珍的《本草纲目》中有记载:

紫苏嫩时有叶,和蔬茹之,或盐及梅卤作菹食,甚香,夏月作熟汤饮之。

紫苏不只有叶可以调味,紫苏还会开花结籽。

紫苏开花,突伸出一串小碎花来,虽细小,却有着外扩的棱角,四角撑开,然后开出细碎的紫花来。

细碎的花,酝酿着香味,也是那种清新香味。

有花便会有实,紫苏籽会在花柄上生发,一串一串,分列排布。

大概是能入药、能作调味之用,所以会有人收贩紫苏籽。

有人收贩,便有人采摘出售。

怎么采集? 就是用手去捋了,从叶柄底部一捋而上,掌心便是紫苏籽,带着青绿色的皮儿的紫苏籽。

紫苏籽有香味更有汁水,所以捋得多了,满手乌黑的干凝的汁水和浓稠的清爽的气味。

采集而来的紫苏籽,大有用处。

去皮晾晒之后,可以用来灌枕头,紫苏籽细小,所以枕头密软,带着清爽香味,驱虫安神。

紫苏籽,可以做成香囊,也是增添气味、驱赶污浊的物件。

紫苏籽做成的料包,自是调味的好物什。

蒸煮大闸蟹的时候,用上杂糅紫苏叶和紫苏籽的调味包,可以中和蟹的凉性;紫苏籽料包,可以放在炖煮的肉汤中,能给肉汤去了腥浊的气味。

而紫苏油等等,则是紫苏籽的深加工产物了。

谁能想到,房前屋后的不起眼、不经意的那一簇簇绿叶,那细碎的花粒和细小的籽粒,竟能有这样的效用。

2019 年 7 月 25 日

青鱼上架

秋收冬藏。

时令便是如此。

公历是到了 21 世纪的第三个十年，农历则入了己亥年的腊月。

不论世事如何变化，或是换了怎样的人间。

农事都是因循而至，并不会显示出对岁月的眷顾或是冷落来。

入了腊月，便是向着年去了。农事在此时，不再是生机勃勃的生产景象，而是热热闹闹的收获与储藏的光景了。

己亥年那完全算不得冷的冬日里，青鱼干上了架子，已经由上一年的冬日晒去水分，由着今年的日头晒出香味来了。

谁也说不清杭嘉湖平原上，有多少星布的鱼塘。

一些是在水田或是溇港圩田处，用密实的熟土，垒出一道道细长的田埂，蓄上水便是鱼塘一块；一些便直接是湖里河中的网箱，围栏出一块块水域，借着自然的造就成就人力的幻变……

起塘的时间，就多选在这冬日岁末：或是排干了塘里的水，在那塘泥里摸出一尾尾肥硕的淡水鱼；或是湖里河中的网箱，那起网的时候，群鱼攒动，好不热闹！

说到渔获，便多是些太湖流域密织的水域里常见的鱼类，而青鱼就是极其普通的一种。

鱼身青灰色，背部青黑色，腹部灰偏白，鱼鳍均是黑色。

青鱼一般体型较大，动辄十来斤。

青鱼鲜吃,可以是酱烧,可以是炖汤,加了酸菜做成酸菜鱼,等等。青鱼肉嫩,种种做法,多是相宜的。

而集中的渔获,便要找到保存的办法了,腌制晒干,便是其中最重要的处理办法之一。

青鱼劈成两半,但在鱼背处相连,掏出内脏,冲洗干净,一条鱼摊开成一张鱼。

和着花椒、辣椒的粗盐,是腌制青鱼的必备。腌制过程中,沥干血水,然后用盐粒反复揉搓,腌制均匀且入味。

腌制好的青鱼,挂了钩子或是穿了草绳,上了竹架子。

寻常的人家,最多就是两三尾,门前晾衣服的竹架子,或是篱笆桩,就是很好的晾晒地方了。要是多的,那就是要一排排竹架子,一排排青鱼干了。

接下来便要见证时间的幻化了。

先是韧白的鱼肉,顶着粗盐粒,而后盐粒渐渐消失,鱼肉由白而淡黄而棕黄,直至焦黄。

这过程中,阳光和盐分同样重要。腊月里的太阳,不会是强烈的,但日头正中,也是暖意十足,再加上硬冷的西北风,很快将水分逼干,油脂逼出。

晒青鱼干,除非是大雨大雪,很多人家是过夜也不收的,任凭日晒霜打。

冬日的暖阳,烘出鱼肉的干香。

大半个月后,鱼肉紧实燥干,颜色焦黄,日头下,色暖味香。

而此时也是年关临近,腊味上桌的时候了。

青鱼干,简素的吃法,便是清蒸。要是鱼干晒得紧硬,那可以先用水泡软,否则吃起来过于练牙,吃着累,不过也有人就喜欢这口费劲的咀嚼。蒸鱼干的过程中,再添一种腊味,带着肥膘的腊肉,青鱼干是干香有余,而肥气不足的,腊肉的肥油,正好补足。

要是上心思的,再添一点冬笋片儿吧,捡笋根用,耐蒸,这也是给腊味添了一种时令。

清蒸之外,青鱼干可以烧肉,鱼肉搭配。鱼干先简单翻炒,备用;肉炖至出油,加了鱼干,继续炖煮到肉烂收汁。肉的油气,侵进鱼肉里,相得益彰。

2020 年 1 月 2 日

经了霜的青菜，就甜了

"接下来的菜，就好吃了，经了霜，甜了"，父亲在电话里跟我说。

是啊，十一月初，时令已经过了霜降，也过了立冬。杭嘉湖平原，在凌厉的冷空气的催促下，一夜之间，似乎由夏入冬。

树叶被催促着，急急地落下，落到地面，倒觉得舒坦了，就这么坦坦地躺着；青草儿被催急了，无精打采起来，整个身子蜷缩着，一副"赌气"的样子；河边的芦苇，被催得"脸涨红了""头变白了"。芦叶快速由青色转到淡红的黄色，芦花越发白了，白得浓稠……

冬天真的来了。冬天来了，自然少不了霜的降临。

初冬，江南的太阳，还有着夏秋残余的力量，特别是午后，虽不至直直地晒，却也是能给空气带来清暖。

而此时的大地啊，知道自己到了该"凉凉"的时候了，不怎么管太阳的热，兀自冷却下去了。

于是乎，被太阳蒸腾的水汽，在初冬的夜，"顶撞"到了大地的"冷脸"，在夜间，变成了霜，附着在大地的表面。

当然，霜有厚有薄，有浓有淡。

薄淡的，有如一层水膜，深夜时，或还能称作霜，一到了太阳初升，立马就变化了模样，成了水，汇聚在草叶尖，欲落未落。

厚浓的，那就放肆得多。顶着初冬的阳光，毫不畏惧，一层厚厚的甚至有点硬硬的壳，愣是覆盖着大地，甚至在冬日里非要开出花来——霜花。你若是用手指去捻一下叶片上的霜，可能得用力一些，才能用体温，融化出一个淡淡的指纹。这样的霜，非经暴晒不肯褪去，即便褪去，也要留下湿漉漉的大地。

当然，很多的时候，霜是介于薄淡和厚浓之间的，就好似纱布做成的霜衣，又如大自然漫不经心撒下的如面粉般粗细的霜粒。

霜降了，那么总是需要大地有东西去承接。当然，大地可以说，我敞开整个怀抱欢迎你。

但是，更多的时候呀，还是紧紧依附着大地的草叶、菜叶，替大地先接下了这份冬的礼。特别是菜叶，相比多数的草叶，露给冷空的"面子儿"更大，成为承接冬霜的"门面"。

初冬的江南，早起一开大门，被窝中被热气微微烘热的脸，感觉到了凉沁但又有点干冽的空气。

那么呀，可能就是霜来了。

江南的菜园子，一般都离着住家不远，但也有些距离。

所以啊，"怕热闹"但又"想凑热闹"的冬霜，就在这些村口、屋后的菜园子里，款款地降下了。

小青菜、小白菜，以及啊，在残秋里刚刚长出的小油菜，成了它展现自己的戏台。

当然，这是位有脾气的"角儿"：浓淡看心情，来去随心意。

可是，这又能怎样，谁让它是这初冬时分，冷空、大地独独宠爱的呢。霜来了，那么就有"经霜"这一说法了。

经霜，两个字，经和霜，后一个字是说，有霜降下了，前一个字则是说，经历了霜的来去，当然可以是一来一去，也可以是多次来去。

就这样啊，菜园里的菜，有了"经霜"两字的认证和加冕。

那么，经霜后，是不是真的甜了？有一大堆科学的、严谨的材料，可以告诉你事实是不是这样的。

但是，很多朋友，可能和我一样，更相信自己的唇、齿、舌"三位大将"，当然还要借助眼、鼻这两位"军师"。

经霜的菜，在还未烹调时，颜色就已经显示出不一样来了：青得更浓更重,菜梗的白色看着也更有些冷硬了。

及至在锅里翻炒时,挥散出不一样的气味来,冷菜热油,清爽的冷峻被激出淡适的甜气来:难道冬霜来了一次,在青菜里撒了些糖?不过,它啊,也没舍得多分出自己的糖来,就这么淡淡地撒了一点,可能还是想多给自己留点吧,塞在自己的小口袋中,想着什么时候摸一把来吃。

到了出锅上桌,冬日里菜的热气更加明显,已经让人期许。

筷子一夹起来,墨绿的菜色,披着淡淡的稍稍显着金色的油膜。送到唇边,先是鼻子被唤起,热气裹着甜气,一下子从鼻腔蹿到了脑袋的角角落落。当然,这时候啊,胃和大脑就告诉你一个字:吃!

于是啊,热油粘了唇,清香润了唇,淡甜抚触了唇。

然后轮到了急不可耐的齿。

青菜,本就不用费力咀嚼切割,经了冷霜又过了烈油,越发糯软了。所以啊,牙齿在这里就是"走了下过场",但是就是这个过场,都让牙齿难忘、流连。

舌头也要登场了。糯软的青菜,不会磨着它,反倒让它享受这叶肉和纤维的反复碰触;淡适的清甜,则让它放松起来,去体味这份感觉在身上的传导,慢慢地慢慢地扩散开去……

经霜的青菜,清炒是极其合适的。另外,也可以试试与年糕一起下汤,兴许会让你喜出望外;或者,煮一顿菜饭,点缀其间,风味大不同。

经了霜的青菜,就甜了。

2018 年 11 月 10 日

冬笋:难得冬日鲜

冬日,本不是鲜物生发的时节。

但,就有那么一物,撑起冬日难得的鲜味。

这两日,菜场,在菜摊的一角,新来的冬笋,一下子吸引住了食客的眼光。

通体黄色,带着黄泥。

说它通体黄,其实不然,坚硬的笋壳,有新黄之处,也有焦黄之处。

近根处,黄色重,带着焦色,笋壳也全然不是厚重样子,而是焦薄的枯叶模样;近尖处,黄色淡,带着新色,笋壳也不是那样子的厚重,而是清新、细嫩的感觉,甚至有的笋尖,带些个由黄向绿的色彩。

带着的黄泥,其实也有不同的颜色。黄泥离了地里,渐渐发干,颜色向着干黄去了,但是靠着润湿的所在,则颜色还是重的,向着褐色去了。从这黄泥,就能略判断这笋出土的时间。

说来可惜,我因为出生长成在嘉湖平原,对这冬笋,倒是没有那样熟悉的,至于挖笋之事,也多道听途说,不知道是否恰当。

冬笋是立秋前后由毛竹的地下茎侧芽发育而成的笋芽。因为还没有出土,经受这世间的风霜雨露,倒是守着一份幼嫩,别成一味风物。

听人说的是,挖笋就是在立冬之后,先选背阳、潮湿处下手。相较于向阳、干燥处,这里的冬笋早发。挖头茬冬笋,宜选择竹鞭较浅处下手,深处的鲜物,可待其生发时日后,再来掘取。

另外,还有从竹看笋的经验之谈。不是行家,不知其妙处,听人说来,频频点头,但终究不是躬身而为,感觉不是贴切的。

挖笋不在行,吃笋却可以在行的。

冬笋,可以入炒菜,可以入炖汤;可以是滚刀块,有个成块味道;可以是切薄片,不说晶莹剔透,也是色泽丰美。

确实如此,竖着用刀子划开,左右分而褪去笋壳,露出白色笋肉。因为,冬笋尚在土中生长,没有风霜历练,只是纯纯的嫩白颜色。

到底是竹鞭处侧生的新芽,根部老硬,不堪食用,弃之并不可惜。

只留笋尖嫩肉,以供烹饪食用。所以说,冬笋这冬日鲜物,实则只有不及一半的好物,真是取其精华,以供享用。

切了块或是划了片,得需焯水,去除酸涩味道,口感就剩嫩鲜香味。

也有不按照常规处理的。

尝见乡宴厨师,囫囵个将冬笋焯水的。"咕噜噜"的开水中,冬笋肉从嫩白幻化成嫩黄,去了不为人喜的味道,留下静候开发的鲜美。

至于冬笋怎么入菜?那真真就有得说了!

这时节,和新上市的塌菜翻炒,如何?必须是好的,塌菜冬笋,冬笋鲜嫩,塌菜清鲜。唇齿到菜叶间,有软糯感觉,到了笋片处,则有丰厚味道,又因为只取笋尖,笋质细嫩。不可方物。

雪菜冬笋,也是一绝。若是配上口蘑,那更是鲜味层叠、细嫩交织,人间难得。

笋味胜在青白、鲜嫩,胜在纯诚之味。便是这纯物,遇上复杂的食材,更是能够取长补短,成就风物无限。

笋片炒肉片，一个清纯，一个油腻，风味合成，成就烟火味道。

肉片换成风干、沉淀的腊肉如何？那更是好了，腊肉油脂丰而不滥，更有节制；腊肉韧而不烂，更有嚼劲。

江南菜系，浓油赤酱，所以还用冬笋做油焖笋。浓重的色，鲜嫩的味，齐聚一盘，自然不会错。食之，较之春笋，冬笋肉厚，纤维较少，别有味道。

再譬如，冬笋块入了老鸭汤。舀取而食，笋肉肥厚，牙咬齿切，就汤而食，嫩味、鲜味兼得，妙不可言。有如此鲜笋，倒显得这鸭肉累赘，取之弃之，无所适从了。

鲜物当季，还能幻化。若是鲜肉馄饨，切了冬笋尖进去，拌着细碎榨菜粒、剁得刚刚好的荠菜。这样的妙物，怎么会不好吃？

再有冬笋剁进春卷馅儿的，想想就好，一个冬之物入了咬春之味，风味神奇！

用心美食，不可辜负。

否则这般人世，何以自处？

2021 年 11 月 28 日

姜嫩可食

平素里，我们吃生姜，或是切片或是切末，大菜里用的时候粗犷一些，便是直接扔了姜块进去。

生姜，主要是去腥、去味、提香之用，是调味物料的一种。

所以，一般不会去直接食用。

除非是姜末儿，因为细碎，所以由菜蔬带着食用进去。

否则啊，你要是吃鱼的时候，吃到姜片，应该是不会吃进去的吧；而要是在肉啊、汤啊里面夹到姜块，最多吮一下汁水，更不会去咀嚼食用吧。姜作为调味之用，就是如此，调其味而不食之。

这样的作调味之用的姜，在吴地是被称呼为老姜的。北方则多直说姜，而不加其他形容。

有老姜，应该有嫩姜吧？有！还是个好东西。

生姜的老嫩，区别在于生长的长短。六七月间，姜苗仍是翠绿、姜块初长而未老之际，刨了土，掘起了根茎，便是嫩姜。而老姜的收获，要到十月、十一月间，姜苗枯黄，姜块熟老。

老姜，大家都知道吃起来是什么感觉：纤维太多，里面纤丝盘绕，难以嚼烂；况且姜味辛辣，食之有灼烧感。另外老姜是作调味用，用在肉中，吸附的是油腻味，用在鱼内，则是生腥难食。

而嫩姜则是大不同。先来看外形，嫩姜外表鲜黄，有些甚至是黄白色的，表皮不褶皱，反而是水分充盈的那种胀鼓的外皮。

姜芽与姜苗相连处，近姜苗之处是青绿，近姜块之处竟是嫩粉红色，恰如捺开的淡淡胭脂，让人称奇。

这样的脆爽新物,亦可调味,但不如直接食用得其美味。

姜嫩可食,食之如何?

脆爽自不在话下,因其嫩,水分充盈,且纤维仍未发育,所以咀之嚼之,并不费劲,反觉盈弹有趣;姜本是辛辣之物,老姜辣味十足,而嫩姜辛味未浓、辣味未出,吃起来是清爽感。

嫩姜虽爽嫩可食,但毕竟是不能直接生食的。

腌制吧,既能保留爽脆,又能增添酸咸味道。

腌制嫩姜的方法多种多样。

见过酱油水腌制的,嫩姜洗净,也不细细切块,只是顺着长势掰折成小块,泡煮后凉置待用;鲜酱油兑水,应该还有醋,浸泡腌制。酱油水淡酱色,嫩姜其色纤白,但是在器皿中泡制,则会是纤白染了淡酱,出色出味。

还有是用白醋、白糖、盐来腌制的,白醋水兑水冲长,加了盐和白糖腌制,如此一来,嫩姜还是黄白色,但醋到底是有它的作用,在腌制后,黄白色浓重起来,你看汤汁,都有一些鲜黄色。

腌制嫩姜,还可以添鲜椒、蒜瓣,风味不同。

还可以将嫩姜与小黄瓜一起腌制,酱瓜酱姜。

这样的做法下,成品的嫩姜,便是佐粥的佳品了。白粥一碗,素淡清雅,静候嫩姜的味道调和。

还有制备得仔细的,将嫩姜薄薄切了片,备好。紫苏叶,加冰糖、白醋,煮成汤汁,加了盐,变成了腌制嫩姜的汁水,然后便是将姜片浸泡腌制,不消一两日,黄白的姜片竟染了紫苏水的淡红,淡红染了黄白,粉气起来,色淡微粉。

嫩姜又叫仔姜,所以这道吃食便叫作:紫苏仔姜。这道菜,好看又好吃,可以去腻、添爽,刺激夏日里混沌不振的胃口。

2019 年 7 月 8 日

轻甜味道

甜味,实在是一种"沉重"的美味。

想想甜味的来源,多是熟成之物的结晶,熟成的甘蔗、甜菜、苹果等等。

所以,甜味,胜在熟醇,胜在腻稠。

不过,随着年岁的增长,似乎身体都在自然而然地排斥着过多的糖分。

轻甜,成为相宜的味道。

对轻甜味道的追寻,于我而言,是在吃苹果的"进化"中实现的。

杭嘉湖平原并不产苹果。

但是,这一地区较早地进行了工业化的发展,临近岁末,入了纺织厂、进了印染厂等等的农家里的工人们,到了发年货的时候。

不晓得是什么缘故,一箱苹果,似乎是年货的标配。

不过,这临近年末的惊喜,事后想来,并不是什么太过走心的礼物。

粗劣的纸箱包装之下的苹果,透熟透熟的,就用浓郁的甜味勾引着吃客。

熟成的苹果,果肉沙软,甚至是绵软,但是甜味馥郁浓稠。

但不得不说,这样的甜味,并不是鲜活的存在,而是在时间的流逝中,沉积下来的甜味,甜有余而鲜不足。

及至到了三秦大地,一次我在乾陵脚下的苹果园里,尝了新摘的苹果,才发觉,熟成甜味的苹果虽有其风味,以我的偏好来说到底是刻意了些,不够本原。

新摘苹果,带着果霜,抓取留痕,留下一个个指印。

清鲜之物,从色、香便可了解一二了。

色彩并不红,也没有蜡亮色,反倒是浅红色,带着细小的麻点。

香味并不是那种久置熟成后的浓重,就是清香,似有若无。

色、香之后,便是味道了。

一口咬下,三字可以形容:硬、新、爽。

不似熟成的苹果,新果果皮较韧、果肉偏硬;新果味道,新鲜自然是不必多言的;爽,是清爽,是酸爽,是爽鲜,更是爽甜。

甜味不厚重,而是清甜,似有若无但又无处不在,唇舌齿略感酸涩,便有清甜味道前来中和,刚有些甜腻感觉,又有新爽味道来冲淡。你来我往,调和顺畅。

确实是好。感觉此前的苹果都白白吃了,没能品出个什么来。

后来,又碰到甘肃的苹果,甘肃平凉静宁,此地的苹果,比之陕西的苹果,肉质更为细腻,汁水更为丰富,而在甜度上,更是甜味和酸味、涩味交融,妙趣横生。

当时心想,在这一隅之地,竟然能有这样的美味存在,堪称奇迹。

一般来想,若是论水土,东邻的八百里秦川,自然是富饶丰腴,而此地却是到了地力稀松的地带了;若是论光照,西边的回疆大地,沐浴阳光,是成就甜蜜的海洋。

但就是这似乎东不成西不就的地方,成就了这甜、酸、涩的调和。

自觉在吃苹果这个事情上,如今是离了初起的嗜好浓甜,到了追求鲜甜、轻甜的喜好了。

不过,再仔细想想,对于甜的追求,在本初时刻,本来就是以清新、轻新为主的。

对甜味与生俱来的追求遭遇不甚丰裕的甜味来源,便是在所有可能的范围内,搜寻着可能存在的甜味。

就比如说,在青茅中寻找甜味,那便是茅针,抑或称谷荻。茅针之名,通俗;谷荻之称,文雅。

但是,殊途同归,殊名同物,就是茅草初生叶芽后处于花苞时期的花穗。

如潮湿棉絮一般的东西中,隐约有点甜味。

这种甜味,清新、轻新,算得上是甜味初萌的样子。

清且新、轻且新,清甜、轻甜,最是美好。

2021 年 2 月 1 日

扁豆出色

时间进入七月,想来攀爬上竹架子的扁豆秧,是开了花,结了豆荚了的。

农家的一些菜蔬,有时候是真心不挑生长的地儿。

也便是屋前的一小块地,算不得肥沃,还有大树半遮,想来光热条件,是不太好的。

但便是这样的一丁点儿地方,到了万物生长的时节,也是大有可为的一角。

所以,四月里,遗落在土里的去年的豆实成了今年的种子,生发出豆秧来。

刚开始,你都不确定这是什么豆秧。豇豆? 赤豆? 扁豆?

反正是自己生发在不起眼的角落,也就随它去吧。

先是一根筷子的高低,弯弯扭扭地抽生出枝叶来。

而后,豆秧尖儿开始出现盘旋生长的弯丝来:这是要爬架了。

怎么办? 也不用兴师动众,有工夫的,用几根竹枝扎一个架子,没工夫的,且让它随意攀爬,晾衣服的木架子、墙边的柴禾堆、半塌了的土墙……有东西攀附即可,不挑不剔。

风物的生发,让你感到惊叹。

伴着四五月间的阳光雨露,一株豆秧,在短短的时日内,攀缘生长。此时,要是懂农事知作物的人,就能确定地知道这是什么豆秧了:哦,原来是一株扁豆。

但是心中还是有疑惑的,这到底是一株什么样的扁豆秧,会结出什么豆荚来？

这个答案，要等到开花才能揭晓。

说回豆秧吧。人们说日见其长，大约就是说这样的场面吧：朝起你看它还在墙根，晚上呀，弯丝已经攀爬到了墙头，想来这高度也不低啊，也有个三四十公分。

豆秧生长，不只是攀缘，还有是枝叶的密实，一株豆秧，幻化成团成簇。

自然万物，多不虚长，枝叶生发，终究是奔着开花结实去的。

这不，六月间，那团簇的豆秧的枝叶中，探发出几朵花来。

扁豆秧，也是奇特，花开之前，确实如撑伞一般，先伸突出花柄来，虽不长，但在密实团簇生长的枝叶中，相当明显，叶柄紧实油亮，一看就知道这里将孕育神奇。

一旦开花，你心中的疑惑，就要慢慢消散了。

一柄白花，乳白润亮，带着褶儿，花蕊细黄。

这就应该意味着你将收获绿扁豆。

一柄紫花，紫红色的花，同样是带着褶儿，未开花时，暗紫若黑，开了花后，凝红偏紫。

你啊，准备好吃紫扁豆吧。

还有白紫相间的，白色是润亮的，紫色带凝红，一个花瓣上，白紫渐变，灵动幻变，增添可爱。

这样的花，基本就是将结出带些许紫色的扁豆了。

自然之道，花启其果。开花，终是为了结果。

不似有些作物孕育果实那样艰难，扁豆秧开花后，便能即刻结了豆荚。好像是一前一后，排着队等候一样。

初生的扁豆荚，细小纤薄。而后伸展开去，变得厚实。

绿扁豆，长成的样子，通体白绿色，是不规则的弯月形，豆荚表面有轻微细粒突出，生长豆粒之处，豆荚突鼓出来，增添了高低起伏。

紫扁豆,则是通体油亮的紫红色,有的颜色重厚一些,更像是酱红色。豆荚表面,仍旧是轻微突起,触感糙实。

扁豆,吃其鲜嫩恰好。

太嫩了,没有嚼劲,嫩有余而实不足;太老了,坏了口感,纤维十足而肉感不足。

吃的时候,豆荚两头掰折撕扯,撕去豆荚两侧的老筋,以免破坏风味。

扁豆,可以炒腊肉,清爽、油腻均可;可以切了丝儿,加了蒜泥炒,可口下饭;可以炒肉末、炒红椒胡萝卜……

真是一样好搭的菜蔬。

我独爱一种做法:芋头仔烧扁豆。

七月的芋芳,挑出细圆的芋头仔,刮洗干净,先蒸后炒,然后加了扁豆,炖煮一番。

芋芳很奇特,炖煮之后,汤汁稠密,吸染味道,但其口感是干实的;扁豆在炖煮之后,软绵下去,豆荚会有些许纤维感和嚼劲,豆粒则带着鲜味,又被炖发。两者搭配,我觉得是互成其美、相得益彰的。

2019 年 7 月 6 日

菜花根

将"无味"化为"有味"。

这是我们饮食文化的精髓之一。

这片物产丰富,但大多时候物产跟不上人口的土地上,少有在舌尖上特别阔绰的时候。

只有在珍馐之物的产地,才会有在原汁原味上特别宽绰之时。譬如鱼米之于江南、牛羊之于草原、江海鲜味之于临江滨海……

大多数时候,我们的饮食,是在无味之上,寻找幻化有味的魔法。鲜美之物之中,掺杂着淡素,是饮食料理的常态。

可以说,料理之中,多半是,淡素为主物,鲜美居佐料。

你想,一盘大盘鸡,鸡肉是有,土豆也不少啊;一盘虾酱空心菜,虾味自然是有的,但是咀嚼吞咽之物,只是那青绿之物。

这样的例子,举不胜举。

像极了这片生养我们的土地的历史和人文:少有鲜亮的、丰裕的时刻,即便有,也是转瞬即逝,但,人又活得很有韧性,将这鲜有的鲜亮丰裕,冲长了、稀释了,入了这一大锅子的菜了,调着、拌着、煮着、熬着……竟也滋养了这些年岁、这些人口。

虽然,纯粹对付一口的时岁不在少数,差点糊弄不了嘴的时候也不少,但再难,终究也熬煎着过来了。

待到这一锅子菜里,熬煮白菜的肉片多了几块,往日的愁云就像是水面上的浮尘,被滴进来的油水推漾开去。只要这油水能不断,愁云浮尘,就会被封固在边缘,在生活的中心,没了它叙事的空间了。当然,也有它"登堂入室"甚至唱上主角的时刻,那时候,断然是不会好的。希望我们都不要遇到它跳脚起来、上了台面的时候!

扯远了,得说回来。

无味化有味的料理,在平素的日子里太常见。

这些日子,当关中平原黄土上长成的松花菜被成批成批放倒,裹着一两张叶子被套上泡沫网兜,上了车,入了市,被送到千家万户餐桌的时候,田间地头,还剩着一样从无味中幻化有味,甚至可以说从无用中幻化有用且有味的味道。

菜花根!

当一棵棵菜花被割去,连菜花叶子都被拢了去喂羊喂牛之后,剩下的是这离地最近,甚至是生长在土里的东西,看上去实在不是有用的东西。

若是由着它去了,也便去了,至多是在这田地里经霜经雪,来年开春,天气一暖,雨水一打,腐了烂了,回了田里去,留下些经络细密的硬壳壳,也不消多久,就化作尘泥。但是,地力辛苦长成,有些还膨大得饱满甚至爆裂,不应该是完全无用的东西。

确实如此。

用刀子削去硬壳,不要舍不得下手,入刀深一些、狠一些,去了老硬的东西,留下爽硬的内心,一场味道的幻化,就可以开始了。

这样从无用之物里挽救回来的有用东西,本身自然是难以成就什么的,即便是已经脱离无用境地,那也仍旧是无味之物。

白白的、硬硬的菜花根,切成条状、片成片状,都可。

从无味走向有味,也不会是纯粹的无中生有,而是需要各方助力,各方调和。在菜花根这里,这一步就是腌制。

盐、糖、姜片、大葱、香料等齐齐上阵,涂抹、抓揉、搓拧,工序可以是复杂的,也可以是简单的。因为这些都只是为了让盐和调料在时间之中更好表现。

一切就绪，装坛入罐。

当然，这是家常规模，一旦是上了量、有了阵势、成了产业，那腌制的过程就不会是那么简单随意了，而是一板一眼，讲工艺流程了，自然也不会叫"装坛入罐"了，要叫入窖、入腌菜窖。

给点时间，它不会让人失望。

心急的，也就是腌制那么一两天，腌菜花根就出坛入碗上桌了。这时候，这菜花根的生劲还很大，腌制的味道似有若无，但是很爽脆。

时日久了，生硬之物也就熟了、软了，颜色也从硬白走向带点暖意的油黄。白碟子上，铺陈开去，白衬着黄，色上先赢了一招。

闻一闻，不似一些腌菜的复杂味道，反而是清清淡淡、干干净净的气味，就一点点酸咸气息。

入口，脆劲、爽味，盐和佐料味道一同发力，口感丰富。

若是，腻味腥味，口中浑浊，来一小段腌菜花根，解腻去腥，嘴里一下子清爽起来，气息都顺了。

要是，白粥一碗，寡淡无味，不妨先来一小段，入口咀嚼，齿间有声，节律起伏……再啜吸一口白粥，唇齿之间的爽凉味道，迎来素白的暖意，融会调和，互相成就。

多说一句，腌菜花，不少是用菜花梗，但是梗、根不同，梗到底还是更有用一些。炒菜花的时候，梗多那就多煮一会儿。菜花梗能入了正菜，而这根，无用得更为彻底，一番操弄下，成就一番味道，老是老了一点、硬是硬了一些，但此中的幻化，更为难得。所以，多一份偏怜，无妨。

2023 年 11 月 2 日

儿菜在时

这几日，冬天里难得的一味鲜蔬上市了。

那便是新收的儿菜。

曾见一处饭馆里写道：吃在时，食在地。

讲的意思是，食材要用正在时令的，要用当地种植或是采收的。

否则便是违逆了时令风物，错乱了水土物产。

若是照这样说来，儿菜是不是在时，是不是在地，倒也能辩说一番。

儿菜，照着生长习性来讲，虽说一年四季可成，但放在这新鲜少见的冬日里，才显得弥足珍贵。

否则在春日里，万鲜争发，淹没了这一味好吃食；在夏日里，暑日炎炎，儿菜看似茂盛，却是失了鲜美，添了筋皮，算不得好食材；而要是在秋日里，世间多是沉甸、醇厚的风物，儿菜也是算不得拔挑了。

说是在地与否？这倒是有些个说法，杭嘉湖平原算不得儿菜原本的所在之地。儿菜，原是在川蜀之地受人欢迎。

四川、重庆，将儿菜称为娃娃菜、娃儿菜，还有叫超生菜的，学名叫抱子芥。

本来就是寻常之物，所以以形命名，儿菜根部粗大，一个个芽儿紧紧地簇抱着，就像许多孩儿围抱着母亲一样，一母多子，便叫个儿菜。说它超生，更是有由头——密密麻麻多个芽儿，可不是严重超生吗?

论起产地,原先的儿菜,只能在冷凉的西南地区可以大面积栽培。儿菜的生长喜冷凉,土质偏好沙壤土,酸碱度上中性或是弱碱性为佳。四川盆地气候以凉爽为主,土壤类型多样,又是历经千年耕种的熟土,对儿菜的生长而言,天时地利条件均有。

不过,凭如今的栽培技术,气候条件、土壤环境,多可调节。况且,一般作物,除了南橘北枳这样的例子外,对自然环境的适应并非一成不变,所以儿菜的蔓衍也不在话下。

所以,也不知道在什么年岁,长江头的儿菜,也到了长江尾,不论是住长江头还是住长江尾,儿菜共食之。

话又说回来,多数食客吃儿菜,约莫是不会这么在意出产之地和种植之术的。

且就讲讲儿菜的食用之法吧。

儿菜,有一股芥菜的清香,那种清香,带着一丝清苦,但是其肉质的口感不同于芥菜的苦味,而是带着甘甜。

儿菜肉厚少筋,青绿的外表皮之下,是青白厚实的肉质,筋脉集中在表皮。又因为吃的是鲜嫩,所以皮质也不会硬密。不过,要是喜欢软嫩的口感,也可以去皮食用。

洗净切成厚薄得当的片儿,可以清炒、可以白灼,也可以伴以牛肉片儿、腊肉片儿、火腿粒儿等等翻炒。

这样的做法中,吃的是儿菜的清甜软嫩,再加上牛肉片或是腊肉片的浓厚味道和紧实嚼劲,是清甜加上浓厚、软嫩叠加紧实。

其实,儿菜这样平素的菜蔬,是并不挑做法和佐材的,本就是素白清甜,放到哪里便都可以有自己的位置,又因为本身食材的肉质香味并不强烈和突出,所以可以在烹饪过程中被改造和调和。儿菜只不过在这一味吃食里,增添一种自己力所能及的不一样来。

所以,也见过儿菜花蛤汤的做法,还有用儿菜来和黄鱼一起炖汤的,和墨鱼一块炒的,不胜枚举。不挑不争,儿菜便是这个味儿,任凭烹饪之术幻化。

不过,儿菜的诸般做法中,倒是一种焯水蘸汁的烹调,大道至简、朴实简素。

儿菜片儿焯水,出锅冷激,食材便妥当了。

烹调的功夫出在蘸水中,生抽、香醋、蚝油为主,白糖、小米椒、芝麻油、辣椒油、蒜泥等等为辅。吃的时候,一边是儿菜的素白清香,一边是蘸水的味重杂叠,也是两相登对。

2019 年 11 月 25 日

素淡方可染

这两日,茄子早早上市了。

长茄子,圆茄子;紫茄子,青茄子。

茄子性淡,味道平素。

但正因素淡,所以可供烹调的空间大。

这样说来,茄子确实是味好吃食。

切了滚刀块,重油煸炒,放料酒、添姜丝、用生抽上色——一道美味。

爱吃辣的,加点儿红辣椒;讲究的,再添点儿青椒,颜色好看。

这道菜,最是平淡无奇,却也不容易做好。

油要舍得放,否则啊,旺火煸炒之下,一股子糊味儿。

谨记,滴水不用! 不信你试试,若是加了水,这盘茄子,你也别想再炒香了。

这道菜,吃起来如何? 因为茄子本身素淡,所以味道全看佐料,足够的油,让果肉不再清素;旺火煸炒,让果肉酥软,入口不需多咀嚼,滑润入喉。

乡野怎么说这道菜? 说是只听得"咕"一下,入肚去了。可见茄子的油润、糯软。

这道菜,还有复杂一点的做法的,鱼香茄子、豆豉茄子,佐料不一样。

因为茄子本身素淡到果肉都没有什么特别的香气和味道,就像一张白纸,所以,你且发挥,素淡可染。

炒茄子，还有其他配菜可加，刀豆炒茄子、肉末炒茄子，等等等等。

只要味道不犯冲、品性两相宜，均可尝试。

素淡的茄子，还有一种更简便的吃法。

整个茄子去蒂洗净，上盘子，入笼屉或者是在饭锅上蒸熟，油盐调料，一概不放。

这样的蒸汽焖力之下，鲜嫩的果肉很快糯软。

吃的时候蘸调好的汁水吃，汁水可以在食用油、酱油等基础调料之上，自己组合。滴一点香油，好！辣椒油来一点，赞！蒜泥、葱花、香菜一应俱全，会吃！

上筷子吃，可以边撕边蘸边吃，有兴致；汁水调好，一股脑儿调进茄子里，搅匀搅碎，也是很好啊。

这道菜啊，还有很多变化，比如你在蒸茄子的时候，就给添上老干妈或者肉末、蒜泥什么的，食材与佐料，共同造就。

另外，还有烤茄子的，加了蒜泥烤，果皮硬实、果肉糯嫩。

需要说的一点是，茄子啊，不仅仅只有长的，其实圆茄子才是我们最先种植的品种。

宋人郑清之有诗曰：

青紫皮肤类宰官，光圆头脑作僧看。

如何缁俗偏同嗜，入口元来总一般。

光圆头脑，讲的就是圆茄子。

长茄子的种植，要更晚近一点，但是具体什么时候？只能推测个大概。

圆茄子，煸炒、蒸食，跟长茄子一样。

有说法是，长茄子水分多，圆茄子偏干，果肉自然是圆茄子多，果皮是长茄子丰富。而且，吃圆茄子一般要削皮，长茄子则皮肉共食。

大概也就是这些区别吧,一般人多不在意。

圆茄子有个好做法,茄盒。

茄盒算是山东小菜吧,茄子切片后再在中间加上调好味的肉馅,经油炸而成,又香又酥。

爱吃酸甜的,加番茄酱等等,都是很好的。

除了形状有长、圆之分外,茄子还有紫有青,吃起来差不多。

现在国内茄子的品种繁多,而且叫法很好听:艳丽长茄子、翡翠绿茄子、黑亮长茄、十佳圆茄等等。

除了好吃之外,茄子秧和茄子花很漂亮。秧苗的枝干是油亮的紫色,茄子花是淡紫色或者是由白而紫的渐变。

古人诗中也有提及茄子的。

例如南宋那位误国的权相贾似道所作《论紫青色》:

　　　　紫头青项背如龟,青不青兮紫不绯。

　　　　仔细看来茄子色,更兼腿大最为奇。

还有是画墨梅的元人王冕:

　　　　种植便生地,还宜去草莱。

　　　　所期羞膳具,毋吝日滋培。

　　　　雨露恩时及,风霜气莫摧。

　　　　且令根本固,看尔实恢恢。

2019 年 5 月 16 日　

青蚕豆上市了！

你要是注意一下，应该会发现，这两天，超市、菜场已经有了青蚕豆了。

这时节，照理是不应该有青蚕豆的。

对于蚕豆，汪曾祺有过"考据"：

我小时候吃蚕豆，就想过这个问题：为什么叫蚕豆？到了很大的岁数，才明白过来：因为这是养蚕的时候吃的豆。

汪曾祺还很执着地说：

四川叫胡豆，我觉得没有道理。中国把从外国来的东西冠之以胡、番、洋，如番茄、洋葱。但是蚕豆似乎是中国本土早就有的，何以也加一"胡"字？四川人也有写作"葫豆"的，也没有道理。葫是大蒜。这种豆和大蒜有什么关系？也许是因为这种豆结荚的时候也正是大蒜结球的时候？这似乎也勉强。

他还不忘调侃了一下鲁迅先生：

小时候读鲁迅的文章，提到罗汉豆，叫我好一阵猜，想象不出是怎样一种豆。后来才知道，嘻，就是蚕豆。

一个"嘻"字，那种知道真相后的嗔怪，乃至有点不以为然，就很形象了。

所以，说回来，蚕豆应该是养蚕时候吃的豆。什么时候养蚕？

大约在阳历四月底、五月初，蚕农开始采桑养蚕，是为春蚕。

那个时候开始吃蚕豆，那么什么时候种？

那是在前一年的初冬时分，种蚕豆落地，蚕豆发芽抽苗。顶着寒冬,在来年的早春时分,就慢慢要开花了。清明时节,那就是结出豆荚的时候了。

蚕豆花,颜色并不浓艳。

蚕豆结的荚,很厚实,外面是硬绿,里面是绵白。

青蚕豆,是亮嫩绿色。要是指甲一掐,就能刺穿豆皮,直抵鼓胀嫩润的豆肉。

至于,为什么现在二三月间,就有了青蚕豆上市,大约是大棚种植的缘故。

青蚕豆,只消清炒,就很美味。

热油翻炒,添水稍稍蒸煮,汤汁会略显淡酱色,豆子会在翻炒的过程中,失一点水分,豆子的皮会有些褶皱。

记得,翻炒时,加上葱花,就是江南早春时分,时鲜的"葱爆蚕豆"。

你要是嫌颜色清寡,可以放辣椒丝,要是有咸肉丁,也可以一同炒了进去。不嫌多。

青蚕豆,还可以炒咸菜,炒鸡蛋。

要说吃青蚕豆的最豪华做法,应该是立夏饭!

何为立夏饭? 就是立夏节气,采集蚕豆、豌豆、竹笋,加了咸肉,煮就的饭。再添一个咸鸭蛋来佐饭,真是最最惬意的吃法了。

立夏饭,讲求野火烧就。何为野火? 就是在野地垒灶台,捡拾柴火,煮就一锅饭。

具体怎么弄?

你要是有兴趣,立夏时节,就去那草长莺飞的江南吴地,在农家,垒灶、拾柴、烧饭!

吃青蚕豆的时间,不长。

很快,青蚕豆就会老去,到了仲夏,蚕豆就开始老了,没了青蚕豆的青嫩。

怎么吃? 只能吃豆瓣了,泡水去衣,发了豆瓣,与咸菜、竹笋一起炖汤喝。炎炎夏日,来一碗凉下的豆瓣竹笋咸菜汤,胜过珍馐!

还能怎么吃?豆瓣炒丝瓜,赞!豆瓣炒夜开花,妙!都可以尝试啊。

再往后,蚕豆就老透了,豆秧枯死,豆荚爆裂,收蚕豆了。

这时的蚕豆,还可以发成豆瓣,可以入汤,也可以油炸成下酒的小食。

不过,这时候,真正的美味,是用蚕豆这味原料来成就的:蚕豆酱。

是:蚕豆酱,不是黄豆酱。

老蚕豆,水煮去壳,豆瓣蒸软,捣成糊状,加了酱曲,均匀长霉,捏成豆饼,借助七八月的烈日,暴晒。

曝晒后,放置进酱缸,持续曝晒之余,开始加水搅拌。连日曝晒、不时搅拌,风味发酵,终成豆酱。

说得轻巧,实则很难。至今不敢尝试去做。

不会做,但会吃。

蚕豆酱,加了菜油,加水冲长,蒸熟,直接捞一勺,拌粥吃。

或者试试蚕豆酱烧带鱼、蚕豆酱烧鸡翅等等,总相宜!

老蚕豆还能怎么吃?

做成兰花豆吧?炒成铁蚕豆吧?或者煮成茴香豆?都可以啊!

东西都好,就是费牙!

2019 年 3 月 14 日

茭白正好

暑日的胃口，终是不振。

这个时候，或是求诸味重以刺激胃口，或是食之素淡以顺循胃口的变化。

夏日味重的吃食，不胜枚举，可以单独大大地写一篇。

而求之素淡的吃食，更是夏日里所常见。

春日里，回暖的是土地，地力苏醒，所以各类鲜物生发；而到了夏日，则似乎是到了水开始发力、生发万物的时节了。

这不，夏日里，由水生发的风物，听从时节之号令，入了厨房、登了餐桌。

这时节的茭白，是素淡饮食的典型。

春水是煦暖，夏水大概已经是烫热催发了。

于是便催发了水中生长的茭白。

茭白扎根淤泥，泡在水中。

淤泥赋予其肥气，水则是其舒润的来源。

茭白水生、水长、水发。

三月间，茭白催发。

见过大面积种植茭白的，那是需要平整了水田，备足了肥气，排植妥当的。

而更多的时候，茭白只是农事的不起眼的产物。

江浙一带的家户，多有"茭白塘"：便是小水塘一块，小的两三平方米，大的也不超过三分大小。

开始的一年,需要排植,而后茭白便多是自由生长,这一个水塘就专门归了它们了。根系盘缠,生发衰萎,都在这一塘里。

当然,过了若干年,茭白塘需要翻新,否则是地气、水力衰降,品种变化,留不得了。

春日一来,大地苏醒,水温升高,茭白便会从老根抽出新芽,刚开始毫不起眼,混杂在同时生发的水草中间。

四五月间的阳光雨露,让茭白秧苗开始出落,从一指长短,长到齐腰高低。

植株挺拔,而茭叶尖长。叶质糙硬,叶缘锐利。若是风起,唏嗦作响,应是叶缘碰了叶缘,叶尖对着叶尖。

一两个月的时光,只是看到茭白抽叶生长,看似并不新奇。

你可能不知道,这时候,茭白茎部,已经是变幻人间:植株茎部渐渐膨大,顶起包叶,成了吃食。

刚开始只是一边的微微隆起,你或许觉得,只是植株长得并不匀称。

再过一段时间,你会发现,这绝不是植株生长的问题,而是因为那儿在膨大和孕育特定的部分:嫩茎。

茭白茭白,物如其名。

剥除厚实虚空的叶,露出嫩茎,圆鼓处醇白,细瘦处纤白,尖儿黄白色弯曲状。

表面有皮质感,内部肉质并不太过密实,且纤维感不强,吃起来,真的就是吃到厚实的肉及稍带硬感的皮。

判断茭白是否太老,你可以掐一下表皮,老嫩如何大概就有数了。如果切起来费劲,甚至切开后发现有细黑的粒子——那是太老了,只能丢弃了。

茭白切丝,可以做茭白炒肉丝、茭白炒毛豆等等。

茭白切丁,和香干、肉丁翻炒,便是炒三丁。

茭白切块,烧肉吧,一个素淡一个油腻,中和制胜;烧冬瓜,也可以啊,但须得是淡酱烧,否则两个都太素了点。

茭白分布极广,黑龙江、吉林、辽宁、内蒙古、河北、甘肃、陕西、四川、湖北、湖南、江西、浙江、福建、广东、台湾等地都有。

这些个做法,有些菜不能说是素淡了,但是想来茭白是带着素淡的特质加入这菜蔬肴味之中的。

说起来,古人很早就认识并食用茭白。

宋人刘子翚写道:

　　秋风吹折碧,削玉如芳根。

　　应傍鹅池发,中怀洒墨痕。

同样是宋代人士的许景迂咏道:

　　翠叶森森剑有棱,柔条松甚比轻冰。

　　江湖若借秋风便,好与莼鲈伴季鹰。

文人墨客,总是要咏叹抒怀,于我们来说,就直接在中午吃一碗三丁面吧。

茭白,正好。

2019 年 6 月 25 日

应吃尽吃

应吃尽吃！

一碟红烧肥肠，曾经是魂梦萦绕之所在。

就在小镇的路口，夏日的傍晚，天光很长，迟迟不会暗去。

一个老汉，推个三轮车，车厢里，用铝材搭着一个棚架，上下三层。棚架罩着淡青色网纱，防止蝇虫滋扰，朝着主人的位置，是对开的两片，中缝处，缝进了两片磁铁，吸合之后，天衣无缝。

因为做的是色、香、味的生意，需展示于人，需让香味逸散，吸引匆匆路人。网纱颜色淡淡的，朦胧中能看到其中之物。

又因为售卖的是入口之物，干净卫生最为重要，所以即便是网纱颜色已经显旧，仍然是干干净净，少有油腻感觉。

网纱之内，乾坤洞然。

油爆小鱼！窄长的条鱼，已经被炸至酥空，又浇上了酱油汁，酥空马上吸收了酱汁，浓咸味重。

老法素鸡！素鸡在长时间的炖煮后，已经吸饱了汤汁，但若是夹起来，却不会汁水横流，只会在口腔中迸溅出来。

另外，还有酱鸭、白斩鸡、猪耳朵，等等。

但有一样，奇货可居，每日限量。

老汉每天做两副猪大肠，红烧。

洗得干干净净，炖得是透透的，透过网纱，能看到，肠体酱红，内中油脂，则是红中带白。

肥肠的售卖，比画着来。告诉他大约要多少，他一手用夹子提溜起来,一手剪刀咔嚓一声,手起、刀落、肠断。

夹着来到砧板上,几刀下去,成为半指长短,装了盒子,打包带走。

吃过才知道,这半指长短,大有讲究:太长,则势必要自己咬断,没有了滑溜而下的流畅;太短,则无法兼顾肠内肥油,而是会肠归肠、油归油,没了生气。

打包回家,简单一热,下酒下饭。说来也怪,炎炎夏日,难振的胃口,被这肥腻一下吊起。肠体韧劲可嚼,油脂吸溜可下。

可惜,上次路过,已经路是人非。但是,在摊位上,肥肠是看见有的,只是毕竟不是那时候的胃口,不敢去尝试这重口了。

现在想来,应吃尽吃,不要犹豫!

应吃尽吃,还不能有固执成见。

困厄之中,想起那碗羊杂汤了。

北方小城,街边小店,一个煤炉,一口钢盅锅,"咕噜咕噜"炖着一锅羊杂。是些下水之物,头、蹄、血、肝、心、肠、肚等等,不是周正的肉食,膻味更是浓重。

要一碗羊杂汤,两个白饼子。

盛上来一大盆,羊杂更比汤水多。辣椒、醋、葱花等等自取。

只见邻桌,呼啦呼啦,汤水就着白饼吃,不时拨拉着羊杂入口,没多久,抹嘴走人。

这里倒是犯了难处,腥膻味道,终究是不习惯,勉强吃着白饼喝了几口汤,擦嘴逃走。

现在想想,应吃尽吃,别人吃得,怎么自己就吃不习惯!

应吃尽吃,臭味也不怕!

乡间的臭卤坛子,几乎是每家必备。

豆干、毛豆、苋菜等等,万物皆可臭。

臭的工艺,就是将食物先交给霉菌等微生物,让它们先"吃"。

就是这个神奇的过程，竟然幻化出很不一样的味道。

伸手去臭卤坛子里捞取，那触感，毕生难忘：黏稠的、滑腻的感觉。

捞起来的豆干、毛豆、苋菜，已经是半被分解状态，勉强维持着原型，但是，颜色、纹理等等，已经大变。

就说臭豆干，加点油，上蒸屉蒸，高温之下，豆干发扑，满满一碟子。加点酱料，撒点葱花。

吃的时候，因为软嫩，筷子一戳就破，很难夹起大块，只能尖着往嘴里送，臭味、咸味，可能还有辣味，大赞不已。

就算是最后的汤汤水水，浇饭也是极好的。

应吃尽吃！

再说那六月里晒酱，蒸熟的豆饼，任凭霉菌滋生，最后竟成为毛茸茸的一团。

晒干捏碎，用水调开，搅拌着成了一缸糊糊。

再就是日晒风吹，也不管尘土是不是散落、露水是不是侵入。

若是凑近了闻，一股子难以言说的发酵味道，甚至鼻腔都觉得毛毛的，不舒服。

但就是这东西，最后，竟然能成就那么醇厚味道的东西。

舀起一碗，用水冲长，加点油，蒸透之后，佐粥佐饭，或是烧菜烧汤，都是很好的。

应吃尽吃！

2022 年 5 月 8 日

第三编

刀光火影间

食不厌精，
脍不厌细。
　　——孔子《论语·乡党》

方寸滋味

豆腐乳。

我对这方寸之间的滋味,有着复杂的感情。

无菜佐粥的日子里,一块豆腐乳带来的浓咸味道,"骗过"了味蕾,带了多少的白粥落肚。

更为恓惶的是,在那俭紧的日子里,豆腐乳的吃法,是用筷子去"尖"一点过来,"呼啦呼啦"下肚一碗粥的。

回味一想,不知道自己吃了个什么,就知道咸味重,下粥快。

就这么说来,我对这种吃食,实在是不应该心存什么好感的。

但,它确实又能够幻化神奇。

春夏午后,肚子空落落,寻觅得一碗冷饭,去高放在碗柜里的玻璃瓶里,"偷"出那么一块腐乳来,拌着米饭狼吞虎咽,饭冷无味,又干硬,一小块豆腐乳竟然能够改写了碗里的清寡,真真是个好东西。

我还是得感谢它,给无味带来了滋味。

想想真是神奇,一小块长方体,带着发酵后的"虚胖"样子,又拖着稠腻的汁水,方寸之间,集中着万千滋味。

臭,是它给人的第一感觉。

即便是经历现代工艺的加工,豆腐乳仍然是散发着发酵后的臭味。

不过,臭也? 香也? 香臭之事,因人而异,大有人嗜臭如命。

咸,是它给人最直接的滋味。

但是,须知,豆腐乳的咸味,只是它丰富味道之中,最为显著易感的一种。

如果细品,你能吃到涩味、酸味,乃至于香味、甜味。

追溯豆腐乳的发明,多说是"无心所得":大意是不小心霉坏的豆腐,腌制之后,历时发酵,滋味偶得。

我很是佩服中华饮食之中,那些偶得的美味。按照传说来,豆腐、豆酱、臭苋菜、梅干菜,乃至臭鳜鱼、醉蟹等等,都是不经意间的所得。

也不要再去怀疑这些美味偶得的传奇故事的真实性,且就这么信了吧,相信就是这么幸运,中国人的味蕾,被赋予了这样丰富的天赐味道!

而且,这些天赐的味道,还在不断幻化。

说回这方寸之间的神奇,它便正在因着岁月的变迁,变得更为丰富。

时岁流逝,美味幻变,豆腐乳形成了白方、红方、青方的区别。

白方,是豆腐发酵之后的直接产物,是豆腐乳的本色。

说是白,实则暗白、黄白,甚至带点灰色。

发酵后,豆腐绵柔虚空,表层是发酵过程中,霉菌勾连攀附后形成的模糊样子,带着汁水,混沌一片。

白方,是豆腐乳的底色,但也可以幻化,比如加了酒糟,那便是糟方。一粒粒泡发的糟粒,附着在绵柔的白方表面,黄白衬着米白,色彩丰富了起来,在味道上也是加分不少。

再比如加了黄酒,便是醉方了。方寸之间,又多了酒味,可想是妙到极致了。

若是微加些辣椒末,悬浊在汁水中,白里透红,甚是好看。

豆腐乳发酵,添了红曲米,发酵而得的便是红方。

红方表面呈自然而成的红色,内中又是白黄颜色。

时间的色彩调和，绝对是神奇的，只见这红方表面，红色偏暗，又在拐角处颜色偏重，形成内敛之势，红色汁水恰如扣在豆腐块表面的红膜，让人不忍戳破。

青方，则是臭豆腐乳了。这味吃食，闻着臭吃着香，看着难以下咽，但是一旦入口，又是香臭合一，味道独特。

确实如此，单从气味和颜色来看，青方实在难以和美味联系在一起，反而会让人觉得这几乎是食物中的灾难，但是，如若克服这气味和颜色，那便是打开了滋味的新天地了。

白方、红方、青方，在味道上各有千秋，各有幻化。除了用白、红、青三色来做区分外，豆腐乳还有南北东西之分。

南和东，豆腐乳咸中带点甜味，契合江南一带人的饮食偏好；西面，到了川渝之地，豆腐乳遇上辣椒，便向着咸辣去了；北面，则重咸味，就是集中在咸味上做文章，自成一派。

若是问，这方寸之间的味道，除了佐粥、下饭之外，还有什么用处的话，可以尝尝腐乳红烧肉、腐乳空心菜等菜肴的味道如何，再或者吃火锅的时候，酱料之中加些腐乳，风味别有，值得尝试。

2021 年 1 月 31 日

吃萝卜喽

"冬吃萝卜夏吃姜"。冬天一来，萝卜已经收获，到了吃萝卜的时节。

这不，这两天单位食堂里，萝卜做得多了。

红烧萝卜块。

原料用的是大白萝卜，切成了稍小于麻将牌大小的半椭圆形的块，萝卜块适合切得厚一些。

酥软、丰美、爽腻。

酥软，比较好理解，萝卜本身易熟，煮的时间到位，自然是酥软的。

丰美，那就是萝卜充盈的果肉，经过汤汁的催发，更加丰盈与美味，满嘴的充实感。

那么，爽腻，又怎么说呢？

因为白萝卜本身是清爽的，但是红烧的做法又是浓腻的，少不了放酱油。这种做法，我是爱吃的，入口有萝卜的甜、酱油的咸。

咸甜之间并不分明，界限模糊。

又因为烧得够软，入口，舌头一撩，便在口中碎了、散了。

好吃、下饭。

说回这道菜的原料，白萝卜。

极其常见，大江南北，好多好多地方都有。

做法也是大江南北各有不同。

先说说，江南一片，除了单纯的酱油红烧以外，相似的做法还有萝卜烧肉。

萝卜烧肉，萝卜要鲜，可以大一些，方便切块。

肉，要肥，起码是肥瘦相间，纯纯的瘦肉，我觉得是烧不出好吃的萝卜烧肉来的。

肉先煮，出油出汁。

浇上酱油，慢慢烧出了红烧肉的感觉。

然后，亮白的萝卜块，准备下锅。

亮白遇上酱红，一会会儿，便是酱红色占了上风。

颜色和咸味不够的话，还可以再添一点酱油。直到味道调和、风味相融。

萝卜烧肉，真的是萝卜比肉好吃。

萝卜块吸收了肉的油腻，鲜香之余，更有油色、油味。不再清寡淡薄，更不会浓腻，刚刚好。

萝卜烧肉挑萝卜吃，从小就知道，一盘子萝卜烧肉上桌，猛扒萝卜吃。

用肉来润滋萝卜，还有一种更直接的做法，炒萝卜丝，用猪油来炒。

猪油贡献油润和香腻，萝卜贡献鲜爽和清香，再在快出锅的时候，加点葱花，着色添彩，也是增添香味。十分诱人。

萝卜丝，还有入油墩子的、入糯米团子的。生萝卜丝拌了油，做成了馅，热油炸焦了面粉的外壳，里面的萝卜丝早熟了，就是油墩子；萝卜丝做了馅儿，用揉好的糯米粉包好，上蒸屉蒸，外面的糯米粉外壳耐蒸，里面的萝卜丝馅儿易熟，耐蒸的糯米粉外壳蒸熟，里面的馅儿也被焖着烫熟了，萝卜丝馅儿的团子就做好了。

说完了江南吴地的萝卜，再说说北方的白萝卜。

白萝卜啊，是北方炖肉，特别是炖牛羊肉的绝佳搭配。

这样炖，也有加酱油的，也有用清汤炖了牛羊肉，加上萝卜块儿、萝卜片儿的。

还有，是在那西北的拉面，必须要有白莹莹的白萝卜片儿，"一清二白三红四绿"，那白就说的是萝卜片儿。

一碗拉面端上桌，面条泡在牛肉汤里，汤汁还在润着厚薄得当的牛肉片儿，顶着翠绿的香菜花儿，汤上漂着枣红色的辣椒油，再来几块白莹莹的萝卜片儿，好看，也好吃。牛肉汤汁的膻味，在萝卜的鲜爽风味面前，被完美调和。

在北方，还吃到过萝卜馅儿的饺子。用白萝卜肉馅，或者用青萝卜肉馅。肉可以是猪肉、羊肉、牛肉，但是萝卜就是萝卜。

这样的饺子馅儿，肉和萝卜的搭配，也是极妙的。特别是在饺子"肚子"那狭小的空间中，是两种食材的融合，在咬开饺子皮的那一刹那，就能尝到两者的完美调和。

还有在南北方都吃到过的萝卜炖排骨汤，也是一样的油腻、清爽的中和、融通。当然，广东还有萝卜炖牛腩、鲍汁烧萝卜等等。萝卜到了爱吃的广东人手上，自然是幻化无穷。

还在西南地区，吃到过酸辣白萝卜丁。辣椒粉的辣和热，萝卜丁的鲜和冷，咬着发出脆脆的响，唇舌又有辣味和酸味同时袭来，吃完就觉得又酸、又辣、又鲜、又脆。真是极大的味觉享受。

吃萝卜喽！

2018 年 11 月 27 日

皮蛋，开坛了

近几日，暑气升腾，到底是夏天了。

人到夏日，不免食欲受到影响。这时候，各式的小吃食便要变着花样，给夏日的饮食增添味道了。

咸鸭蛋自不必说，端午一过，已是家家户户必备。就白粥吃，有时候吃米饭也就着，吃的是一口咸香的味道。

这时节，早先备下的皮蛋，也到了开坛食用的时候了。这为夏日提供了一道独特的风味。

放在老屋厢房墙角的一个粗土坛子，用夹揉了细碎稻草的泥封了坛口，已经静静地等待了一个多月了。封坛的泥，在一个多月的阴干后，干脆了，只消轻轻一击，就裂开、脱落了。

开坛之际，考验嗅觉。黑洞洞的封存了不少时日的坛子，一旦打开，是有气味冲出的。有经验的，光凭着气味，就可以下结论："今年的皮蛋不错。"

手伸进去，摸出皮蛋来。一个个此前被包裹着湿泥的鸭蛋，此刻外边的附着物已干燥硬实，湿泥中混杂着的砻糠，也干得立起来，向外刺出。

迫不及待，想要尝一下新做的皮蛋，攥了两枚，奔向河边。

到了石阶上，蹲下来，新开坛的皮蛋，遇水之后，附着的泥壳开始软化，只消用手轻轻搓揉，就可以成块成块地落下。

洗去外壳的皮蛋，蛋壳是灰白色的，带着一点点或淡或浓的斑点。

洗净之后,便可剥壳食用。不论是咸鸭蛋还是皮蛋,乃至于一般的白煮蛋,剥壳的时候,记得先敲击稍圆且大的一头。

在桌角上一磕,"啪",这一头蛋壳下的空洞,就显露出来了,然后再慢慢地顺着剥下去。

其实啊,剥蛋壳的时候,你对这一批的皮蛋做得是否成功,就大概真正有数了。

蛋白粘连蛋壳的,怕多不会太好,或是用料不足,或是时间太短。剥出来的皮蛋,也不好看。

须是蛋壳完整清爽地剥下的皮蛋,才是用料恰当、用时恰好的杰作。剥出来的皮蛋,表面光洁、完整,不至于坑坑洼洼,没了样子。

新剥的皮蛋,真是漂亮。有蛋白亮酱色的,像是琥珀一般晶莹。有时里面还会有鹅毛般或是雪花般的花纹析出,让人惊叹时间的造化。蛋黄则在时间的催酵下,变得浓黄、丰润。因为长期静置的缘故,蛋黄是必然在一头或者一侧的,不会居其中间。

也有人说,这样的色泽,是皮蛋并未到时候的表现。确实,这样色彩的皮蛋,在口感上,有一点偏生的感觉,如果你用筷子夹开蛋黄,里面大约会是金黄色、偏流质的状态。

还有则是通体灰黑色的。蛋白是暗红淡黑色或墨绿色,会有渐变,同样会有花纹,如绣嵌其中;蛋黄,是青黑色的球形。上品的皮蛋,球体颜色均匀,而不够成熟或是原料有所缺陷的皮蛋的蛋黄,则会有黄斑或者黄色的硬块,影响口感。

若用筷子夹开或是用刀切开,你会更加看得明白。

蛋白是渐变的暗红淡黑色,蛋黄的外围是青黑的外皮,里面则是从黑软的固体到浓黑的、黏稠的流质的变化,最中间则或有黑绿色的浓稠流质。

说是流质,其实是不会再流淌了,因为相当之浓密黏稠。

除了用鸭蛋制作皮蛋外,还有用鹌鹑蛋的,同样会有亮酱色的和暗黑色的,就是个头小一点而已。

吃皮蛋,简单的便是直接放在碗里,淋一些鲜酱油进去。

蛋白不吸收酱油,所以吃到嘴里,先是尝到酱油的鲜咸,然后咬到蛋白,有点弹性,但终究是抵不过牙齿的锋利,变成爽弹的碎末。

蛋黄则吸味道,因为是浓稠的流质,所以会粘黏在筷子头,蘸一点酱油。蛋黄细润黏稠,加上酱油的味道,自是佐粥下酒的好东西。

工序复杂一点的,则是切碎了再淋酱油,再加一点切得细碎的鲜辣椒:鲜椒皮蛋,一道名菜。

做鲜椒皮蛋,鹌鹑蛋皮蛋就占优势了,不需切碎,就是囫囵的一个个。蘸了酱油,送到嘴里,先嗦酱油的味道,然后一口咬下去,蛋白的爽弹和蛋黄的浓稠,杂糅在一起,奇妙无比。

皮蛋还能做什么? 切得细碎和肉末一起在白粥中滚煮,便是皮蛋瘦肉粥;皮蛋切碎和豆腐同食,便是皮蛋豆腐;换了黄瓜也可以,一起凉调,凉菜一道……

需要说的是,皮蛋也叫变蛋、松花蛋,所以虎皮尖椒松花蛋、苦瓜炒变蛋等等,都是它的杰作。

得回过来说说皮蛋怎么制作的。

不知道是否记忆错误,一直记得,一般农家自己不会去买原料来完整制作皮蛋。而是备好了鸭蛋,等人来"炝皮蛋"。

这大概是因为需要的用料品种繁多,需要的准备工作比较复杂,自家一户准备起来麻烦且不经济。

"炝"一般是指食材,用沸水焯烫或用油滑透,趁热加入各种调味品,调制成菜的一种烹调方法。用在皮蛋上,说不恰当其实也恰当。

备着鸭蛋，等得"炝皮蛋"的匠人，骑着他的重型自行车来。一般是一边挂着桶，另一边带着蛇皮袋子。

早先是木桶，大约嫌笨重并且难以密封，后来改成塑料桶，清洗干净的乳胶漆桶较为常见。

里面是调配好的料，大约有石灰、泥浆等等。

"炝皮蛋"的时候，一边是这个料桶，另一边是个打开的蛇皮袋子，露出里面的砻糠来。

一个漏勺，舀了鸭蛋先放进料里浸蘸，不一会儿很快就捞出来，放到砻糠里滚一下，让湿泥料粘着足够的砻糠。

主人家也得搭把手，上面工序结束，得帮衬着一枚一枚将鸭蛋码到坛子里去。荫凉通风处放置，剩下的就交给时间。

"炝皮蛋"贵吗？大约一毛几分钱一个。农妇们还会在"炝"完之后趁机压价：一共不是 103 个嘛，那多的 3 个，你别收我钱了，我给你 100 个的钱。

也不算商量，就这么定了。"炝皮蛋"的匠人除了尝试一下多要点以外，一般也不强求，毕竟这是一门要做口碑、老客户帮忙介绍的生意，拿下一家的生意，可能就意味着拿到一个村子的单子，可不得小心"伺候"着嘛？

2019 年 6 月 16 日

上海冷面有讲究

这样的暑日，值得说说上海冷面。

一直觉得很难去说南方的面条，说着说着，多讲到浇头上去了；倒印证了北方人对南方人"不会吃面，浇头来凑"的刻板印象。

其实，浇头是南方面条的特色，也是南方人对于面条的另一种吃法的幻化。

另外，即便不说浇头，南方的面条本身，也是大有讲究的。譬如上海面馆里日常所见的湿面，筋道与否、爽弹与否，也是大有区别。老道的吃客，是很挑剔的，不好的面条，必然入不了法眼。

上海人也口口相传，哪家面馆的面条好。过日子精细、欢喜动手的老底子上海人，不怕远，倒转几辆公交车，也是要去吃一碗面。或者，买了生面条，回家去煮，侍弄自己的一口吃食。

南方的那些筋道的面条，那些个面条出色、浇头出彩的南方的面，值得细细道来，这里先按下不表。

讲回冷面。

伏天里，上海街头的各家面馆，是要增加"项目"了。常见的面馆，门面的玻璃上，打印的 A4 纸，上写"冷面"二字，或是"供应冷面"四字；前者简约，懂的人自然懂，后者说得详细和认真一点。

老式一点，或者是有腔调一点的上海面馆，也有挂出一块小黑板的，上面有"冷面""供应冷面""本店有冷面"等等的字样。

入了店面，冷面绝对是这个时节上海面馆的主角，从那或是制作精美，或是随手书写的面单上就可以看得出来。

三丝冷面、鸡丝冷面、大排冷面等等,应有尽有啊!

不过,你要做好心理准备,面馆的阿姨们的脾气,就像这伏天的气温:说爆就爆。

看一眼面单,你最好立马想好吃什么,否则点单处的阿姨有的讲了:小伙子,侬吃啥面?大排冷面哪能样,小伙子要吃肉啊!不喜欢啊,那么三丝哪能样?侬问我啥是三丝啊?侬自己搞清楚了再来吃吧,三丝啊不晓得的!一碗鳝丝冷面,好的呀,这个天么,黄鳝不错呀!……

你或是顺顺利利或是磕磕碰碰点好冷面,就要去那厨房出面的窗口等,正宗的上海面馆,很多到现在都要"听号取面"的。

你在窗口盼着盼着,突然听到一声:12 号!"哗"一声,一碗面被推了出来,也不管外面有没有人接着的。在里面的阿姨看来,自己的饭自己都不上心,那你等谁来给你操心?!

上海冷面,有蒸面然后凉置的,也有面条煮了八分熟,然后起锅凉置的。

筋道的湿面,实际上可蒸可煮。但是千万不要过了火候,烂坨一块,便是后面再有功力,也是回天乏术。另外,一定要凉冷透了,否则冷面不冷,算个什么东西!

上海冷面,必是加了花生酱的,考究的还有点花生碎、黄瓜丝儿或是青椒丝儿等等。花生酱必是稀的,你也别抱怨上海阿姨小气,不舍得多给点,要是多了、浓了,拌都拌不开,胃口都倒掉了。

就是那种稀薄的花生酱,让筋道但是素净的冷面,沾染了浓郁的气息,刚入嘴是花生酱的浓腻味道,一口下去咬到面条,筋道清爽。

南方的面么,总是要有浇头相伴的,即便是冷面,也是这样。否则"光头面",哪能下肚啊。

所以么,大排、三丝、香菇面筋、宫保鸡丁、响油鳝丝、爆炒河虾等等，乃至于小龙虾等等，都是可以的，丰简随意。

当然，老到的上海人，大约是相信老辰光的吃法，而不会去轻易试试看的——要是味道不来噻，要拍腿后悔的！

也不晓得是什么原因，冷面容易下肚，但很多时候也很容易会觉得不饱，所以么，点碗冷面，还可以考虑来个小笼包或者生煎什么的。既能吃个饱，也好加加味道。

当然，老底子的上海人还是更有腔调，老辰光是一客冷面加一杯赤豆（绿豆）刨冰，吃好喝好之后绝无不饱之感！

多说一句，上海面馆，不仅仅只有冷面，伏天里还有冷馄饨供应。

上海人，欢喜把煮好或是蒸好的馄饨放凉后，再入味调制，调味料还多是花生酱等，喜欢的还有加香醋的。不知道为啥，夏日的香醋，让冷馄饨吃上去酸凉酸凉的。

2019 年 7 月 28 日

吃粥

江浙一带,很少说喝,而多用吃。

吃酒、吃茶,当然也说吃粥。吃什么粥呢?

一般就是白米粥。

吃粥前,先来说说煮粥。

吴地的说法,也不说煮,而是说烧,烧粥。确实也是这样的。

灶台、铁锅、木头箍成的锅盖。当然还有灶前堆好的柴火。

米洗净了,下锅,米少水多,大火旺旺地在灶膛中烧起来。

看流程上,似乎平淡无奇。

但是,真正要烧出好粥来不容易。

首先是米的选择。米的品种上,我没有做过对比研究,也不好评判。但是在米的新和陈上,有讲究。

有一次,家里的新米收获,父亲迫不及待地将其脱了壳,烧了粥。

新米烧成的粥啊,一股刚离开土地、刚脱开稻穗,留余的清新之气,在碗里按捺不住地逸散开来。

不过,很多时候,在乡下,对米的选择和挑选,并没有那么多讲究。

不论好吃与否、新陈有别,一季的收获,就是一季的吃食。

说完了米,要说水了。

烧粥要放多少水? 这是门学问。

孩提时,老家还有抢收、抢种的双抢。大人都在田里劳作,准备饭食的任务就交给半大不小的孩子们了。

但是，小孩又能准备什么呢？烧个粥，已经是很大的考验了。

七八岁时，帮忙烧粥。一般是在暑气正盛的七八月间。

人还不一定能比灶台高多少。洗好米，紧紧张张，才能把淘箩里的米拍进铁锅里。

然后，要想想，加多少水。

当时，大人给的"指示"就是"一碗米三铜瓢水"，只能小心地照着做。

量米的碗就是平时吃饭的碗，一家五六口，平平的一碗米烧粥就够了。

水要用铜瓢来舀取，新打的井水。

三大铜瓢的水下锅，那一碗米就成了锅底那一点点的"沧海遗珠"了。

盖上锅盖，就可以烧粥了。

夏天的烧粥，但求汤水足。忙碌了一天，回到家里，一碗稀稀的已经凉过了的似粥更像汤的白米粥，不用就什么菜，就可以直接落肚。

而到了天气转冷，就粥希望稠一些了。那时候，从锅里舀粥，也不用夏天那样的长柄大勺了，而是用略带弧度的铲子即可，因为稠的粥，本身粥粒就多，而且也浓稠，铲子舀起来并不费劲。

下米加水，然后就是要烧火啦。

大人一直交代，烧粥，刚开始一定要火旺，稻草引火，架起了干桑枝旺旺地烧起来。切忌文火烧粥，大人们说的"就像点个油灯一样"，这样的火烧不出好的粥来。文火烧粥，粥可能是被泡熟的，自然就缺了旺火将生米烧成熟粥过程中的美味的瞬间造就。

旺火烧粥，当水被烧开的时候，蒸汽开始从木质锅盖的缝隙中冲顶出来，火越旺，蒸汽喷得越直。吴地乡下的灶台上，用的木板箍制的锅盖,本身就不轻,再在经年累月的使用中,木头充分吸收了水汽,其重量和密封性,都可想而知,只有在锅盖和铁锅接合处,才有那么几处漏气的孔隙。

随着蒸汽越喷越大,然后啊,由稀变稠的粥汤也会溢出来,这可是判断粥烧得如何的重要观察对象。

很多人可能就疑惑了,粥不都讲究慢煮和熬制吗?

其实啊,旺火烧粥,是各地通行的,就算是广式的各类五花八门的粥,旺火烧成后才是细细地熬制。乡野家常,没有细细熬煮的工夫,一般旺火烧成后,再焖煮一会儿,就需要起锅吃饭了呢。

讲完了烧粥,那才到了吃粥的环节。

就像上面说的,盛夏时节,一碗稀稀的凉粥,一般都是大家争夺的对象。

粥凉下来了,表面还有一层"粥衣",喝的时候"粥衣"还容易挂到嘴唇上。

就着一小筷子咸菜,大半碗"吸溜"一下就落肚了。那可真是"吸溜"一下,概因粥如汤,根本不需要咀嚼,只是吸进嘴里,便滑润地流向喉咙。

那时候,人小胃不小,不小的蓝花碗,也得两碗起步呢!吃完后,撑起鼓鼓的小肚子,走路似乎还有汤水晃动的响声。

其他时候,粥没那么稀,也不用凉透了再吃。

一般,一碗粥,大概四分之三是煮软泡发了的米粒,另外的四分之一是粥汤,但是在粥里,米和汤是交融在一起的,又怎么真的分得开呢。

除了盛夏外,其余时分,家里吃粥,都是趁热的。一来啊,天气没那么热,不需要凉透了再喝,二来啊,吃完粥还要下田呢,趁热一吃,就完事了。

吃热粥，还真有技巧。

热粥烫，但是表面和碗沿部分，相对凉得快，所以要先吃这部分，于是乎，吃着吃着要转碗。观察过祖父吃粥，就是一边吃，一边转着碗。

电视剧《平凡的世界》里，有孙少平吃热粥的一幕，也是别人教他喝粥沿碗沿大口喝、转着喝的方法的。

吃热粥，真的是吃那热乎劲儿。小时候，吃饭不好好吃，把粥搅和着吃半天，那是要被大人骂的。

另外，小孩吃饭，管不住腿，端着粥碗，走家串户，东家的桌子上夹一筷子菜，西家的锅台上添一块肉。一碗粥下来，吃成一个有滋有味的"百家宴"。

那么，吃粥就什么菜？这可真是门大学问。

咸鸭蛋、炒鸡蛋、榨菜、酱瓜、酱姜、花生米、腐乳等等，乃至于前一顿剩下的炒青菜、炒豆角等等，都可以就啊。乡野，毕竟还是吃得糙的。

2018 年 11 月 18 日

攀一根黄瓜,下酒吃

黄瓜,已经没有了时令。一年四季,都能吃到各地产的、各种方法种的黄瓜了。

但,如果要说时令,再早也不能早过夏初,才有可能吃到黄瓜。

那时候,村子西头的公屋还住着一位同族的老人,辈分高,应该称太爷爷,七十多岁。

老人一生传奇,是地主老爷的小儿子,幼年备受宠爱,中年却家道中落,家产散尽,最终落得个行乞度日。虽有子女,却不紧密,所以选择独居。

夏初的傍晚,四点一过,老人是要准时喝酒的,不像一般吴地农民爱喝黄酒,老爷子一年到头雷打不动,喝烧酒。

无菜下酒,怎么办?虽腿脚不甚灵便,一步一摆,但他还是会去菜园篱笆边,隔着篱笆,手伸进去,在那黄瓜架子上,攀一根黄瓜。两根手指,指甲一掐,瓜蒂被掐断,渗出绿色的汁水。

黄瓜还顶着小黄花,但也不是乳瓜了,乳瓜免不了有点涩味,更不是老黄瓜,皮厚皱巴、腹空失水,不好吃。

攀得了黄瓜,不着急马上吃。夏初的太阳,已见毒辣,必是要去老井台子上,打了井水,泡着凉透了,才能入口。捞起来前,双手一撸,撸去瓜皮表面的小尖刺儿,吃的时候,不至于搠嘴扎舌。

二三两烧酒,一根黄瓜,一碟盐巴,当门坐在屋檐下,一口酒下肚,抓起黄瓜来,沾了盐巴,边吃边喝,就这样吃了一顿酒。

再对这样现场攀黄瓜吃印象深刻,已经在十来年后的夏日了。

学校放暑假，又没回家，无事，溯滈河入秦岭，走到半道已是正午时分，饥饿难耐，在河边的村子，找到一家小的吃食店。

面食是现成的，只消下锅煮了就行，拉条子面。要菜，却没有。乡间小店本就简单，多只卖主食。

关中的夏日，阳光是毒辣的，虽说在阴凉处不觉烈日凶狠，但是在日头下，确实燥热无比，还是不怎么见汗水的热：汗水一出，早被烈日逼干了。

坐在店内，凉快了一些，但是无菜相佐，一大碗面，却是很难落肚。央求店主，弄一两样小菜。只见店家大姐，去屋院后的菜园子的黄瓜架上，攀得了两根黄瓜。

也是用水洗净，泡着。西北取水，多是深井水，沁凉。就在下面的工夫儿，午后温热的黄瓜就凉了下来。

拿到案板上，"啪啪啪啪啪"，五声响。

前四声，是拍在两根黄瓜上，一根两下。

"啪"一下，瓜皮崩裂，汁水四溅，再"啪"一下，整个黄瓜就被拍成块儿状的碎裂了。最后的一下"啪"，是留给蒜瓣的，淡白色的蒜瓣，在刀面的重击下，瞬间碎裂，滋出蒜水来。

随后是先慢后快的一顿切。慢是因为在切黄瓜，拍碎的黄瓜，被横切竖切，虽各块大小不同，却都还带着皮。带着皮很重要，没了皮的黄瓜，少了那种爽脆中的嚼劲，会乏味不少。

快是在切蒜泥，拍碎的蒜瓣，细细切做了蒜泥。

随后，黄瓜块儿、蒜泥末儿，入了大碗，添了芝麻油、花椒油、醋，再挖上一勺油泼辣子，搁了盐和味精，仔细搅拌均匀。出了大碗，添到盘子里，一盘蒜泥拍黄瓜。端出来前，还用小木勺，舀了些花生碎撒上，让人喜出望外。

吃起来，黄瓜清爽、佐料酸辣，清爽静心、酸辣添味，极致享受。

黄瓜，就是吃一分清爽，但是如果只有清爽，难免寡淡，也算不得一味小菜。所以，即便是黄瓜沾盐巴，那也是完成了从蔬菜到小菜的幻变，更不要说香油、花椒油、醋和辣椒油的融通调和了。

今天，想起这道至简至味的小菜，是在上海的一家西北馆子里，吃到了凉拌黄瓜。

一小碟黄瓜，不是拍的，是用刀切成条状，看这架势，应该是一段黄瓜，两刀下去，一切为四，每一块都带皮，都带着黄瓜芯儿里的软嫩果肉。有醋有香油，还添了鲜小米椒，增色、添味。

一尝，就知道，是刚刚拌的。

拌黄瓜，最忌讳的是各种调料加得太早，一般吃之前十分钟以内拌最佳。此时，黄瓜沾了调料的味儿，却还没被腌透，清鲜之气还在。

曾于某个周末在苏州太湖边，吃过一碟凉拌黄瓜，大呼上当、瓜老不说，还一股子陈蒜味儿。一问，果真，中午时分来吃饭，吃的都是早上七八点就拌好了的黄瓜，这怎么行？！

在东北，还吃过蘸酱菜里的黄瓜。

忘了具体什么时节，大约就是夏末秋初。

黄瓜吃着有点老了，但是有酱相佐，倒不太在意这点不足了。爽脆的黄瓜条儿，蘸了大酱，一清一重、一脆一腻，相成相衬。

很多地方，还有一味喝粥的佐菜：酱黄瓜。

用盐、酱油、八角、红椒、白糖、料酒等等佐料，细细腌对了。

耐得住性子的，多等几天，等不及的，腌制后第二天就可以吃了，随腌随吃。

酱瓜配粥，真是越吃越有啊！

2019 年 4 月 23 日

油渣：就贪这口油腻

这是最近第二次想念油渣的那口油腻了。

第一次是在六月初的雨天，浦东福山路。

知道那里有过一家诸暨面馆。

南方的面，本身筋道与否其实有不小的分别，这值得细细写写。

而浇头则是南方的面的灵魂。

简单如咸菜肉丝面吧，好的咸菜色彩漂亮，暗绿色的菜叶、黄绿色的菜梗；味道适宜，咸淡得当，没有腌制过头的陈腐气味，没有腌制不足的清苦味道……

肉丝粗细要恰当，大了不入味，小了夹不住；肥瘦要正好，总的来说是要瘦肉多一些，肥肉少一些，但是也不能没有肥气……

这家诸暨面馆的特色，是那一碗黄鱼面。

小黄鱼，整条的黄鱼，炸至金黄，鱼皮隆起，与咸菜一道，顶在淡酱色面汤浸泡的面条上。

小黄鱼的皮，浸润了面汤，不再隆起，而是塌倒皱巴了。筷子一挑，漏出白色的鱼肉来。黄鱼的鲜味、咸菜的咸味、淡酱油的鲜香，聚拢在这一碗的天地里。

不过，去这家面馆吃面，还有一点小心思，就是那一句：老板，加一份油渣。也不贵，加一份油渣两块钱。大约给你一两的油渣。

新熬猪油残剩的油渣，肥肉在被熬炸后，酥空起来，带着焦黄；瘦肉，则是暗褐色的，因为本身没有太多油脂，所以是被熬炸得过了头的。

酥空的油渣,遭遇香醇的面汤,迅速吸饱了水分,软绵下去了,躺在面汤里,炸得空的浮在面上,留着油的沉到汤底。

筷子捞上来,浮着的油渣软糯得不需咀嚼;沉着的油渣,咬下去还有油脂滋出来。真是油腻啊,甚至油腻到有点封喉!

刚开始是黄鱼面加油渣,后来觉得因为油渣味道够重,便换了咸菜面加油渣,青菜面加油渣……

大多数人会觉得这个吃食不健康,但就是贪这口油腻啊。

六月初雨天的寻觅,没有收获。那家面馆已经不知道搬去哪里。

再念想起油渣,就是到了七月初了,新买了杭白菜。

鲜绿色的叶、凝脂般白色的菜梗。

这种菜,在七月里,正是当季。但要做好这道菜,不太容易。杭白菜清苦得很,既无油脂,也无浓香,有的只是那点清新和鲜香。

重油煸炒,怕是要毁了这道菜的,白菜不吸油,油淋淋的汤汁又有何用?

得是要加油渣和白菜一起翻炒,在翻炒的过程中,油渣释放油脂,白菜还是不吸油,但是通过翻炒,菜叶裹进了油脂,菜梗沾染了油气,最是油腻染素白,一物登对一物啊!

到底是没找到油渣,便只能用了开洋替代,做了道开洋炒白菜。

油渣那口油腻,到底是没有寻到,到现在还只能是念想。

2019 年 7 月 15 日

咸肉怎么吃？

阳春三月，去年初冬腌制的咸肉，经过盐分的酝酿，经历冬日暖阳的暴晒，卤水已经沥干，油脂开始充溢。

是到了吃咸肉的时候了。

一般不在春日或者夏季腌制咸肉，这两个季节，雨水多、温度高，微生物也比较活跃，所以不适合腌制咸肉。就算是勉为其难，也极容易腐败、生虫。

当然，现在有很多技术可以运用，比如腌制加烘烤、腌制加冷冻等等，让咸肉慢慢变得不再是单属一季的时令风物。

但是，习惯上还是认为深秋或者初冬才能腌制咸肉，到了开春之际，就到了吃咸肉的时候了。

咸肉怎么吃？

简单直接一点的吃法是，直接上水清蒸。

咸肉片片儿，半公分宽窄最佳，千万要切得肥瘦相间。否则，肥瘦分离，那就是肥的油脂太多难以下咽，瘦的太柴，咀嚼费力，吃起来只有又干又柴的感觉。败兴。

切好，码上盘子，微微添一点水，上锅蒸透。出锅后，撒上葱花，增色，又能去肉腥味，添益不少。

这样清蒸的咸肉，肥肉油润晶莹，瘦肉芳香饱满。最是下饭。

所以，还有一种更加粗犷的吃法：蒸饭的时候，米中直接放上切好的咸肉，一起蒸煮，油润米香，就算是没有其他佐菜，这样的饭，也是很好落肚的。要是再放点切得细碎的青菜一起，那就是丰盛佳肴了。

如果嫌清蒸太过寡淡，可以试试添上各样春天的鲜物。

试试菜薹吧。

菜薹也叫菜心。暖春时分，青菜开始抽出菜薹，没有开花，但是风味已出，最是清鲜。

菜薹清香有余，而油润不足，正好由咸肉来补齐。

蒸熟之后，是咸肉好吃还是菜薹好吃？

我想最好吃的莫过于混着吃，菜薹与咸肉片一起咀嚼，唇齿留香，更兼油润。

还能有什么鲜物可配咸肉？

不能忘了腌笃鲜。

咸肉块加上春笋、百叶结、青笋，慢慢炖煮。咸肉胜在油润，春笋胜在鲜美，百叶结胜在可塑，青笋胜在清香。

搭配在一起，咸肉润了春笋、染了百叶结、入味了青笋，当然春笋、青笋、百叶结，也是淡化了咸肉的咸腻。

另外，咸肉还可以配芋头。

去年深秋收获的芋头，现在是水润不足，但是干香有余。去了水润的青涩味道，沉淀出了干香，就缺咸肉带来的油润使其更丰盈啦。

炖的时候，记得芋头片垫在咸肉片下面，充分吸收咸肉蒸出来的油脂。

别忘了，初春时分，各家各户的竹竿头上还挂着咸鱼。

咸肉炖咸鱼，看着奇葩的搭配，但是确实很好吃。

腌制咸鱼的多是草鱼。肉质粗糙，腌制之后更是偏干偏柴，油脂较少，跟鲜肉一起蒸，干香少油的鱼肉遇上了香味十足又油脂丰腴的咸肉，组合奇妙，口感绝佳。

不过，这个菜，需要掌握两者的咸度搭配。必要时，需要浸泡咸鱼以去掉过多的咸味。

你要再愿意尝试,可以来试试咸肉蒸螃蟹。两种鲜物相遇,味道准错不了。

不过,这个菜是配合蟹的时令来成就的。

再来试试咸肉蒸鳝鱼、蒸鳗鲡,如何?

这绝对属于会吃的!

不过,说这么多,现在人们都说咸肉不健康,不能多吃。

但是,少吃点应该无妨吧?

怎么能舍得放走这样一个鲜物啊!

2019 年 3 月 12 日

炒饭，不讲规矩

食无定法，更是不用太讲规矩。

譬如一碟子炒青菜，油多油少，软嫩还是清爽，是添佐料煸炒还是纯粹清炒，要不要考究一点用熬好的鸡汤来炒，等等，诸如此类，其实全凭自己喜欢。

当然，食不厌精，有些吃食求的就是精细，自然要有定法，要讲求规矩，按部就班、照章烹调、不敢违逆。

另外，饮食烹调，也是丰简随意。

就像是一根夜开花，素炒了也行，加了豆瓣炒也可以，和咸肉一起炖煮也是极好；要是配了时令的梭子蟹，那更是美味，但这个时候，你不能说这道菜还是夜开花主导，而是那梭子蟹占了上风了。

故而，饮食精细、丰裕到一定程度，便会有从名分到本质的变化。

夏日里，食欲有限，而且又怕了烹饪的烟熏火燎，要是家里有冷饭剩余，倒不妨炒了饭，聊以果腹。

说是果腹，也确实可以说是这样的。

上一顿余留的米饭，凉透收干。热了油锅，大火翻炒，油脂燎炸米粒，生发出香味来，翻炒的过程，又是逼干的过程，煸烤出水汽后，米饭粒粒分开，干香四溢——这是最简单的炒饭，没有佐料助力，所以就叫油炒饭。

不要看这样简单的一种吃食，做起来，也是有些技巧的。

须是冷饭,还没见过能用刚出锅的热饭炒出好的饭来的。饭粒在冷却后,水分被风干了,饭粒紧实起来,没有了刚刚蒸熟时候的膨软、柔黏的感觉。这样的饭粒,不至于粘锅,也能很好地在油脂的燎炸中,舍去残余的水分。

翻炒之中,会害怕米饭粘锅成了锅巴,所以有人选择多加油,这样做可以避免粘锅,但也可能让炒饭过于油腻。若是怕粘锅,不如用少许料酒,一下子能让米饭变得服帖起来。

真正成功的炒饭,炒到快要起锅的时候,米粒干实,粒粒分开,甚至蹦跳开去——适当的油脂、足够的热力,让它们灵动起来!

另外,你要是用菜籽油炒饭,你会看到饭粒色泽金黄,让人食欲大振。

单单用油炒,到底是太过单调的,怎么也想着加点不一样的东西,比如鸡蛋。

鸡蛋可以先炒,也可以一起拌炒。先炒的好处在于鸡蛋的老嫩好控制,拌炒的好处在于炒的过程可以让鸡蛋液包裹饭粒。

嫩黄的鸡蛋,碎散夹杂在泛着金黄色泽的饭粒中间,饭粒饱满油亮。怪不得这样的一碗饭有个雅称——碎金饭。

这样的色彩搭配中,要是添一点其他颜色,那也是增色、提味。

比如加一点葱花,最好是细小的野葱花,味道更加馥郁。

再添了豌豆粒、玉米粒、香肠丁、胡萝卜丁,那就是知名的扬州炒饭了。到了这个时候,一碗炒饭可就不单单是果腹了,而是要讲求美味了。

炒饭不讲规矩,就任你天马行空。

食材再丰富一些,譬如海鲜炒饭。炒饭的师傅可以不特意购置海鲜,但是虾尾、瑶柱、鸡蛋、菜心等等,就需要一应俱全了。海鲜炒饭,需要加生抽了,炒出来的饭没那么干实,而是淡酱色偏油润。

这顿炒饭中米饭倒是有点其次了，各类鲜物挑起大梁。

另外，粤港地区喜欢吃生炒牛肉饭，这跟当地喜欢吃牛肉、会吃牛肉的习惯一脉相承。剁碎的牛肉粒，腌制得当，先炒牛肉到七八分熟，起锅备用，再是炒鸡蛋到五六分熟，加了米饭翻炒，然后倒入炒好的牛肉，也是要加生抽等佐料，再搭配上菜心等等。

生炒的牛肉，筋道十足，还有弹润口感，米粒煸炒后，再吸收了生抽的味道，鲜咸油润。

还有些个创新的炒饭，那就不胜枚举了，比如鸡丁炒饭、墨鱼炒饭、小龙虾炒饭等等。因为炒饭简洁，可以用来增色、添味的佐料就多了，而且浓淡总相宜、丰简不相负。

炒饭，还是要配汤，否则太干，不过配汤但求简淡一些，只是说干实的炒饭，需要有汤水来帮忙入肚，而且本身炒饭偏油，清汤可以用来中和。

不讲规矩的炒饭，倒是能幻化出新。

2019 年 8 月 7 日

可以腌咸鸭蛋了

时令的风物，是一环扣一环、一物扣一物的。

你若是想在立夏时节吃上咸鸭蛋，清明时分，就该腌制了。

为什么要在清明时节腌制咸鸭蛋？

不好说，老话是说，清明时节腌制咸鸭蛋，容易入味、不易腐坏，而且不会变空。

变空的说法，是针对腌制而成的咸鸭蛋的，一敲，壳中好大一块是空的，感觉一个咸鸭蛋腌制后，缩水了很多。这就叫蛋空了。

上面这些理由成立吗？不好说。

想来，大约清明时节适合腌制咸鸭蛋，一方面是接下来的温度等，更利于腌制鸭蛋，若是三伏天，气温高，盐卤的调和怕是没有三四月间气温逐步升高时来得那么合适；另一方面是清明时节不到播种插秧之际，农事较闲，且已出正月，春节期间的吃食已经耗散，得为着接下来的饮食操心了。

所以，腌咸鸭蛋吧。

这时节，因为草木开始茂盛，河里鱼虾开始活跃，鸭子的食口较足，产蛋较为勤快，且这时候的鸭蛋，个头大。

腌咸鸭蛋，用什么样的鸭蛋？

青壳的麻鸭蛋，是主流的品种；白壳的白鸭蛋，用得也比较多。甚至你还可以选择用鸡蛋、用鹅蛋。

不过，总的来说，还是青壳鸭蛋好，蛋壳厚薄适中，个头大小合适。要是用鸡蛋,鸡蛋壳一般不厚,且个头不大,容易腌制过头;用鹅蛋的话,看似蛋大喜人,但是容易腌制不透,而且鹅蛋总是有口感粗糙的问题,哪怕是腌制之后,还是没能脱胎换骨。

鸭蛋怎么腌制?

一般先是把鸭蛋放在清水里清洗,然后拿一个干净的盆,半盆的草木灰,冲入滚烫的白开水,加入食用盐搅拌均匀成糊状,晾凉备用。其中,施盐量是考验功夫的,老把式和新手,高下立判。

继而是将洗干净的鸭蛋放进盛有草木灰的盆里,滚沾草木灰糊,然后把沾满草木灰的鸭蛋挨个放进洗干净的坛子里。

放完之后,再把多余的草木灰倒进坛子里,封存,静置,等待时间成就的风味。

刚腌制上的咸鸭蛋,其貌不扬,甚至有点相貌丑陋。但你不会想到,在二十多天时间的催化中,能用这样的造物技艺,收获那样的丰美吃食。

另外,还见过直接用盐水腌制鸭蛋的,省去了草木灰一步。还有直接用泥浆水的,拌入食盐的泥浆,长期附着在蛋壳上,锻造风味。哪种方法好?难说。

你若是着急吃咸鸭蛋,等不了那么个把月,那么,还有一种简便的技巧,用筷子小心翼翼抽打蛋壳,打出裂纹却不破碎,咸味很容易就腌制进去了。但这样做,也有很大风险:鸭蛋容易太咸。

鸭蛋静置超过半个月,就可以慢慢尝试吃起来了,刚开始的咸鸭蛋,咸味不够足,蒸熟后,蛋黄也就是淡干略有咸味;要是到了恰当的时间,一般在廿五天左右,那就是可以"收获"丰盈饱满的咸鸭蛋的时候了。

你想,从坛子中,取出咸鸭蛋,蒸熟。

咸鸭蛋空的那一头,在饭桌上轻轻一磕,剥去这一头的蛋壳,筷子尖挑进去,刺破蛋白,触达蛋黄,一股橙黄的油流出来。多么惊奇、多么诱人,让人食欲大开!

盐水在时间中作用,竟造就这样的风物,谁能想到!

这味风物,还有很多的做法,比如咸蛋黄挑出来,可以炒豆瓣、炒南瓜、炒苦瓜,可以焗虾、焗茄子等等。

不过,还是喜欢那种感觉:一碗半热不凉的白米粥,稠薄得当,挑了出了油的咸蛋进去,微微搅拌,咸香配清淡,互相成就、相衬相成。

举起碗来,"呼啦呼啦",一口气落肚!满足!

2019 年 3 月 30 日

熏鱼需凉食

讲起凉菜,一下子想到的怕是北方菜系居多:山东菜一桌菜品,凉菜占去大半,凉拌黄瓜、凉拌红肠、凉调个腐竹、凉拌个莲菜等等;闯关东、走西口的人大约是带着这种家乡的饮食习惯,陕西菜、东北菜里也是有不少凉菜。

其他地方怎么样?不好说,感觉西南饮食中,凉菜倒是较少,而广东人的餐桌上,凉菜不少,但在形形色色其他吃食面前,凉菜并不突出。

要是说到苏式饮食中,凉菜的位置也并不是那样突显,浓油赤酱、红烧当头的苏式餐点中,闻名的多是红烧蹄膀、醋鱼、糖醋排骨等等。

但是,苏式菜品中,有些凉菜是蛮有特点的:香干马兰头、醉泥螺、醉虾、素鲍鱼等等,当然还有一味知名凉菜——熏鱼。

选了草鱼或是黑鱼,片得厚薄得当,每块带皮,还要每块带着鱼的大骨,这需要点功力。所以你说它是片鱼,其实也是切鱼,熏鱼是鱼块,而不是鱼片,得有厚度。

带皮有骨的切法,你在随后的工序中将知道它的好处。

然后就是腌制了,盐是少不了,料酒则是点睛之笔,去腥,腌制大约一刻钟。

其间别闲着,可以熬制熏鱼的汤汁了。

起油锅,热了油,然后是姜、辣椒、葱段等等,煸炒后,放清水。

熏鱼要出味道,卤汁很重要,所以煸炒的时候要加八角、桂皮等等,让味道丰富起来。

放入清水后,就开始熬制卤汁了,料酒、老抽、白糖、盐,求快求全的,还可以放十三香或五香粉等等,煮沸之后,小火熬制大约十分钟。

熬制完成的卤汁,酱色,黏稠甚至有点黏腻,香味四溢,可说是浓郁。

卤汁制作完成,就需凉置。

紧凑的烹饪过程,要善用时间,这时候,你可以炸鱼块了。

另起油锅,油要足,火候要控制,腌制好的鱼块下锅煎炸,一面炸至金黄,再炸另一面。炸鱼块的过程中,油温容易不够,那么将鱼块捞出,再加热升高油温后,复炸。

炸好后的鱼块,滚油催熟鱼肉,催发出干香来,表层的鱼肉则已经是金黄带着淡酱色,鱼皮翻卷,已经被炸空,干巴巴地附着在鱼肉上。鱼骨也被炸燎,却还是乳白色,沾染油脂,到底是骨质,就有一点油气。

要是戳开鱼块,你会发现,里面的鱼肉并不焦干,热油隔着表层,催熟的鱼肉,带着些许润气,而且是熟得不老不生,刚好。

炸好的鱼块,干脆,这就要过卤汁了。如果卤汁过冷,怕是难以入味的,可以再微煮一下,当然你也可以用时间来换味道,浸泡一段时间的鱼块,卤制入味。

接下来便是起锅装盘,装盘是要精致还是简朴,就随你自己了。

熏鱼需凉食。

难道不应该趁着刚出油锅,趁热吃?

确实应该放凉了吃,刚炸好的鱼块,油气太足,虽说可以保持鱼皮和鱼块表面干香,但是腻气盖过香气,不好。

而如果是热鱼块泡热卤汁,怕是不仅腻气难消,而且味道难入，一拍两散、败人兴致！

熏鱼，还可以做了浇头入面，熏鱼面。

这时候，卤制入味的熏鱼，就来给面条增添味道了：熏鱼的卤汁在面汤中释放复杂错落的卤味，让本有些许寡淡的面汤面条丰富起来。

而面汤的汁水，则为炸干的鱼皮反哺水润，也让鱼块里稍显干粗的鱼肉重获水润滋味。

熏鱼又称爆鱼，所以这碗面也叫爆鱼面，当然比不得另一碗鲍鱼面那么金贵，但是寻常吃食的寻常味道，便是日常生活的样子。

另外，在浙北的乡间，也有爆鱼这样一味吃食，也是油炸之后凉食。

区别在两个地方：一是浙北乡间选择的多是小鱼，多用白鲦鱼，细长细长的，因为小，所以整鱼油炸，竟将鱼头鱼尾等都炸空炸酥，吃的时候直接咬嚼，都不用吐骨头。

二是没有卤制这一环节，而是简单地淋上鲜酱油食用。鱼小炸空炸酥，再用酱油泡发入味，也是绝对的美味。

夏日里这道菜常能出现在饭桌上，因为嘴馋，不少小孩多是在开饭前就已经捞了那么两三条，偷偷吃了，虽然满嘴酱油，但还是硬扯着跟大人说："我没吃，不是我吃的！"

2019 年 7 月 31 日

要吃小馄饨

时令已过立秋，虽仍在暑日，但是弥漫的溽热气息，在早间和晚上，终究是会褪去一些了。所以，就有了朝凉、夜凉的说法了。

这样的日子里，人也从盛夏的蔫靡中，喘过一口气来，增添了活力，特别是在朝晨的风凉里。

寻觅早饭吃去吧。

吃什么？小镇西头的馄饨店吧。

运河边小镇的一爿馄饨店，典型的水乡建筑，低矮的砖木瓦房，一半建在岸上，另一半却用石柱拄在河里。经年的建筑，已经坍斜开去，显示出破落来。

小镇与运河的搭配，自然而然。

运河在小镇西面流过，古老的京杭运河的一段，也说不清是运河的主干还是算是枝杈，也不知道算是古河道还是新航道，只知道水阔有几十米，水量丰沛，船只南来北往，机器的轰鸣声和河水拍岸的声音，绵长不断。

小镇并没有沿着运河铺开，而是扣着一条汇入运河的十来米宽的支流排布。想来便是因河而生，因着运河航船的南来北往而热闹吧。但是，运河主航道的风浪，不适合商船客旅的休憩补给，不如这折曲的支流造就的舒缓水流、平缓河岸来得那么适宜中转休息。

所以看似这不起眼的小店，在风光的时候，怕也是见证了南来北往的客商旅人。

如今,却只有店家夫妇二人,有时候会多一个帮工的老人。

店面里,四张小桌子,明显不太成套的条凳,虽有烟蒸油熏,但因及时擦拭,有油气,却不黏腻。一般,进了店去,店家会问你,要几两小馄饨,你就看着自己的胃口来定吧。选定了量,现包。

店主坐在门口,手边放着一个砧板、一个搪瓷盆,还有一个搪瓷的长盘。

你只见他左手半撑着馄饨皮,右手用筷子飞快地在搪瓷盆中拌好的馅料里一挑,然后用馄饨皮在筷子尖儿迅速一捋,手指在瞬间完成挤、压、捏多个动作。在你不经意间,包好的馄饨,就躺在了搪瓷长盘里。经了岁月的搪瓷盘子,不少地方都已经进飞了涂层,显示出斑驳来。

真得感谢饮食的搭配创新。谁能想到,梯形的皮儿,包裹着剁了的肉糜,竟能幻化出神奇。刚包好的馄饨,淡黄白色的带着润气又沾染了薄薄生粉的馄饨皮,经过手指的拨弄,褶皱处映出瘦肉肉糜的淡红色来。

这爿店,就做馄饨,而且就是这一碗小馄饨。

馄饨分大小。大小之别,多在于馅料的多少。小馄饨包裹的馅料少,而大馄饨则在馅料上大做文章,而且包裹之时,求馅料丰盈。当然,大小馄饨在皮儿的厚薄上也有差别,否则小馄饨怎么会有"绉纱馄饨"的别称?

于我而言,独独钟爱小馄饨。皮薄馅嫩,"绉纱"的称谓,一来是说小馄饨皮儿褶皱,二来是说小馄饨皮薄如纱。

你若说大馄饨馅料丰盈,那小馄饨的馅料同样不单调。瘦肉夹杂一点肥肉的肉糜,是最最基础的配方,你还可以剁了葱花进去,可以剁了笋尖儿进去,可以剁了细小的开洋或者是鲜嫩的虾尾等等进去。看似一个馄饨的一小粒馅儿,你能做的文章不小。

不消多少时间,馄饨便能包好,到了在临水的厨房里店家妻子的手中。

大锅里翻腾着沸水，下馄饨得用滚水。但乡间还有种说法，叫"冷水下馄饨"，这是个一词两意的说法，可以用来形容人不事炊厨，不知道馄饨得用滚水下，同时也可以用来形容绉纱馄饨的烹煮，因为个头轻小，皮薄如纱，冷水都能给煮熟喽！

从搪瓷长盘中滑落的馄饨，先是冲开漂拢在翻腾滚水水面的蒸腾之汽，溅开躁动不息的沸水，落入水中。

带着生气的馄饨，先是沉入水底，一下子就被烫熟了，然后被沸水推举浮上水面，这时候沸水便已经在快速煮熟肉馅儿，不一会儿便可以出锅了。

灶台上，调制好的馄饨汤已经备好，装在搪瓷碗里，泛着几星油点、浮着几段香葱的简素汤底。汤里有时还漂着开洋或者干丝，添了小惊喜。

馄饨的加入，让简素清寡的汤底热闹起来，碗里的馄饨挤馄饨自然不用说，蒸腾上升的水汽，带着香味飘散出去；馄饨馅儿的油脂，也在碗里漾荡了开去……

接下来，便是食客自己的再加工了：爱吃酸的，加几点香醋；爱吃辣的，挖一小勺辣酱。

你也可以别在这里吃这么饱，再拐过一条街，还有糯米肉糕在等你；愿意再走走的，还有豆腐花和烧饼……

2019 年 8 月 16 日

瓷实的粢米饭团

对美味的念想，在有对比的时候，来得更加强烈。

比如在八月末的浦东，趁着早高峰前出门，所以，早饭是来不及吃的。

又因为赶着有事情，所以也不能坐定了吃个面、吃个馄饨什么的。只能找能快且能充饥的早点。

正对着地铁出口，是一家卖饭团的店铺。想来也是很久没吃粢米饭团了，便不自觉地走了过去。

假如能知道后来的滋味是那样的，当时我就应该收住这迈开去的脚步。

饭团，选的不是常见的白米饭，而是紫米和黑米，店家的原意大约是要精选食材、匠心锻造的。

但是，若不够用心，多事与愿违。

这家饭团的辅料，也便是寻常的肉松、咸蛋、油条、香肠、豆角等等。只是这看似创新创意的饭团，细究起来却有待改进。本来，紫米和黑米的搭配挺好，但是若米饭过于黏软，粘连一块，以至于饭团不紧实、米饭不香浓，而是软兮兮、淡悠悠的，则败人兴致！

别看只是早点一样，粢米饭团要做出风味来，考验功夫。

印象深刻的粢米饭团，还要回溯到几年前的学校门口。

因为是新校区，所以附近偏荒，要想在外头吃一顿早餐，则全靠一众小贩的买卖张罗。

每天早上，便有一个老太太，年纪也算不得大，也就是 60 岁左右吧,扎着白色带有点旧意的围裙,套着的袖套也是白中带些微黄色了。但看得出来,洗刷得认真,只觉得装扮旧,不觉得脏。

老太太三轮车的车厢里,放着一个半人高低的小木桶子,箍着竹篾的箍圈,一个木头盖子,穿着圆心钉着一根横档,用作提持之用,木盖设计巧妙,有小半扇有铰链,是可以往上翻的。木盖子上,还盖着一块大纱布,也是旧黄但干净的状态。

老太太便是来卖粢米饭团的,也就是只卖这一样东西,你要是想要喝的,想要用来就早餐吃的东西,那你得去别的摊位看看。

你要是跟她说要买饭团,人家先问你一句,要一块(钱)的还是两块(钱)的,对应的饭团的米饭多少不一样。

交代清楚,你便会看到她掀开纱布,掀起那活动的小半扇木盖,要去抓挖桶中的米饭。

这时候,你会发现一团水汽从木桶中冲顶出来,要是冬日,那便是热腾、易辨的一个气团,仿佛顶开木盖,冲进冷空。

老太太的米饭准备是考究的,糯米和粳米的比例调和自不必说,软硬干湿也是恰到好处,不会让饭团过于黏在一起,也不至于饭粒散散落落,成不得饭团。

老太太的米饭是打松搅拌过的,打松和搅拌是为了让米粒快速接触空气,但又随之叠埋在一起,不至于散逸太多的热气。

简单的饮食,在细节处的上心,会让吃食大不相同。

你会发现,这一桶米饭,看着光亮、油润——是啊,那是仔细拌了猪油进去的,还有葱花,细小绿翠,别是一种颜色。

烫热的米饭,让原本凝固的猪油迅速化开,浸润米粒,增添香味;再加上木桶的密扣,也让泡了猪油的米饭不会马上冷却。你要知道,猪油在冷下来之后的味道,实在是不怎么样,而且容易伤了脾胃。

接下来便要选加什么料了。

花生碎、豆干末,还有摁得碎碎的油条末儿,你都不用选,自是标配。你要选的是希望夹在饭团里的别的料：肉松、咸蛋黄、油条、香肠、酸豆角等等。

这些都是好东西，跟饭团的搭配，风味不一，比如咸蛋黄，那就是给饭团增加咸香味道了；加油条会有点干，但是油条有嚼劲，也是很好的；酸豆角真是好东西，细碎的酸豆角末儿，能给饭团带来均匀和充分的咸味……

还见过口味比较重的顾客，要加辣油，老太太竟也能实现，就把辣油涂抹在米饭上，揉团进去。

老太太便是在木盖上，铺好了方正的卷席，铺上保鲜膜，给你现场卷饭团。握捏之后，一般是长柱型的，你要是要圆团子也能给你做。但是圆团子不好咬食，你就想给你一个圆滚滚的苹果，你怕是不好下口。

这一样早饭，来得个瓷实。你想，米饭团子又加了这么多的料，你即便是老早就吃了，到中午也断然不会饥肠辘辘的。这是一种有吃头的东西。

现在想起这些个东西了。

也不知道，这个早餐摊和这位老太太，现在还在不在那里？

2019 年 9 月 1 日

白切肉

平素里，江浙一带做肉，红烧居多。

红烧肉也好，柴扎肉也罢，讲究的就是浓油赤酱。

一定要烧到收汁，汤汁化为黏酱，这才是到位了。

要是端上来一碗肉，汤汤水水不收汁，这馆子，来这一回已经嫌多！

饮食变化多端。

其实，浓油赤酱，只是这吴越之地做肉的惯常手法之一而已。

而且，时、食须得调和，这溽热的江南夏日，浓油赤酱稍显味重了点。

倒是一盘白切肉，能够以食随时，恰到好处。

大块五花肉或是后臀肉，肥瘦相间。

先是大火催沸，煮出浮沫。然后焖煮，葱姜蒜都可以有，考究的话，放点香叶、八角，也是可以的。饮食本无定法。

焖煮之时，要是怕肉浮着，可以放个竹屉，压一点重物，譬如一碗水什么的。

肉若是浮着，焖煮之后，颜色变黄红，会坏了这色。而在水中焖煮，肥处通体泛白，瘦处颜色红中带白、白中有红。

好吃生一点的，焖煮半小时左右就够；喜欢烂一点的，一小时的"咕噜咕噜"，熬煮得正正好。

从汤汁里捞出，盖个干净布子，避免肉在出水后，见风变干，坏了味道。

肉要凉下来,见不得风,否则肉皮风干、肉质失去水润,回天乏术了。

调好蘸汁,生抽、蒜泥、葱花,跟着自己的喜好来安排,还可以加点醋,或是放点小米椒碎碎,都好都好!

该动刀子切肉了。已经出油,肉色发白,肉质柔软,刀锋无须使大力。

煮得生一点的,切薄一点无妨,蘸汁容易入味;煮得熟一些的,厚切一点好,这烂熟的肉,很难在刀口逞强了,不如厚一点,免得被切得细碎,没了样子。

装盘!刀手并用,切断但还连着的肉片,用手轻拍在刀面上,到了盘子里,手收力,刀斜着后撤,将肉叠展着上了盘子,一块压着一块,一块引出一块。

下筷子,夹起一块,入了蘸汁,口味重的停顿两秒,让酱汁填充油脂被煮出后留下的空隙,再贪舌一点的,重重蘸汁之余,不忘裹挟一点蒜末、辣椒末在其中,此时贪一点味道,无妨无妨。

趁着蘸汁垂落前,赶忙送入嘴里。

这时候,谁要拉着你说话,拦着你的筷子,你得跟他急了!

话说,这白切肉,不是这江浙之地的特有。

京津冀、云贵川、两湖两广,都有,都有。不晓得哪里才是发源地。

也别争,也别抢,好东西你有我有、你吃我吃,不是更好? 你说是你这里先做的,行! 他说是他那边发明的,好!

管他呢! 只知道,肉都是白切肉,吃法可以大不同啊。

白肉酸菜砂锅,熬着吃着,如何? 必须好!

煮肉的汤汁还能做这砂锅的汤水,各有去处,各显其能。

白肉淋了重重辣油汁,芝麻、香菜一样不少,细细匀匀地拌好,怎么样? 必须可以!

这还省了一个蘸料碟子,白肉蘸汁水,就在这一盘之中了,肉片上下沉浮，味道就成了。

白肉卷了黄瓜丝、卷了小香菜，再去蘸汁吃，口感丰富，有肥腻又有清爽，各取所需，又有谁人不爱？

白肉本身这好味道，就已经不挑做法了。

要是再有好的烹调之法，那只能是好上加好。

这时候，也真是"地无分南北、人无分老幼"了，都好这一口！

山川异域，风月同天？雅是雅了，要是"白肉同食"，也不差，也不差。

2023 年 8 月 8 日

面筋须塞肉

一个人的地域、家庭乃至格调,通过饮食大概可以管窥。

地域自不必说,苏浙的甜,云贵的酸,川渝的麻,山东的咸,陕甘的辣……

至于家庭,透过饮食,也得以显露,锦衣玉食和小康之家的吃食不同,跟勉强度日的,更是判若云泥。吃食不同,吃的人的状态自然也是不同的……

当然,吃的人的格调更是千态万状:饕餮而食,看似贪奢无礼,或也是种直白爽快;精细餐食,或有几分疏远,但也是种礼仪和追求……有所区别,但难说高下。

多说人以群分,人以吃分其实也大有道理。不过,想来,你虽多在大庭广众饮食,但其实饮食是件私密的事情。济济一桌,其实可以是同桌异味的。我之所恶彼之甘饴,反之亦然。但此时为何还能同桌饮食? 这又说明饮食毕竟不能完全私密。

如此想来,平常饮食,妙不可言。食客人心,更是很难描摹。

说多了,还是扯回来吧。就说一味吃食——油面筋。

生于江浙,我得感谢创造油面筋的人。谁能想到能有这样的妙物! 但至于面筋的做法,未曾做过,不甚了解。看看资料也是简单精练,说什么小麦面粉水洗沉淀,副产品便是水面筋,过油炸制,迅速膨大,便是油面筋。想来其中还是有不少奥妙的。

先不管了,好吃就行。

可不是嘛! 肉糜剁进葱花、姜末、盐和味精,剁到彼此融合,肉糜变成糊状。越是融合越是美味,这个环节,不能舍不得功夫。

还见过剁冬笋进去的,冬笋硬素,自然是不一样的味道;还有剁榨菜进去的,榨菜增加嚼劲和咸味,也是很好的。

剁好的肉糜,打个鸡蛋进去,一方面给肉糜增加了汁液,另一方面又加了一味吃食进去,添了弹性和润滑,更显丰腴。

金黄澄亮的油面筋戳孔,面筋中间是虚空的联结,不需用力,便可塞入肉糜。就这样,塞一个垒一个,不消多久便是一盘。

准备妥当的油面筋,将面临烹饪方法的分野了。浓油赤酱,便是红烧油面筋;淡酱水煮,便是淡烧油面筋;还有上锅蒸的,比淡烧更干香一点。

红烧油面筋,便是适量的水,加了老抽、糖进去,大火烧开,小火焖煮至收汁。肉糜因为细碎,容易煮熟,时间不需太长。油炸膨大的油面筋迅速吸收汤汁,你会看到面筋瘫软下去,色泽渐渐厚郁,一边是肉糜煮出的油脂,一边是汤汁的色和味,面筋本是素淡,如此一来却是很好的味道集成。

这样做,不加别的配菜也可以了,但是你要有冬笋片、冬菇,那也是很好的,其中冬笋片最好先焯水去除苦味和糙感。这些配菜因食性不同,下锅时间有早有晚,但都是随同油面筋烧煮至收汁即可。装盘时,油面筋酱色油亮,包裹在中间的肉圆附近。撒上葱花,用烫熟了的青菜作为点缀,就等着动筷了。

吃的时候,你先接触到的是吸饱了汤汁的油面筋,汤水多一点的,你不妨先吸一口,酱香味道,然后再动牙齿,咬碎肉圆,品尝其中的丰富味道。

红烧之外,有淡烧,别的步骤差不多,只是不添老抽了,代之以生抽或是细盐。淡烧,不妨汤水多一些,味道更鲜美。

另有一种做法,我很是推崇,面筋塞肉放汤。此时的面筋,不要塞太多肉,而是一小粒即可,上了汤水,添了油,若是用猪油,那更是油香的,然后加面筋和各类菜蔬,做成汤。做好的面筋,悬浮在汤汁中,面筋软散开来,但又不会碎散,形状飘逸。

这碗汤里,不妨放几个千张包,加上开洋……想想都觉得美好!

但这个做法,在外头吃到的不多,更像是家常的简便做法。

至于求诸干香的蒸,便是用火力蒸焖出肉圆的丰腴,浸染油面筋了。这种做法下,泡在汤里的油面筋,软润;露出汤汁的,则是干香一些。真正也是很好的。

说到这种做法,便得说油豆腐了。

看着都是金黄澄亮,其实两者不同。油豆腐的原料是黄豆,经磨浆、压坯、油炸等多道工序制作而成。油豆腐外皮油滑,内有丝网,富有弹性,一捏成团,放开则又复原。

油豆腐也可塞肉、肉糜等等,再进一步烹调,与油面筋一致,但肉糜宜多塞一些。

不过油豆腐塞肉,因为豆皮和丝网相对厚实,多不用来红烧,否则外皮过于酱咸,而内中肉圆不一定入味。多就是淡烧或是蒸制。

也用荠菜塞油豆腐,便是一道素菜了。也是好吃,但是总不如塞肉有味道。不过,各人各吃吧。

对了,无论是油面筋还是油豆腐,不塞别的食材,整个或是剖开炒菜,也是绝佳。譬如丝瓜炒油面筋、油豆腐,两者都是软嫩的吃食,都能吸涵汁水,是不可多得的美味。

2020 年 3 月 15 日

炒面

纵然置身都会,时节的轮转,还是逃不过的。

前几日,还在战高温,这几天,便真真地觉着凉冷了。

好在有四季轮替,否则,波澜不惊的时节,只会让周而复始的生活,越发混沌了下去。

若无季节变化,索性冷也就罢了,要是纯纯的就是热,那世界真是粘连一片,就像是四周都粘上了牛皮糖一般的难受了。

还是凉爽好,哪怕是冷嘞,也比昏昏沉沉的热好太多。

天冷了,内心升起的对于肥腻的渴望,油然而生。

前几天还觉得是油腻难耐的东西,经由凉风一吹,似乎油气散去、腻味淡化,恰逢其时了。

天人感应,饮食之事,更是如此。

所以,与其逆天而行,不如顺势而为:不时不食,那么时已来,且食之!

一盘刚刚出锅的炒面,热气腾腾!

得是江浙一带的做法,面要是粗面,为什么要粗面,得慢慢道来。做法就是典型的江南口味:浓油赤酱、肉丝走起!

猛猛的火候,轻便灵活的炒锅,下油煎熬着,素油是素了一点,新新熬制出的猪油更佳,但就怕食客驾驭不了这油腻。

"嗞啦"一声,也不用多么精细刀工切就的肉丝,先油里炒起来,抓一把青菜,切不切都行,大一点的改一下刀,不大不小的,那就囵囵个炒吧。

抓一把粗面，入了锅，跟着肉丝、青菜翻炒起来。

不知道是不是这样，真正的大厨炒菜，都是用大铁勺胜于大铲子。大铁勺方便，灶台上的油盐酱醋，这里捞半勺酱油，那边又刮起了小半勺的盐、味精。

也不知道是不是不用力就镇不住锅里的东西，反正不管捞了啥过来，都是"啪啪啪"，将这大铁勺在锅沿上猛磕，就好像不猛磕，勺里就留了酱油、存了盐似的，而这残存的酱油、盐、味精啥的，会直接让一锅的炒面，味道不对了去。

炒面的时候，那也是猛火加猛炒，铁勺子尽管往锅底掏，都说"刨根问底"，这里是"刨锅炒面"。

饮食之事，得有激情。

若是能颠个勺、颠个锅，将这炒面颠起来，任由火气空燎了它们，让它们在翻炒中，充分吸收油脂，还能颠出其中冗余的湿气、淡气，那就是高手了。

炒面可千万不能放水，就得这么用油来燎着。

出锅时，也是个粗犷，盘子一摞，端锅而起，锅里面多时还能有的放矢，到后面，那就又是铁勺子满锅子刮了，刮出残存的面条、青菜、油脂……

估摸着这口锅，也是这么越刮越薄的。

热气腾腾的炒面，因为正热着，油脂尚未凝固，还是流质，顺着面条缓缓地、若有若无地淌着。肉丝也已经沾染了赤酱了，煸炒出的油脂和酱汁混合在一起。青菜也不再青白，虽说还是这一盘油腻中难得的清爽，但是，也无法在油腻中独善其身了。

趁热吃，一旦凉下来，油脂凝固，入嘴还需要焐化了它们，本末倒置，吃的人倒给要吃的东西"用上力"了，这就失之精妙了。再有是，凝固的油脂还会封了嘴唇、嘴角，难吃不说，还难看。

就得烫热的时候，筷子挑起来，不让在空气中静冷，就得送进嘴里，吸溜几下，粗面带着油脂酱汁，混杂而下，美不胜收。

　　也不是只有油腻，且不说此中青菜尚有几分素爽，一般吃炒面，总给配上一碗汤。紫菜蛋皮汤、紫菜开洋汤等等，都好，再不济的，一碗漂着香葱的清汤，也是可以的。汤的作用，在于解腻。

　　狼吞虎咽、气吞山河，万不可等到炒面凉却之后，还在扒扒拉拉、挑挑拣拣，白白折损了这些好东西，也对不住此中的烟熏火燎。

　　饮食之事，终究是没有定法的。

　　炒面，除了肉丝、青菜外，还有放茭白丝的，嫩茭白丝儿，白白净净，出油腻而不怎么沾染，自然是很好的。

　　还有青菜换成白菜、包菜的，也行，不过就是一盘浓油赤酱之物，若是能有那几抹青绿，更加珊珊可爱。

　　还有是粗面换成细面的，也还行，但终究不是很行：细面能吃透油脂，但是也容易被油脂粘连在一起。细面还是干炒吧，油少一点，炒得干一点，也不一定浓油赤酱了。

　　一物一做，该是哪里的食材，就该进哪里的锅。

　　江浙一带的炒面，那大多就是浓油赤酱油油地炒出来的，肉丝青菜混杂在其中。

　　有不同意见也没关系，你吃你的，我吃我的，筷子不往对方碗里捞就各自安好了！

2023 年 10 月 8 日

九眼莲菜

陕地饮食，凉菜是一大特点。

凉拌个豆芽、调个木耳桃仁、青笋切丝凉调、炝拌一碟子莲菜，都是极其常见的饮食。

这时节来到陕地关中，凉菜之中的讲究吃法多了去了，譬如新收的鲜核桃，去壳剥净的核桃仁，是凉拌热炒总相宜的一道吃食，值得专门写写。

先说说另一味再寻常不过的风物。

由夏而秋，过了中秋到了秋分，关中平原热气未消，树荫底下虽已阴凉，但如若在正午的阳光下，却仍是灼热燥干不已，全然没有秋天的凉意。

就在这干热的秋日里，登上了关中平原北缘的黄土塬，在平地突兀的土台之上，极目远眺，因为没有深秋的霾气，极目远眺，天阔地广。

看景之余，美食不可辜负。寻觅得店家坐下，点儿道凉热菜，多是些地方特色美食，也有不少寻常所见的菜名，随心而点，并无太多思索。

上菜之际，最是惊奇处，倒是再寻常不过的一盘子炝莲菜。

莲菜即莲藕，炝则是一种做法。

你约摸能知道这道菜的做法：

新鲜莲菜，去了外皮，细细切成薄片，切片但求薄透。

薄到什么程度？不到一毫米厚薄，若是莲菜个大，这样薄的切片，大约是一边切，一边则是在重力和刀功作用之下翻卷起来的。

正因为薄，所以切好的莲菜呈半透明状，为了不让莲菜锈蚀（氧化），将其浸泡在水里，舒展了这一片片轻薄的好东西。

切片完成，用开水稍焯，因为轻薄，无须久煮，便是淌入滚水，一下子便可捞取出来。

此时的藕片，虽经沸水，到底是迅快，竟是不改颜色，只是多了些热香气味。

再用冷开水激淘。凉水的激淘，是烹饪中极其简朴却有效的手段，多少食材通过激淘，迅速冷却，洗去杂味、保留鲜美。

然后，便是加了白醋，一般用不得老陈醋，譬如山西陈醋、镇江陈醋等等，颜色不对。

同在陕地的岐山的白醋，自然是登对匹配的。

再是细细切好的姜末、蒜碎、花椒粒、辣椒圈，顶在莲菜上，等着油热好，"嗞啦"一声，便是油泼了。拌调得当，上盘出菜。

这道菜，吃的就是清脆酸爽的劲儿。

但这次的炝莲菜，吃得更觉清爽、脆冷。白醋、花椒等的助力，自然不必说，莲菜本身，也是大有讲究。

经过询问才知道，关中北塬上的这家餐馆，炝莲菜用的是当地产的九眼莲菜。

九眼莲菜又叫九孔藕、白花藕，名如其物：九眼莲菜有九孔藕眼、开白花。不同于七眼莲菜的七孔藕眼、开粉花。

九眼莲菜淀粉含量低、水分丰沛，整体清爽又有点清甜，适合拌凉菜。

而七眼莲菜则是淀粉含量高、含水量少，口感软糯，适合煲汤，或是蒸煮热炒。想来，湖广之地，寻觅煲汤用的粉藕，大约就是这七孔的藕吧。

说是这九眼莲菜，便是这关中平原和陕北高原的过渡地带富平县的特产。

九眼莲菜不会就这一处有而别处无，但是这关中平原和黄土台地的水土，则是独一样的。这便是这九眼莲菜滋味出挑的原因吧。

查资料得知，九眼莲节长尺半，洁白如玉，胖若儿腿，手感沉实，切开九眼，薄如纸翼，生吃熟食，入口无丝，脆嫩香甜，鲜美爽口，用荷叶包裹食品，则清香扑鼻，保鲜耐储。盛产于富平县城西、温泉河上游和城南南湖地区，驰名关中一带。

至于来历，多是民间传闻，大约是穿凿附会、西拼东凑，可做谈资，却算不得数的。

于食客而言，藕花莲菜，多两孔便炝了做凉菜；少两孔便炖了煮汤喝。

只要各归其位、各司其职，乐得有这细小差别带来的不同美味。

下一顿是炝拌凉菜，还是粉藕炖汤？

2019 年 9 月 23 日

松毛小笼包

很多饮食,需要蒸煮,在这过程中,会沾染容器的味道。

竹筒饭等等,自不必言。

其他的吃食,就如你吃的包子,是断然不能选新箍的蒸屉蒸就的包子的。新的蒸屉,没有水蒸气充分且反复的润湿,会有新木头或是新竹子的新腥之气,蒸出来的包子,还会有芒刺感,坏了这个吃食,要不得。

另外,有些看似很小的甚至算不上容器的物什,也会调旋一种吃食的味道,有时候仅仅是微调,但是如果唇齿是认真的,对这样的调旋是能感觉得到的。

譬如,一块浓油赤酱的扎肉,虽然已经是红烧焖煮,但是你若是仔细品评,大约能感受到新收稻草扎成的扎肉,自然带着不一样的清新气息,而陈稻草,总是有一种挥之难去的霉旧感觉。

近日,让我感触饮食之中容器的功夫的,是在一间不起眼的包子铺。

这家包子铺的小笼包,底部的褶皱细密曲滑,而且带着油润的感觉,吃起来还有清新植物的味道,让人称奇。

大家都知道,蒸小笼包,最为便当,当然也有显得比较敷衍的是,直接用不锈钢蒸屉,大火蒸滚出水蒸气,潦熟了面皮和馅儿。

再考究一点的是用木屉或竹屉,下面铺了专门的蒸笼纸,为了让小笼包不沾蒸屉,也为了让水蒸气充分蒸潦。

要是再有功夫做细一点,是要在蒸屉里铺了席草垫子的。一方面,略显厚实的席草垫子将小笼包与水蒸气隔开,防止粘连和破损,另一方面,能够蓄养水汽和热量的席草垫子,还能让小笼包受热均匀并且保住温度。这样蒸出来的小笼包,在底部会有一浪一浪的褶皱,另外还能让小笼包沾染了席草的清香味道。当然,用久了的席草垫子,也是需要及时更换的。

这家铺子的小笼包的独特,就在于焖蒸小笼包的容器之中:蒸屉垫的是松毛垫子。

什么叫松毛? 其实就是精挑细选的长长松针。说是垫子,其实更像是松针在蒸屉蒸架上的铺陈。

讲真,这家铺子的小笼包,做工算不得出色,甚至有点糙急,外形不浑圆,甚至有点偏斜;小笼包的皮儿是白厚的,显得馅料不足;馅儿是剁了葱花进去的猪肉馅,也并无其他的心思。

但是,因为容器蒸屉的用心,以及由此带来的焖蒸方法的新颖,让这一屉小笼包有了不一样的味道。

铺陈的松毛,看似凌乱无章,实则用松毛的盘错,抬空了小笼包,让水蒸气渗透漫入,充分地烫蒸;松毛的效用,还在于香味,因着松毛的清新,小笼包也带着松针的香味了;另外,因为松毛有油质,所以在小笼包底部形成的褶皱,还有着曲滑和油润。

并且,因为有松毛垫子的加入,在小笼包的焖蒸上,也有区别,不似蒸笼纸般的密实,松毛垫子有着孔隙,不会像蒸笼纸那样隔了味道、断了油气。所以以松毛焖蒸小笼包时,会用骨头汤来蒸腾水汽、蒸腾油气。这样的水汽、油气经了松毛垫子的孔缝,潦着了小笼包,让小笼包的表皮更加丰润。

吃的时候,配上一碗淡稀的浮着葱花的骨头清汤,一碟子醋,还可以要一碟子辣油。从蓬松微隆的松毛垫子上,夹起小笼包来,蘸了醋和辣椒,送到嘴边,一口咬下,清香、油润、面团香甜、馅料油腻,多味杂陈交错,涌上舌尖、充盈口腔,着实享受。

焖肉配面

肉与面的搭配，总是相宜的。

卤肉面、肉臊子面、辣肉面、大排面等等。

老舍先生，讲过老北京的一种面——烂肉面。

先生在《茶馆》里写道：

这种大茶馆现在已经不见了。在几十年前，每城都起码有一处。这里卖茶，也卖简单的点心与菜饭。玩鸟的人们，每天在遛够了画眉、黄鸟等之后，要到这里歇歇腿，喝喝茶，并使鸟儿表演歌唱。商议事情的，说媒拉纤的，也到这里来。那年月，时常有打群架的，但是总会有朋友出头给双方调解；三五十口子打手，经调人东说西说，便都喝碗茶，吃碗烂肉面（大茶馆特殊的食品，价钱便宜，作起来快当），就可以化干戈为玉帛了。

这里说的是裕泰大茶馆，讲到了那碗烂肉面。

不晓得到底哪些加了肉的面算烂肉面，听朋友讲是肉炸酱面、卤肉面等等都能算在烂肉面里。

但，这都是些精细的肉了。老舍先生讲到"价钱便宜，作起来快当"，大约这肉不一定这么精细和上乘，不一定是正宗的猪肉，可能会有些边角料、下水肉等等掺杂其中。

老做法老味道，多有被时代淘汰的情况，地道的烂肉面大约难找了，可能很多人也不愿意去尝试了。

说是肉与面的搭配，又在这夏日，还想到了苏式面中的一种搭配——焖肉面。

为什么炎炎夏日,倒是想到这么肥腻的东西?因为啊,苏式焖肉面里的焖肉,都是放冷之后顶在面条上的。夏日里吃,倒有一种油脂冷却后的冷味。

这一碗面,说是早些里面馆创制的,还是觉得美味偶得的概率大些:大块条肉切块,通过焖卤保存,凉置后取食,搭配面条,竟是浑然天成、相得益彰。

也就是这么猜猜,美食的造化,到底有多少有意为之?有多少无心之得?谁能说得清?谁又道得明!

猪条肉,切了短长得当、宽窄适宜的块儿,先是快煮去血沫、去血腥,然后换水熬煮,料酒、姜片、白糖、精盐、生抽、大料、八角等等一概不能少。

大火催熟后,则是小火焖煮,两三小时的焖煮,催熟肉块、催逼油脂、卤制味道。

焖煮之后凉置,再卤制,求其入味。焖肉多是不见大骨头的,要有也便是一些软骨,所以若是有大硬骨头,还需趁热的时候,拆去骨头。

趁热拆骨,是我们的饮食文化中,很有特点的一种烹制方法,猪头肉、羊头肉冻等等的制作,都有这么一道工序。这是一个很是巧妙,又暗涌着口腹欲望的过程。

都说文无定法,其实下厨更无定法。所以焖肉,你可以这样做,别人还可以有自己的一套方法。

比如有整块大肉一起焖煮的,入锅前,把玩食材的匠人们,花一点小心思,用竹签扎透肉皮,但求焖煮之际,可以出油入味。

再比如大块肉出锅冷却之后,在肉皮上抹上酱油,再用油煎。嗨!真是有心,这样的肉皮吃起来别有油炸后的脆感,还有酱油在这一局部的入味出色。

还有,考究的面馆,在焖肉冷却后,还要求其卖相,所以会有

"改刀"一说。就是让焖肉,厚薄得当、外形方正,不负其名。

做成后的焖肉,什么样子?

肥瘦相间,肉色白润,瘦肉处有点红润,整块肉被大火焖出了油,所以不会太油腻。肉皮处则是带有淡酱色,并且是皮质的实感。

吃起来,肥肉已经不肥,瘦肉则沾了油气。因为焖煮得久,已经酥烂,牙齿触碰,就会散解,不消咀嚼。这样酥烂的白肉,经由面条汤汁的浸泡,增添了淡酱色,面汤的热气又重新为肉块文文地加热,肉块表面,热化出油脂来,而肉块内部则还是凉冷的白肉。夏日里吃,倒是在里面吃出油脂的冷气来,也是神奇。

不能忘了肉皮,看似有皮质的实感,实则已经是酥烂透彻,汤汁浸泡后,便更软糯了,用筷子夹,还得使劲小一点儿。

苏式面馆中,焖肉面是一年四季都有的,但是在饮食讲求清淡的夏日里,倒能见不少老者点上这一碗肥腻的面。

实际上,这碗面看似肥腻,实则已经去了大部分的油腻,留的是一点油气了,而且酥软可口,食之不用费劲撕咬,也是食客得了相宜的饮食,饮食遇到了识货的食客。

2019 年 8 月 4 日

288

笃南瓜粥

到了霜降节气,秋的时节就快要告一段落了,时令悠然临近冬季,以农事而言,闲季即将来临。

万物入秋而收获,便是时节风物的自然而然,不消多说。

就在这时节,秋里收获的几个老南瓜,在离了藤蔓后,脱了青气和水气,经过几个秋日的燥干,颜色更加黄红,散发着浓甜的香味。

煮个南瓜粥吧!

说到老南瓜,便能说开去。

上海连着杭嘉湖平原,所产多是瓜肚膨大、瓜柄粗长的南瓜,学名叫黄狼南瓜,也叫小闸南瓜,瓜皮黄中带着硬灰色,带着凌杂的花纹。

及至到了华北、西北,多是大磨盘南瓜了。这便是一般人印象中的南瓜,扁圆形,像个磨盘,在老熟之后,颜色红黄,瓜皮看着也比较纯净。

好些个以农民丰收为主题的文艺作品中,展示的就是这样的磨盘南瓜,有时就是个老农抱着个磨盘南瓜,咧着嘴笑——一展丰收的喜悦。

这刻板印象太强大,以至于你要抱个小闸南瓜,倒不那么有底气了,觉着自己成"赝品"了。

哪里知道,南瓜有扁圆,也能有粗长啊。况且扁圆里也分大小:有大磨盘南瓜,自然还有小磨盘南瓜。另外,现在杂混的品种也很多，除了扁圆，还有鼓圆的南瓜，瓜身鼓鼓囊囊……如此等等。

南瓜，再寻常不过，不过也能有故事旧闻可讲。

老家练市镇靠近丰子恺故里石门镇。丰子恺老先生在《辞缘缘堂》中写道，他曾因着日本入侵，在嘉兴湖州一带飘零，并多次提到练市镇的周氏姊丈家。乡间传闻，周氏一门藏有老先生一幅画，画的便是周氏族人给老先生送老南瓜。听闻画中有一老妪一幼童，寻常乡里的打扮，抱着南瓜立着身子，叩门送南瓜。

不过真迹倒没见过，风闻之事，版本甚多。

说回这暮秋的老南瓜，煮粥是很好的。

江南吴侬之地，煮粥也说烧粥和笃粥。两者意思大致相同，但也有区别，烧粥更是猛火催熟，笃粥则是文火熬煮。一个烧字和一个笃字，用得十分恰合。

笃南瓜粥，需要南瓜去皮去瓤，切块。

老南瓜硬实，刨皮的时候，干硬的瓜皮四溅；南瓜瓤橙黄色，絮裹着洁白的南瓜子；南瓜肉也是硬冷得很，质地硬实，又是到了深秋，清爽之气幻化成凉冷感觉……

笃粥之时，可以先蒸南瓜，捣碎加入半熟的白米粥里，两者相遇是清素遇上热烈；也能南瓜和稻米一起煮，这便得是汤水够多、笃煮时间够长，南瓜和白米一同成就。

笃煮的过程，是白米熬煮出稠浓色白的浆汁。新收的稻米，正是清香的时候，笃煮出来的米汁纯粹黏稠，南瓜则增添红黄颜色和清甜味道。瓜色漾染了粥色，甜味调和了素淡。

若是再加几粒鲜红的枸杞和几瓣洁白的百合，枸杞添色增味，点缀其中，百合则在笃煮中变得糯软，好看好吃——这便真真是色香味俱全，人间难得了。

另外，秋收时节的新下来的莲子，也能加了进去；还有加新收的番薯进去的，番薯蒸熟捣烂，入了粥里……恰逢时令的风物，怎么也是相宜的。

　　老南瓜要是不入粥笃煮，也可以蒸煮了食用，吃的是糯香味道。这也得会挑会吃：粗长的小闸南瓜，要挑瓜柄处吃，此处的果肉，紧实干香一些，而瓜肚处，因为膨大了，也便蓬松了，瓜肉水多，水多则味淡，倒不够香甜了。

　　老南瓜也能蒸熟捣碎，揉进面里。

　　揉进糯米面，那就做个南瓜团子，或者做了南瓜饼吃。南瓜团子颜色橙黄，还有甜糯的豆沙馅儿，南瓜饼两面煎炸，咬上去作响，咬穿硬壳后便是软糯。

　　揉进面粉里，添了酵母，发成南瓜馒头，吃起来是面粉自有的甜味再添了南瓜的香甜，再配一碗稠薄恰当的小米粥，简单却又似天成。

　　莫负了时令，错过了风物。

2019 年 10 月 25 日

拌个豆腐吃

夏日的白雨，多容易下在朝晨。

六月末，一朝的白雨之后，空气湿清，目可远眺，近处的河水，汇入雨水，颜色浑黄，远处的云，到底是倒空了雨，变得轻白起来。

终究是暑气难消了，哪怕是透雨下下，迷蒙天际，也不过是些许爽凉，再就是雨后的水汽蒸腾了。

呼吸一口朝气，终于活泛了起来，便要觅一口吃食。

暑日的早饭，但求清淡，稀粥一碗，最是适宜。

佐粥，不妨来个拌豆腐吧。

小葱拌豆腐，就是掐了屋前篱笆内的小香葱，细细切了，豆腐里放上香油、酱油。说拌其实也不怎么拌，嫩豆腐禁不住几筷子的搅拌，容易失了形状。

想来，小葱拌豆腐里面，小葱多是添色外加带来一丁点香味的角色，而豆腐，清沁的豆腐，就是素淡的画布，由着香油、酱油来着色着味。

夏日里的一块嫩豆腐，真是清沁无比啊。这个水灵的吃食，在夏日里，只消用牙齿轻轻一碰，就能感受到里面的沁凉。

想到此处，便想赶紧拌了豆腐，佐了稀粥，求一口素淡清沁。

然而终究是求不得了。

今天虽然是到了点，却没有那一句"豆腐——豆腐干——"的叫卖声传来。走村串庄的卖豆腐的小贩，不知道大名叫什么，因为卖豆腐，可能是家里排行老大，所以便叫了"豆腐阿大"。

行商坐贾，虽是小贩，却是东西物什一应俱全，一辆三轮车，一桶子的嫩豆腐，铮亮的钢桶子；略带油腻的、带着淡黄色的竹篾筐子，里面躺着新作的豆腐干、油豆腐；钢桶、竹筐，都盖着已经有点焦黄色的纱布，防尘、防虫，也为这豆腐、豆腐干增添了神秘感。

小贩，一般嗓子都好。这不，你远远听见，那河浜边的芦苇丛旁的小路上，传来了"豆腐——豆腐干——"的声音，你要是想买，且从容准备吧，虽然声音听着近，实则远着咧，人家那是嗓门好。等到过了桥，这叫卖声听着有些震耳了，那便是真的快到了。

拿好打豆腐的碗，带好零钱，就去村口等着吧，他很准时，就是那个钟点过来，风雨无阻。

另外，虽是小贩，他却不来家户门口，而是在村口等待几分钟，这样应该是出于效率的考虑吧。

农家最常见的白瓷碗，端着就奔过去，且小心点，不能把碗打了。到了跟前，便说买多少豆腐。小贩掀起纱布来，在那一桶的嫩豆腐上，挖上一铲子，带着水，滑溜一下，便入了你的碗里，接下来就要十二分用心，不能洒了，更不能倒了。

最早是三毛钱一铲子的价格，不知道维系了多少年，慢慢地，三毛钱打不了豆腐了，五毛钱起打，最后啊，得带着一块钱，才能打到一平碗的豆腐。

当然，有时候因为豆腐卖得多了，剩下的多是细碎，他便多饶你一点，自始至终，能搞清楚这物价比率的，大概只有他自己吧。

同样的，用黄豆来以物易物的比例，也随着变化。你要是用黄豆换豆腐，也是要多带着些来了。

前后大概七八年的时间，也不管三毛、五毛或是一块（钱）了，这声"豆腐——豆腐干——"的叫卖，每天响起。而如今，却已成绝唱——阿大转行了，虽然人们见了他，还是叫他"豆腐阿大"。

算起来，阿大并不是这些村子里"豆腐事业"的开创者，之前还有一位老先生，在村子里办了豆腐坊，也是游村串乡地叫卖。

但又想来，在数百上千年的食用豆腐的历史中，这些个村子里，做豆腐、卖豆腐的人，应该是一拨换了一拨了。

在我有限的记忆里，还是这位老先生最早，他的豆腐作坊在村子的西头，靠着河边。低矮的砖房，却配了一个高耸的烟囱：豆腐也是水与火的作品啊。

豆腐、豆腐干怎么做？没学过，更是没看会。也对啊，这是一门手艺，要是被你看都看会了，大约也就难以称之为手艺啦。

对豆腐坊最大的感受是，烟火缭绕、烟气蒸腾，黑洞洞的作坊里，本就不亮的白炽灯，被烟气笼罩，被烟尘熏盖，只是昏黄的一豆。你会在灶前的火光中，或是锅边的蒸汽中，看到那一张岁月蚀刻的脸：表情多严肃——毕竟这不是一门轻松的活计。

村里有了豆腐坊，那是有大大的好处的，可以喝到鲜豆浆，可以打到豆腐脑，可以去买豆腐干，要是遇上不够标准的豆腐干，你还能得了当零嘴吃。

在孩童的眼里，有这么些好东西，感觉像是拥有了全世界。

豆腐作坊维持了几年时间，最终毁弃了。

最近，老先生去世了，到今天还没有断七。

爱吃豆腐的人，其实很多，比如瞿秋白有一句"中国的豆腐也是很好吃的东西，世界第一"。彼时的他，已经是想吃豆腐而不得了。这一句话，平静得毫无波澜，却生出许多悲凉来。

还是想拌个豆腐吃啊。

2019 年 7 月 1 日

荠菜炒冬笋

这时节,要是有人给你端上一碟子荠菜炒冬笋来,你是得感谢他的盛情的。

荠菜、冬笋,都是这腊月里难得的时蔬。

不晓得荠菜为什么这么着急,冒着冬的寒气,就长出来了。

野生荠菜多贴地而生,叶片松散,羽状裂纹。路边地头的地力到底是瘠弱的,撑不起荠菜开枝散叶。

而要是人工培育,地力自不用说,用心的农人还搭个小塑料棚,裹住了暖气和湿气,荠菜自然是开枝散叶、结成大朵。这样的荠菜,长到十来公分,不在话下。

俗语是说:荠菜吃个根,马兰头吃个心。

真便是这样的,荠菜根部硬实带着甜味,自是好味道;而荠菜叶,吃的是冬日里难得的清气。

也就是吃在这冬日里,荠菜才觉得珍贵,要是到了开春,时蔬争胜,荠菜本身带着点清苦,荠菜叶有些毛刺感,自然比不得那些正是肥美时候的鲜菜的。

不过,风物都有其时令,过了时令,也便自动退出舞台:你见那三四月间的荠菜,开着细白的碎花,便是老去了,做不得吃食了。

荠菜炒冬笋,另一味食材便是冬笋。

在对鲜嫩的追求上,追溯到风物的初萌,应该是到极致了。冬笋便是人间食客对笋的鲜嫩的终极追求了吧!

冬笋,因尚未出土,笋质幼嫩,纤维较少,口感润嫩。

说到冬笋的这种润嫩的感觉,可以说说古人对竹笋的称呼。古人讲:笋,竹萌也。真是形象无比,竹子萌发出来便是笋。又因为萌字在今日含义更加丰富,竹萌二字倒真的是传神达意:你就看冬笋,多是枣核形,两头尖小中间膨大,笋形多有曲弯,恰如驼背,笋衣黄白色,略带绒毛,笋肉则是亮白色的——里里外外都透着"萌"气。

古人有以竹萌入诗的,"故人知我意,千里寄竹萌""竹萌粉饵相发挥,芥姜作辛和味宜"……当然,说的也不见得全是冬笋。

笋有个特点,本身素白无奇,但是承启美味的妙物,它可以是别样食材味道的承接物,也大可以是触击美味的引发点。笋不挑搭档,更是能成就美味。

古往今来,还真有将吃笋这件事情做到引经据典、博古通今的。宋代高僧赞宁,专门写了一本《笋谱》,对宋以前关于笋的经典文籍做了梳理归纳,更有对各种笋及各种吃笋方法的研究——真是笋痴一枚。

食用冬笋,多是要出水的,或者说焯水,沸水能带走冬笋的青涩味道。也有用黄酒反复浸泡去涩味的,或是盐渍去味的,比之焯水来讲,费时但是有利于风味的存留。

荠菜炒冬笋,便是冬笋切片或是切块焯熟,荠菜焯水烫热,切成粗末。油锅煸炒冬笋,添水慢煮,而后下荠菜末,微煮之后,再加勾芡,煮到汤水恰好、汁水稠浓的时候,便可以起锅了。

有人做荠菜炒冬笋时放猪油,也对,荠菜和冬笋都是素净得很,需要些油腻。但是添猪油也有个问题,冷了之后,迅速结油,让人下不了嘴,口感也会大打折扣。

这道菜得多带些汤水的,炒得太干,岂不是冬笋归冬笋,荠菜是荠菜了。就是得有勾了芡的汤水,让冬笋和荠菜末粘连在一起。

吃起来什么感觉?汤水是爽滑的,沾着荠菜末的冬笋香味清新,味道脆嫩,绝对是冬日里难得的时鲜味道。

　　这世面上,饮食只为果腹的大有人在,而真正将饮食作为大事,精益求精的人也是不少。

　　特别是对时令蔬菜,很多老底子的人是有讲究的。

　　譬如杭州人吃荠菜冬笋,对冬笋是挑剔的。先上市的多是福建冬笋,因为福建纬度低、气温高,所以冬笋个头大,但就有人讲,觉得福建笋"空松";接下来,便是江西笋、湖南笋上市,大同小异,但就有食客能吃出湘、赣两地不同的土质里冬笋的差异来;不少老底子的吃客,是要等临安天目山的冬笋的,而且最好是深山老林的野笋,鲜脆爽口,涩味轻,笋香浓⋯⋯

　　一旦对吃认真起来,这些人那可真的是认真到可爱、可敬。

　　　　　　　　　　　　　　　　　　2020 年 1 月 3 日

对臭味的追寻

这时节,田头地里的野生刺苋菜,已经到了可以割取食用的时候了。

有时候,一种吃食,来得很不经意,来得自然而然。

也就是四月间吧,田头生发出苋菜苗来。极不起眼的秧苗啊,混杂在一同生发的杂草中。细长的枝秆,有紫红色的,有青绿色的,不成比例地散发而生的叶,膨大而轻薄。

也就是二三十个昼夜,这株与杂草共生的秧苗,竟然出落起来了。茎枝开始多起来,秧苗叶子更是变得浓密,不同于杂草的匍匐而生、蔓延而发,刺苋是直直往上长,虽有枝节横生,主秆却是不顾不盼地刺天而长。

你要是蹲下来观察,刺苋之所以叫刺苋,就在于其生长在枝杈处的尖刺。先是生长出一簇细密的绒毛来,或是团簇状,或是长簇形,其中定有一根尖刺刺出。尖刺突起且尖锐扎手,想来这就是刺苋自我保护的一种机制吧。

到了六七月间,刺苋菜是长到壮时了,褪去青嫩,尚未老去,正是割取食用的好时候。

齐根割了刺苋,戴着手套防刺,用剪刀剪除枝丫,基本就是留下主秆,然后剪截成半指长短。刺苋秆有紫红色的,也有青绿色的,吃起来并无明显区别。

刺苋秆,并不直接生食或是烹炒,而是需要一道特殊的工序,才能成就美味:臭。

臭这一味道,需要臭卤的介入。有时候会想,像臭这样的饮食中的一道工序到底是怎么被发现的?无心之失?有意为之?

臭卤的作用,一方面是浸泡、破坏了刺苋表层的纤维,使其松腐;另一方面是保留并充盈了果肉,留存了软嫩。

一般刺苋入臭卤坛子,只消三四个小时,就能入味妥当,就可以取出,水蒸食用了。水蒸之时,加油;因为臭卤有咸味,所以一般不再要加盐了。臭香过的刺苋,闻之味臭,甚至让人掩鼻。

但是蒸熟后,卤臭消散,并不再有臭味;而这时候,唇齿的盛宴就要上演:唇齿微微咬住,先是一吸,嗉走茎肉,再唇齿并用咂挤出残存的茎肉,吐出无法嚼烂、消化的筋脉纤维。

这道菜,取料随意、制作简单、工序简便,但是真正出名的,应该是做法差不多,但是选料不同的同类——臭苋菜。

臭苋菜选的是人工培植的苋菜秆,粗大,茎肉更加充盈。当然,也是臭香、香臭,有人趋之若鹜,有人避之不及。

说到臭卤,说到以臭做菜,就不得不说臭豆腐。

夏日里,豆腐干是臭卤坛子的常客。也是臭卤上三四个小时,臭卤破坏了豆干干硬的外壳,浸泡出内部的丰盈。

不是那种常见的油炸做法,浙北的农家,还是将臭豆腐蒸食。一样的浓油,也可以加了姜丝、鲜椒、葱花。

水蒸后,因为豆腐干的表面已经被臭卤破坏,失了形状与边界,便都粘连在一起。吃的时候,筷子一戳,就软散开去,不太好夹。

这道菜,下饭!

臭卤还可以成就很多菜:臭毛豆、臭冬瓜……

臭卤不挑,就看你要做什么菜了。

2019 年 7 月 12 日

汤团分成甜

不到元宵,吃什么汤圆?

这句话,你要跟江浙一带的人讲,人家倒要诧异的:汤圆么,一年四季好吃的,为什么非要等元宵?

从江浙一带来讲,汤圆就是平素里餐点的一种,无关过不过节。

当然,他们讲的汤圆,更多的时候被称作"汤团""圆子"。

糯米淘洗干净,碾成粉。你不知道有没有摸过糯米粉,那种手感,跟面粉不一样,更加细腻,还有点凉凉的感觉,你若用手指去搓捏,并不黏腻,而是有点爽滑。

汤团,是不会纯用糯米粉的,而是要兑粳米粉,因为糯米粉在受热后过于黏软,容易不成型,一煮便是粉团一坨,没了样子。

又不能添兑了太多的粳米粉,粳米粉一多,汤团硬弹,先不说这口感不佳,光就是煮这硬实玩意儿,也是费工夫费火候,最终还不定落个好。

真正的制得恰到好处的汤团,是糯米粉占据大部分,又添了适量的粳米粉,添水搓揉,逐渐粘连,然后择取适量的粉团,初步搓圆。

搓着搓着,慢慢成了个浅底的碗碟样子,这时候便要加馅料了。

馅料有什么?可以是肉馅的,瘦肉剁碎,添一点肥肉出油,再剁一些葱花、姜丝进去,便是鲜肉汤团;可以是素馅的,其中还分成咸甜,咸的可以是荠菜馅儿的,可以是嫩笋尖儿剁进了马兰头的馅儿,甜的则多是芝麻馅的,这里头有讲究,芝麻馅儿里,最好是加一点干桂花,出香气儿,最好是拌馅儿的时候,挖上那么一勺两勺的猪油,添了油气和香味。

荠菜、马兰头是时令蔬菜,不能多得,所以鲜肉汤团、芝麻汤团,基本就是人们所说的咸、甜两派的主力了。

加好馅料,然后要搓圆,再在表面裹一层浮面,为的是保湿,不让汤团风干皲裂。做成的汤团,个头有小鸡蛋那么大。

准备妥当,就得煮汤团了。

翻腾的大锅,等待着汤团的扑入。

煮汤团需要水多,翻腾滚蒸的热水,可以让汤团的糯米粉表皮迅速被潦烫熟了;又因为沸水翻腾,汤团还不容易粘锅。

翻腾的热水,煮烫了外壳后,密集且不容易马上散去的炽热,可以迅速烫熟馅儿:那便是瘦肉熟出香味,肥肉熟出油脂;芝麻熟成糊状,被炙烫后的猪油,则是散发着香味。

起了锅,捞了汤团吃,也不用加什么汤料,只是捞起汤团,带着一点汤水,就可以上桌了。当然,你要是考究的,在汤水里做点花样,加点葱花、紫菜什么的,也可以,但是不免画蛇添足了。

吃汤团的时候啊,你用勺子舀起汤团来,带着汤水,先用唇齿去试温度,滚烫并且不容易散热的糯米粉,很容易灼伤你的口腔,所以要小心。

如果凉热合适,你用唇抿下去,用齿咬下去,会感叹怎会有如此糯软的吃食,带一点黏软,但是并不会粘在唇齿之上。

然后,你再用力一点,就可以碰到鲜肉汤团中的鲜美汤汁了,或者是芝麻和猪油共同造就的香润汁水。

生怕汤汁流走,那你就赶紧嘬一口,不浪费这难得的美味。

汤团虽好,但毕竟是糯米粉做的,不好消化,容易积食,破坏了吃东西的胃口,所以一定要知道适量而止。

汤团,我是基本吃咸的口味的,而且基本只选鲜肉汤团。

这样的糯米和咸肉的组合,在我的老家练市,还有一样吃食:肉糕。

名字听着是相当的瓷实,确实如此,糯米粉包着肉团子,只不过肉糕是方形的,而且是蒸熟食用的。蒸熟后的肉糕,白皙的粉团上映染出肉汁的淡酱色,再用新鲜箬叶衬着,颜色很是好看。

吃起来怎样?倒是和咸肉汤团异曲同工。这样的吃食有种好处,不带汤水,所以适合外带食用。

2019 年 8 月 29 日

油泼棍棍面

吃这碗面，念叨了好几天了。

一家小店的油泼棍棍面。

店名平淡无奇：陕西小吃。

想不出比这更简练的表达了，"地名＋吃食"，言简意赅。

苍蝇小馆。四张半桌子。

另外那半张桌子，多有些纸巾、吸管之类的，算不得数。

也就容纳十几号人。

不在闹市口，想来，这十几号人的座位，多数时候，是绰绰有余的。

夫妻店。男主后厨，女主人则兼顾前店、后厨，来回着传单子、打下手。

进店已是午后一时了，要了一碗油泼棍棍面。

面还在后头抻着，先上来的是面汤。

北方吃面食的地方，对于面汤，有种执念：原汤化原食。

这种说法源远流长，而且典故众多，民间用各式各样的传说，证明这句话的正确性。

我听过并记住的一个故事是关于秀才的。大意是秀才进京赶考，路过乡野小店，饥饿难忍，一碗面下肚，着急着赶路，忘了店家好意准备的那碗面汤。秀才进京备考，正是关键时候，身体却出了问题，积食难下。听人指点，知道是缺了那碗汤，于是特意找到小店。都不消他说明来意，只见店家端上特意留着的那碗面汤，秀才牛饮而下，一身轻松，原汤化了原食。后来自然是高中状元，也就有了这个故事的流传。

细想想，我们的民间传说，多是这些大逻辑上还算自洽，小情节处不事雕琢的作品。禁不起刨根问底：秀才去了多久？汤还好着吗？但是这样问，也就无趣了。民间故事，启发的多是人的情感和想象。

不去深究，有碗面汤下肚，正合心意。

等来那碗面。面如其名，棍子般粗细的面条，夹拌着豆芽菜，几根烫熟了的小青菜。面条上陈铺着细碎的蒜末，顶着一片红红的辣椒面，被滚烫熟油泼过后，香辣味道四散而出。

店主特意交代：拌匀了吃。

一拌之后，洞天别有：黄白的面条，沾染了暗红的辣椒面，油脂侵入面条与面条之间，原本粘连在一起的面条，根根分离。包上了油脂的面条，一嗦入嘴，辣味、油味还有蒜香味道一并充盈口腔，滋味丰富。豆芽和青菜，物尽其用，一则提供清爽味道，二来也可以蘸取汤汁味道，不可或缺。

难得的正宗油泼面！

不消片刻，风卷残云。

一问店主，就是陕西渭南人。怪不得！

多说：吃在时，食在地。在都市的饮食大杂烩中，还要加一条：吃在人。

都市饮食之中，五花八门、争奇斗艳。但是，滥竽充数者不少。深恶痛绝！

好好一个河南师傅，不去琢磨着卖个烩面、胡辣汤什么的，偏偏就要卖陕西凉皮，一通油盐酱醋之后，凉皮拌上海带、豆腐丝，算个啥？毁人胃口！

一口闽广口音的小伙，经营着长沙臭豆腐的小吃档。他或是师从大家,有这个底气。但是端上来一看,一碗稀汤漂着几块臭豆腐,算个啥?想来,他或是入错了门道,或是学艺不精。

最为人熟知的、占领大街小巷的兰州拉面,青海化隆的师傅们,或有自己的门道。但是,在"一细、二细、三细、毛细、薄宽、韭叶"等等"定制化"要求的面前,不少人是无能为力的。

但又说回来,饮食之事,各有所好。只不过,真正在意的人也不在少数。食不厌精,脍不厌细,自然是不厌其正宗的。

不过,求诸正宗、饮食在人的这些生意,多是在乡党、熟人之间做的。这家"陕西小吃",来的多是老乡,靠的是口口相传。

陕人至今,对于庖厨之事,还有些讲究:多数是女人下厨。

这家小店,男主内、女主外。也是,都市的生意,到底是需要变通的,怎么便宜怎么来。

2020 年 11 月 21 日

苜蓿凉皮

　　暮春时节的中国，除了四季如夏的南地和冰消未久的北国不去说，真真正正全都是在春天的好时候。

　　枝叶繁茂，草木飞长，花团锦簇。

　　但是，各地的水土和地力到底是不同的。

　　暮春江南，遍地生机，即便是杂草，也是延蔓开去或是挤在一起簇成了团。而此时，在中原偏西偏北，因地力、水肥不同，杂草没有这么嚣张，长势更为收敛，少见连片生发，而多见四散的团簇。

　　不过，到底是入春了，自有风味。

　　在江南之地，是挖野菜、掘春笋的时节；关中平原上，也有它自己的味道：香椿、槐花、苜蓿……

　　头一次吃到苜蓿，便是在此地。

　　得说说苜蓿。

　　苜蓿是一种时令野菜，即是时令，鲜嫩自不必说。而且取食之时，只是采摘那一簇嫩芽，鲜绿透亮的苜蓿芽。

　　最好的时节，自然是在早春。头茬苜蓿，最是鲜嫩。

　　但是若是错过，也不要懊恼，须知春的生发，不在一时，而是一茬接一茬。

　　一阵春雨后，苜蓿生发，抽出嫩芽，不必怜惜，而是要趁时采摘，吃的便是这在时的鲜物。

　　头一回吃的是凉拌苜蓿。

　　苜蓿焯水，调了泡发好的粉丝进去，加了蒜泥、芝麻油、花椒油,还不忘拌了辣油进去。

苣荬菜,毕竟是野菜。在口感上,即便是焯水,涩涩、木木、微苦的感觉到底是不能根除的,但是清爽、解腻,能体会到这便是自然造就的味道——清鲜、纯粹。

当然,饮食毕竟是人事,是人力做成的菜。蒜泥、麻油、花椒、辣油的作用便在于此。其中丰富味道,无须多言。

记得苣荬的味道后,便开始了有意的尝试。

再吃就是苣荬合子了。

所谓"合子",亦是面食,面皮包馅,双面煎炸,便是"合子"。常见的便是韭菜合子。

苣荬合子,就是苣荬焯水挤干后,切碎拌料,包裹进面皮,先是煎至两面金黄,而后添水复煎,煎烧至水干,便是成了。

添水的用途在于不至于让合子太过干硬,做得好的合子,面饼色黄而软润。

及至后来,才知道,苣荬的做法真是五花八门:苣荬菜汤、苣荬馍、凉拌苣荬、苣荬面条、苣荬臊子面、苣荬菜疙瘩、苣荬麦饭、苣荬搅团、苣荬油花子、苣荬干粮、苣荬棋子、苣荬卷子、苣荬花花面、苣荬揉揉、苣荬锅盔……

不过,苣荬到底是"苦物",有这么多的做法,便是因为缺少鲜食的时节里,好不容易逮到一样鲜嫩,自然是想方设法做出花来。这可说成是饮食的艺术,实则也是被迫做出的花样。

这么多做法,至今尝到的不多。但是有一样,已经偶得——苣荬凉皮。

一碗米皮儿,加了蒜水,重重地蘸了油辣子。米皮儿醇白,油辣子重红,蒜水够味! 更不消说顶着的花生碎、散布的芝麻粒了,香!

不过,这都是一碗凉皮应有的样子。惊奇之处在于苣荬芽。

焯水的苜蓿芽，拌在米皮里，醇白、重红、翠绿；爽滑、香辣、清新……真是不可多得。

再加上当时是日头正午，长途奔波，躲在槐树荫下，"嗦嗦嗦"一碗落肚，还觉得不够，再来了一碗！

摊主就是附近的农户，一碗苜蓿凉皮一块五，吃完付钱，摊主还在笑着看着你这个"憨后生"。

还记得当时是为了什么，才能际遇上这好东西的。

便是为着去拜谒"天留佳壤，以待大贤"的樊川之上一座与砖窑、猪场为伴的坟茔。里面埋着一位"不党、不卖、不私、不盲"的报人。

2020 年 4 月 10 日

切一片冬瓜

这时节，是吃冬瓜的好时候了。

穿过菜市场，买菜的大爷，围着菜摊绕了好几圈，精挑细选了好冬瓜，但是因为冬瓜个头大，一顿所吃有限，就只要一小片。

店主也不恼，拿着刀比画着，看哪里落刀合适。

"这里，够吗？"

"多了多了，回去还要加别的东西的，要不了这许多。"

"好，少一点，这里差不多。"

"瓜蒂头不要，回去烧不酥的。"

……

一番往来后，大爷提溜着一薄片冬瓜，踱步而去。这应该就会是午餐的菜蔬了。就只是薄薄一片，一节指头厚薄，青皮白肉，因为新切，瓜肉表面还沁着汁水。也不晓得，大爷加的"别的东西"是什么。

其实，初夏时节的冬瓜，清淡浓烈总相宜。

冬瓜皮硬厚，得用刀去皮，下刀要狠，别舍不得切，也不宜过深，只去了过于硬实的部分，留下纯纯瓜肉便好。

再掏除瓜籽，连带着虚软的冬瓜瓤，一起舍弃。

有舍有得，留下的就是冬瓜中软硬适中、适合烹饪的部分了。

最最清淡的，就是蒸冬瓜。真是简单，冬瓜切片，滴了油，加了盐，顶几小段辣椒，上锅蒸。瓜肉嫩，很快就蒸熟了。

冬瓜本身就是清香味道，又因为恰到时候，瓜肉几乎没有筋脉,食之酥软。咸味和一丝辣味,就是很好的组合了。

再味道重一些的,可以是冬瓜榨菜丝,做汤也行、翻炒也可。冬瓜素淡,榨菜咸重,调和成美味。而且冬瓜熟烂,入口软化;榨菜丝久煮不烂,味道不断释放。这又是软硬皆有了。

考究的,再加点毛豆、虾米,这样又是有青有白有红,青色毛豆、青白冬瓜、淡红的榨菜丝儿,再漂着细小虾米。算不得山珍海味,但是应有尽有了。

冬瓜咸肉,那是真的会吃了。如果是咸肉蒸冬瓜或是炒冬瓜。那么,咸肉片得薄些,冬瓜切得细薄一点。

清淡的冬瓜,味重的咸肉。又因为冬瓜片和咸肉片都是细薄的,容易蒸煮,冬瓜很快酥熟,给唇齿以软柔享受;咸肉之中,肥肉部分油脂溢出,瘦肉这边咸香、耐嚼。

若是咸肉冬瓜汤,那么冬瓜切块,咸肉亦是切块,煮汤就不怕两味不够熟透了,而是要用紧致的块状,耐得起炉火的烹煮。

刚入锅,只是青白的冬瓜,清清爽爽,不带来别的一点味道;咸肉入锅,也只是带来几点油腥。这时候只是清汤寡水一锅。

火候起来,一锅之内,开始热闹了。很快初始的清素味道不见,浓香渐来,汤汁也不再清寡,甚至有些浓白颜色了。

最后出锅之时,冬瓜块已经软化,瓜瓤之处,更是已经软溢开去;咸肉也被煮发,腌制和风干的硬气不再,添了软嫩之相。

舀一小碗,汤匙取食,冬瓜块大,但是禁不住匙尖的划拉,可以分而食之;咸肉到底还是有韧劲的,不容易分开。

不过,这碗汤,精髓已经在汤汁之中了。略带乳白颜色的汤汁,不是冬瓜的淡素,不是咸肉的浓咸,而是一个不同的天地了。

惦记着大爷家中午的冬瓜!

2021 年 5 月 21 日

以酒入菜

人间味道，妙趣横生。

酒菜，酒菜，可以是以菜佐酒，也可以是以酒入菜。

以菜佐酒，是种吃法；以酒入菜，是种做法。

两者不同又同：殊途而同归，归一于人间滋味。

以酒入菜，幻化神奇。

譬如醉虾，葱、姜细末，调入淡酱油汁，再滴香油。静置入味。

而后洗净活虾，倒入有盖的装有花雕酒的器皿，盖上盖子，静待器皿之中，鲜虾跳跃之声渐弱，顺势倒入调好的酱油汤汁，若是有心，再加冰块少许。闷盖等待。

酒不醉人而醉虾。

这道菜，酒在其中，去腥、提味，更是麻痹活虾，保留鲜活。

这种烹调之法，酒的作用，十分直接，十分入味。

更多时候，以酒入菜，是在烹饪之中。

最常见不过的，是料酒。

料酒，惯常用的便是黄酒。说是黄酒，其实不只黄酒，还有黄酒之中加入的调料和香辛料，去腥、去膻、增香。

譬如清蒸鲈鱼，须得要这么几勺料酒。

鲈鱼不可久蒸，急火快蒸几分钟，料酒之中酒精挥发，腥味散除，酒香存留。

红烧肉，也要料酒。随着料酒的加入，肉香之中，腥血之味被驱除，肉香纯正，肉色得宜。

即便是再寻常不过的食材,料酒的加入,也是画龙点睛。

油焖茄子,必是加不得水的,否则必是长炒不熟,味道水淡。

必得料酒当水用,翻炒便可软糯。

清炒丝瓜,也得用料酒,否则口味容易偏硬,没有黏滑口感。

清炒茭白丝,茭白毕竟清素,料酒的作用,在于去除青涩味道。

再如寻常的蛋炒饭,炒饭需用冷饭自不必说,翻炒之中加入料酒,饭粒不会粘连,而会分离跳跃,最是好的状态。

普通料酒之外,还有更好的入菜美酒。西餐之中,红酒可以入菜;中餐之中,花雕入菜,精妙无比。

花雕酒性柔和,酒色橙黄清亮,酒香馥郁芬芳,酒味甘香醇厚,优质糯米、上等酒曲造就的好物,入了菜去,自然错不了。

花雕好酒难得,其烹饪之法,自然大有讲究。譬如清炒虾仁,不妨在将熟之际下酒,虾仁香滑;煲汤之时,开锅后小火煨炖之际,下得花雕好酒,汤味更为繁复,香味更为馥郁。

淮扬菜中,有黑豚肉蒸膏蟹,上好的花雕酒味,是这道菜的精髓之一。

花雕香味,丝毫不逊于黑豚肉的油香、膏蟹肉的鲜美。

以酒入菜,可不仅仅就是这些,亦有白酒入菜的。

例如炖煮牛肉,怕久煮不烂,一小盅白酒,便是其中奥妙。

以酒入菜,酒催肉烂,酒促肉香,真真是好。

说到啤酒,更是爆炒小龙虾的必需。

一锅小龙虾,一大瓶啤酒,灶火迅速催起啤酒酒沫,烟火之气愈加浓厚,饮食之味更显独特,此笔神来。

这里酒的作用,不似料酒的润物无声,不似花雕的求之精美,而是粗犷直接,声色味俱全。

如若再说以酒入菜,酒糟的使用,便又是一番天地了。

糟溜鱼,寻常酒糟、寻常鲫鱼,不仅酒味入鱼,筷头还可以捞食软糯无比的酒糟,寻常之处见非凡味道。

这道菜,求之鲜美。酒糟可以是陈醇的,细小的内河鲫鱼,需是新鲜捕获,现杀现吃的。

若是在太湖的渔船上,吃这么一味船菜,美食应景,美景应食,再好不过。

2020 年 9 月 2 日

清明时节嗦螺蛳

春天一到,河里的一味鲜物,已经按捺不住,从冬日栖居的淤泥里,爬了出来。不过,等待它们的,是爆炒上盘,满足人们口腹之欲。

那就是螺蛳啊。

老话总讲"春江水暖鸭先知"。细想不对啊,不管水暖水冷,鸭子是不管不顾的,哪怕冰封了河道,不也照样下河溜冰吗?

所以,不如说"春江水暖螺先知"!

这不,早春之际,惊蛰过后,螺蛳已经上市了。

现在吃这个鲜物,早不早?不早,就该这个时候吃。

这时候的螺蛳,刚刚从冬季的蛰伏中苏醒不久,忍了一冬,基本不进食,满身干净。这样的螺蛳瘦不瘦?会偏瘦,但是不至于太瘦。河水回暖得早,水中已经有了春日的养分,螺蛳已经开始长肉啦。这时候的螺蛳,说瘦不瘦、将肥未肥,正是适中的大好时候。当然,也有说法叫:清明螺,赛过鹅。这赞的是清明前后的螺蛳,开春时节的螺,肥不到哪里去。

另外,关键的一点,这时候的螺蛳,还没有孕育小螺蛳。你若是吃过孕育着小螺蛳的螺蛳的话,这口感,我觉得是有点糟糕的,粗糙不说,小螺蛳的壳已经形成,咬上去沙沙作响,不甚好吃!

再说说产过小螺蛳后的螺蛳,太瘦了,已经失了肥美。而且那时候已经到了盛夏时节,水温高,容易有死螺,若是吃到,十分败兴!

另外，吃螺蛳，要看螺蛳的生长环境。清水螺蛳，赞，干净，不论是壳也好，还是肉也罢，没有沙感；泥螺，差一点，后期要花长时间养干净，不过也有人说泥螺肥美。

上海人爱吃一种青壳螺蛳，其主要产自青浦淀山湖，青壳螺蛳以其壳薄、壳呈青色而著名。相比其他螺蛳，青壳螺蛳体型略大，螺蛳肉肥壮，味道鲜美。

说怎么做螺蛳之前，先说说怎么捉螺蛳吧！当然，你也可以说，我直接去菜场买。这个随你。但你若知道螺蛳怎么被送到锅里，大约没啥坏处。

捉螺蛳，一种办法是摸。摸螺蛳，也分好多种情况。

早春时节，螺蛳刚刚苏醒，多在河底、塘底的淤泥里待着，摸螺蛳就得去泥里。春天刚来，水凉，下水需要穿长筒雨靴，或者你要是专业选手，穿连体防水服，更好。用手仔细摸索着，摸到螺蛳，攒在手里，聚成一把，淘洗干净，扔到竹篓里，或者木盆里、蛇皮袋里。

要是到了春夏之交或者直接到了夏季，螺蛳开始活跃，攀附在河堤、水草等的上面，那么你去摸螺蛳，就比较轻松了。长长的河堤条石上，一溜的攀附着的螺蛳，只消手持过去，用容器跟着接好喽，不一会儿，满满一篓。

螺蛳，还能用一种办法来捉：抻。

何谓抻？是一种大规模作业形式，在长竹竿顶上牢牢地绑上网兜。要是螺蛳没出淤泥，就用力扎进去，来回抻几次，捞起淤泥来，在网兜里漂洗干净，剩下的多半是螺蛳。要是螺蛳已经攀附到河堤上，网兜伸过去一刮，漏不掉几个；要是攀附在水草上，网兜掏到水草底下，来回抻动，几乎一网打尽。

做螺蛳前，一定记得要养干净。连壳剪去尾部，放在清水里，滴几滴食用油，催促螺蛳吐纳，将污浊之物吐干净。

螺蛳怎么做？旺火爆炒！

旺火烹油,倒入洗净养好的螺蛳,"嗤啦"一声,烫油爆裂,螺蛳肉虽隔着壳,也很快被燎熟。爱吃辣的就加辣椒,但是姜丝、料酒,不能少,去腥提味。加了生抽,翻炒两三分钟,可以出锅啦。要好看的,再撒一点葱花或是香菜末上去,完美!

还能往里面添点什么吗?可以啊,摸螺蛳的时候,有抓到小螃蟹什么的,一起爆炒喽,鲜上加鲜!

好了,带壳的螺蛳怎么吃?嗦!用力一嗦,螺肉和汤汁一起进了口腔,鲜味、咸味、辣味,妙不可言!

很多人不会嗦螺蛳,不怕,用牙签挑着吃。这样的吃法,记住一点,挑出来的螺肉,在汤汁里蘸一下,少了这一步,这螺蛳算是白吃了。

对不会嗦螺蛳的人来说,还有种更简便的办法,直接爆炒螺肉啊。螺蛳用滚水焯了,慢慢剔出螺肉来,攒够了一盘子,热油爆炒,又是一番勺光火影,美味瞬间成就。

螺蛳吃上去什么感觉?三个字:趣、鲜、劲!

趣,那就是不管你是嗦着吃,还是挑着吃,手嘴并用,还能谈笑,有趣;鲜,那真是,汤汁鲜、螺蛳壳鲜、螺蛳肉更鲜;劲,那是螺肉筋道,咬上去,特有嚼劲,牙齿咬下还有弹性,食者自知!

吃完螺蛳,还能玩儿。孩提时,吃完螺蛳之后,一唱一跳:吃你肉,还你壳,吃你肉,还你壳……可不是嘛,炒一碗螺蛳,吃完还是一碗!

还有,吴地的清明节还有抛撒螺蛳壳的习俗。

双脚并拢,把螺蛳壳抛洒到屋顶去,"哗啦啦"一下抛上去,"哗哗哗"沿着瓦槽滚落下来。有什么寓意?不知道,反正大人就说这样好,怎么个好法?管他呢,反正,已经吃饱喝足!

2019 年 3 月 19 日

扎肉

扎肉。

按说这溽热的时节里，不该想到这么肥腻的东西。

但或许物极必反，正因为溽热，饮食以清淡为主，长此以往，反倒觉得应该有些肥腻，改改这口中的寡淡。

要说这扎肉，实则却是夏日里不错的吃食。

带汤有汁的肉食，最最怕的是冷和干。

你想，好好的油脂，遇冷凝固，入口再化是不假，但以口化油，免不了有冷腻的口感，不大好。

你再想，本已油润有余的肉食，因为冷气，风干了起来，本可不大用咀嚼的，现在变成了撕扯和干嚼，谬以千里。

所以在这夏日里，像扎肉这样的油腻之物，发挥得最是自如。

长时间炖煮沁出的油汤不会冷却凝固、水油分离；损失了油脂的肥肉，不会反弹回坚实的肉块；已经吸饱油润的瘦肉，不会因为遇冷变成风干……

一切都是刚刚好的时候。

一碗白米饭，淋上油汤，腻不腻？腻！

但是，米粒吸足油脂，入口，滑向喉咙，拦都拦不住。

再咬一口肥带瘦，该饱满处饱满，该韧劲处韧劲。

此中奥妙，唇齿知道。

至于为何单单想到这扎肉，其中也有缘由。

浓油赤酱的扎肉，典型的浙北苏南做法。其本质与红烧肉，大有相同之处。

但是，扎肉之所以成为扎肉，扎这一道工序，至关重要。

一道风味的形成，起于青蘋之末，丝毫不得马虎。

扎肉之时，就是挑选、搭配之时。

肥肉多，这一块扎肉，便是向着油腻去的；瘦肉多，便可以有嚼劲一点；若是有肋条穿插其中，骨头在炖煮中，会有些鲜味，但最多是若有若无；若有个嫩骨连接其中，自有好这肉中有骨、爱这嫩骨可嚼的食客。

扎肉之时，有用稻草的，有用箬叶的，两者自然不同。

纯用稻草，只能形成经纬，而用箬叶，可以裹挟其中。

但看似两者高下立判，实则不然。

只有经纬，虽没有那么严密，但是进进出出方便，水热进、油脂出，井然有序。

箬叶裹挟，看似隔绝内外，但也有精巧之处。较之单独的稻草，箬叶自然是香味更足，而且紧裹聚拢了香气、油气，也算物尽其用。

两者各有千秋。

虽没有公认的解释，但是扎这道工序，紧致了肉块，在炖煮之中，聚形、聚神，至关重要。

若要说这扎肉的做法，猪肉切大长方块，洗净，搭配得当，肥者居多，用稻草芯或是竹箬，逐块缚之。

上瓦罐或是砂锅，清水加老酒，猛火催滚，撇去浮沫，除去臊味。酱油、香料，最好加几块冰糖，然后就是慢火出油了。

炖煮得当，出锅装盘，端菜上桌，余下就是食客的发挥了。

锅中乾坤，筷上神通，最终是肚中"锦绣"。

于我，印象最深的是在老街的饭馆里，也就是三四个方桌，歪歪斜斜几条长凳，门面简陋，服务算不得热情，但是都是熟门熟人，谁也不计较。

饮食烟火，总是热闹的，嗡嗡作响的鼓风机，"噼噼啪啪"的木柴火，"呼哧呼哧"的开了锅的水壶，吆喝声、抱怨声、谈天声，五方杂处。

扎肉按块买，想吃的还要自取，别有脾气，大家伙都一样。

掀起焖煮着扎肉的锅盖，热气蒸腾，香气四溢，食欲大增。

讲究的用筷子取肉，挑挑拣拣，但免不得被人催、被人笑，被催被笑，也不恼，好肉就得挑。有不甚在意的，直接上手，眼疾手快，看着称心的，拎着稻草尖尖儿，就提溜上来了，好不得意；若是一时走眼，要扔回锅里换一块也成，如不愿被人看出破绽来，降格以求，那也就自己得过得去这事儿。

反正，扎肉到手，下酒佐饭，悉听尊便。

此中味道，食者自知。

2022 年 8 月 7 日

芋头施薄盐

按说现在不是吃芋头的时节。

但，吃什么，有时也讲缘分际遇。

这时节，本应是芋头下了种，等待夏日的生发，期盼秋日的收获。

但是，就有邻家，因着芋头留种过多，一下子下不完，反倒留下了这一味反季的吃食。

下种之于农事，那便是有和无的云泥之别。春播秋收，播种是收获的起点。

不过，农事到底是难能精准计算的，播种多是多备些，好过欠一点。

于是，本应成为种子或幼苗的作物，反倒抢先成了食物。无心插柳，倒也成就了不少美食，譬如萝卜秧，清炒吃个嫩鲜。

乡人将主动降低幼苗密度的工作，叫作"匀苗"。幼时，我是盼着给萝卜秧"匀苗"的。

因着匀下来的苗，便可以名正言顺地炒了吃了。清炒萝卜秧，叶面是糙一点，口感不细腻，但是味道清苦中有清甜的回味。算是一味不错的吃食。

这次际遇芋头，便是捡了便宜了。

邻家多余的芋头，因是从去岁秋日经冬而来，虽则内含不至大变，但到底是失了些水分，偏干了。

怎么吃？对症下手。

一来,是泡水"还湿"。偏干的芋头,经水浸泡,虽没有刚离秆时的鲜润了,倒也能够实现人力的补益,去了皮,切了块,上了蒸屉。蒸熟后,再下锅爆炒,施酱油,便是一盘子红烧芋头。

这是个好东西,先蒸后炒,软糯无比,无须咀嚼,入口即化。

虽则芋头本身味道软糯有余,但风味略欠,酱油红烧,虽然难以透心,但到底丰富了味道,是一样可口的吃食。

不过,红烧芋头,多在起锅后放细碎葱花。但私觉得施蒜叶碎花,更为得当。蒜叶味重,自带异香,变了这吃食的谱儿,却成就了另一种味道:蒜叶辛辣,改了芋头的糯淡,真正不错。

二来,则就是索性不费事了,做毛芋艿。

所谓毛芋艿,便是芋头洗净带皮或蒸或煮,剥皮食用。

须知,蒸熟后的芋头,皮肉分离,不消麻烦,只需轻捏表皮,多数时候芋头肉都是能囫囵而出的。也算是方便食用。

蒸煮芋头,概无大的技巧。

便只是一点,芋头施薄盐即可。

本身带皮蒸煮,咸味自难深入,施盐再多,也是枉然。施薄盐,一则可以为芋头表皮带来味道,二来咸味到底是能渗透一点到果肉表层的,施薄盐也不算浪费。

蒸煮芋头,简单但不单薄,薄盐激发的一点味道,与芋头本身的淀粉香郁集合在一起,迎了口腹之欲。

乡俗的说法是,每年腊月廿五,是要吃毛芋艿的。新收的一季芋头,经过冬天的日头暴晒,稍失水分,增添干香,蒸煮了后,做了零嘴吃,也是很好的。

芋头施薄盐,我吃过最好的一顿竟在素斋之中。

晨钟暮鼓的寺院,清晨入寺,钟声洪亮,礼佛之声绵长。

不过,随后世间寂静。顷刻,人声悉索而起,原是早课结束,早饭开始。

不是名山古刹,寺院中僧俗均不多。早餐素简,也就是一人取一碗稀粥,取三五芋头,再夹一点咸菜。

芋头只有薄盐,稀粥也是素淡,咸菜更是平常。

但就是平凡如此,倒是难能可贵。平常之物,味道不凡。

回想,那次与芋头的际遇,已经是在十年前了。

2020 年 6 月 1 日

笼屉一掀

中秋时节已过,接下去,秋就要向着深处去了。

褪去暑气混蒙,天地静冷下来,清爽了许许多多。

天凉好个秋!

暑日里,混沌闷蒸的气息,笼罩着古镇街角的早餐摊。

到了秋日,湿热空气散去,到底是闷蒸不住了,气息开始四散开去、突围而出。

这时节,早餐摊的笼屉一掀,焖着的热气,张力四射,如云似雾,翻腾开去。

清冷的空气,是这湿热闷气放松自己的最好的舞台。冷热交汇,热气凝结成雾气、雾水,白茫茫一团。

又因为一霎间喷冲而出,先头冲出去的遇冷落下,后头上来的,却不晓得前头的事情,还在冲顶而来,翻滚升腾的景象由此而生。

冲腾而出的水汽,扑面而来,温湿温湿,眉头、发梢上,都能挂住其中的小水珠子。扑面不寒,更不会烫,因为大气候已经冷下来,这一处的灼热,很快就被湮灭其中了。

若是戴着眼镜,那必然会暂时失明,云里雾里,不知所以。

待到最浓冲的雾气、热气散去,余下的就是冷风里,刚出笼的吃食正常散发的热气了:先是浓密的,而后悠悠起来,热气不再冲顶,而是缓缓而上,最后则是若有若无的游气,进而是随时就要断去的游丝一般的热热气息了。

"笼屉一掀天下白"，该是要为一天的开始，摄入能量和营养的时候了。

定睛一瞧，掀开的笼屉里，蒸着萝卜丝糯米团子。

秋收时节，新下的糯米，细细磨了粉，再添了水，充分揉搓，让水的湿气完完整整地入了粉里去。这道程序，在乡音里读法近似"绣粉"，想来这个"绣"字还是恰当的，真如细细地在粉里绣着点什么。

然后再是边揉搓边加水，散粉被揉搓成团，加的热水，浅浅地烫熟了生粉，一旦有水且半熟起来，散粉就不再散垮垮了，而是成团成型了。

揪不大不小的一团下来，在手里先是搓圆，而后是从中间慢慢挖开，四沿则滚成薄壁，恰如浅浅一碗。

拌了猪油、酱油的，夹杂着碎油渣、小葱花等的萝卜丝，已经准备妥当。一筷子连着汁水捞起来，入了面碗窝窝，再实实地裹起来，捏住口，再搓圆，就是萝卜丝团子了。

垫着一截粽叶，就能上蒸屉蒸了。

焖蒸之下，外表的糯米粉熟透了，里头的萝卜丝馅，不但是熟了，还出了汁水、油水，被厚厚的、黏密的外壳裹着，就等流淌而出的机会了。

笼屉一掀，就是这白糯之物。

糯米粉就是最简单的粮食的香味，在焖蒸之后，香味更为浓郁，而内中的萝卜丝是主角。不光自己是油亮油亮的，还浸染了包裹着的糯米粉团，自知是这样吃食的主角，自然就当仁不让了。

一顿吃上两三个，问题不大，再多，怕就不行了，糯米粉不是好消化的东西。

说是早餐摊，其实终日不收摊的。早上也不仅仅卖这萝卜丝团子。

到了下午,摊上冒起油烟来。

一个锅里炸着的是油墩子,还是萝卜丝,裹着、夹着板油粒儿,再裹一层面糊糊。油锅里走一遭,煎炸透了、翻滚好了,出锅沥油。

牛皮纸一包,趁热吃,清香还有油腻,一道在里头,打嘴不放!

那边的平底锅上,模子里的,煎着的也是好东西。

同样是面糊糊做成的,馅儿是豆沙的。这是海棠糕呢!

面糊糊和豆沙,是重要,但是,要说海棠糕的惊艳处,那被油炸后深褐色的油糖水,绝对是位列其中的。

焦焦的油糖水,已经凝固成硬壳,松脆可人!

不过,少吃多滋味,也就来那么一块两块吧,多了,也着实是吃不动的。

早晨云雾冲腾的摊位上,在油墩子、海棠糕上场后,就是悠悠飘腾的油烟了。油烟,飘腾上来,飘散开去。

傍晚,天色也渐渐暗了去了。

再欢腾的油锅,也是要复归冷静的;再灼热的炉子,到了一日的尽头,还是要熄了火苗、封了炉门的……

待到东方既白,炉火重燃、沸水翻腾、油锅滋滋……

掀起笼屉,冲腾而出的,又是新的一天!

2023 年 10 月 9 日

滋味清明馃

清明时节,时令清新,风味鲜美。

这一时节,江淮各地,多有应时的糕点。

这些糕点、点心,各有差异,但多数是大同小异,就统称它们为清明馃吧。

也有写作"清明果"的。但是,果不如馃,因为后者是指瓜果形状的糕点,部首贴切,词义契合。

说到清明馃,很多人肯定会想到青团。

是,已经成了"网红"的青团。

网红青团的画风很奇特,爆珠、流沙、酸菜鱼、笋干菜肉等的馅儿,已经让肉松、豆沙馅儿的传统青团,相形见绌。

但是,总觉得,青团不只是馅儿,成为网红之后,还有很多人关注它的皮儿,糯米粉怎么样?青色做得如何?

其实,这是很需要讲究的。

糯米粉,需要是上一年深秋初冬新收的糯米,而且不能是纯糯米,需要兑粳米,纯糯米团子,一蒸准塌掉了。

青色,是要植物的青色。上一年盛夏,采摘下来的青南瓜叶、青芥菜叶,着色效果好。仔细洗净了,用澄清的熟石灰水,细细地浸泡了。过了一个冬,青色脱了新鲜时的涩感,却有了醇味。蒸熟了的青叶,搅碎,揉进粉团里,粉团起初是干白染绿,慢慢地是淡绿泛白,最后就是淡青绿色了。

未蒸熟的生青团子,粉气足,色偏干。但只要一上蒸屉去蒸,旺火蒸腾的水蒸气，马上让干粉润湿，让干色润满。这时候的青团子，就会显示出盛夏沃土上生长的青草的颜色——绿，润绿、肥绿。

说完青团的壳儿，再来说说馅儿。一般惯常的是豆沙馅，细细搅碎的细豆沙，沙感让位于黏润，做成馅儿，在糯米粉的包裹下，被蒸熟，释放出香气、甜味。

后来，才有肉松等咸味馅儿的，及至现在的各式各样的馅儿，这就是各种创新了。各有所好，我也没吃过那么多网红青团，不好置评。

说完青团，就又要说回清明馃这个名字来了，假如清明馃只是青团一种，那就直接叫清明团子好了。

所以，清明馃，不仅仅是青团一种。

除了青团外，还有"清明合子"，也有叫"清明饺子"的。不是椭圆团形，而是长饺子形状的。

做的工艺、手法与青团大同小异，但是包完馅儿后的收口，很不一样，收成长饺子形，收口处再捏一些褶皱，紧实、漂亮。

这味吃食，在馅儿上，也很有特点。常见的是马兰头笋丁馅儿的：马兰头和鲜笋，剁碎成馅。当然还有腊肉丁、冬笋丁、香菇丁、红椒丁、豆腐干、腌菜、豆芽馅儿等等的。

想想多美妙，咬开外壳，迎鼻而来的是混合了粉香、清润和马兰头的略带香味的清气，以及春笋的清爽干净的鲜味的奇妙味道。这个组合，令美好回忆长留唇齿之间。

无论是青团也好，"清明合子"也好，基本食材差不多，且都是旺火蒸熟的。有没有见过需要油煎的清明馃？

这种清明馃，流行的范围并不是很广，大概也就是在浙北的东南一角。那就是麦芽塌饼。

这味吃食，难说美观，甚至是有点过于"不修边幅"，所以叫"塌饼",因为,多数在油煎之际,是要塌掉的。

麦芽塌饼的特色主要取决于制作该饼的重要原料——佛耳草和麦芽。

佛耳草,学名鼠曲草,俗称清明菜,属菊科,是一年或二年生草本植物,茎叶密布,白色绵毛。

麦芽塌饼的做法是,先用大麦浸水发芽,晒干磨成粉待用。在村间田埂上采摘佛耳草,洗净晒干。在米粉中掺入适量的麦芽粉。接着和以煮熟剁烂的佛耳草,加适量的水和成面团,包馅成饼。在饼的外层撒上芝麻,用猛火蒸煮。蒸熟待饼凉后,在平底锅上油煎,煎至撒芝麻的一面略呈金黄色,用刷子涂上用麦芽做的糖水。然后,就是出锅品尝了。

麦芽塌饼的馅儿,基本是红豆沙,也可以加核桃仁等等。

光看文字,不觉烦琐,实际上,做麦芽塌饼的技巧颇多,很多时候,你要是吃到"塌掉"的饼,要是口味不错,也莫挑剔了,是真心难制。

2019 年 3 月 22 日

偷鲜"春滋味"

立春已过,初春降临。

时节虽还在正月,但春天的滋味,伴随着江南细绵的春雨,正在慢慢酝酿。

这个时节,已经可以在舌尖,偷鲜春天的滋味了。

现在品尝春天的滋味,真得"偷"。

何谓"偷"? 大约就是本不该有而"强取"。

向谁"偷"? 那就是向早春时节的风物"偷"了。

如今的时令物产,伴随着人工干预的增强,已经并没有那么明显的界限。

但是春天一到,还是有不少风物冒出来,而且,正当其时的风物比之反季节、逆时令的"高仿"还是胜出一头的。

比如,入口甘爽的马兰头。

马兰头是一种野菜。

吃野菜,讲究尝鲜、趁早。所以,虽然在江南冬日,但在茅草地里、南向的土岸边、杂草较多的水渠壁,已经有马兰头探出头来。

不信,你提上竹篮、带上剪刀,扒开枯黄的茅草叶,眼光顺着茅草的茎往下走,在茅草根部附近,会惊喜地发现一朵朵鲜嫩出水的马兰头。

这地方,是这种在冬天就想着散发春滋味的小鲜物的绝佳藏身之地:上面有茅草叶子盖着,隔挡了一部分冷空气,冬雨打湿后的茅草叶子,腐化成养分,撑起了马兰头虽短小但厚嫩的身形。

你若是在雪后去找这些小生灵，更是一种奇妙的体验。

是啊，拨开残雪覆盖的叶子，一股土地的暖气透漏出来，湿暖的环境中，土地润肥，一株株马兰头，探将出来。

用一只手的手指轻轻扶住，另一只手伸着剪刀过去，只须稍稍用力，鲜嫩的茎，就被剪断，微细的汁水冒出，轻轻扔进了竹篮子里，一株叠一株……不时就积攒起小小的一堆了。

马兰头初探的时节，是荠菜生长的盛时，但两者相比，荠菜总显得粗韧，而马兰头则是细嫩。而到了春季，马兰头迎来盛时之际，荠菜就要开花，谢了自己作为时令风物的大幕了。

再说回马兰头，一样叫这个名字，但是其中还是有一些品种之间的细微差别。

有红色短茎椭圆形叶子的，有白色长茎长刺形叶子的。生长环境也不一样，红茎的多是长在较为开放的空间，而白茎的多见于草丛中、落叶下等等。不过，两种口味都差不多。

需要说一句的是，现在人工培育的马兰头多为白茎的，植株较高。

马兰头怎么吃？

看看古人怎么吃。

《遵生八笺》和《野菜谱》都提到，"熟食，又可作齑"。

《救荒本草》上说："采嫩苗叶烧熟，就吸水浸去辛味，淘洗净，油盐调食。"

《随息居饮食谱》谓："嫩者可茹，可菹，可馅，蔬中佳品，诸病可餐。"

《随园食单》中写道："马兰头，摘取嫩者，醋合笋拌食。油腻后食之，可以醒脾。"

今人吃法，与古时差不多。多是过水后，或是与青笋，或是与春笋，或是与香干等等，入麻油、添香醋，拌食。清爽不腻、淡香不浓。

说到这里,就要讲讲可以跟马兰头拌食的另一种时令风物了:春笋。

照理来说,早春时节,本不应该有春笋,而应该有冬笋。

但是,如今,大家好尝鲜,既然要尝鲜,那就彻底一点,冬天吃春笋!

怎么实现冬吃春菜?竹子高长,大棚培育不太现实。

那就从土地下手。

竹子根部附近,厚厚地铺了砻糠,细细地撒了足量的水进去。

砻糠为大地保暖,外面虽天寒,但地气渐渐暖起来,又有足量的水,春笋就这样在冬天被唤醒。

所以,腊月或是正月,你要看到春笋,不要惊讶,那是"吃货"们的杰作。

而一般农家的竹林子,要产春笋,要到三四月间。

有春笋、冬笋,那有没有夏笋、秋笋?有!

夏季有笋,但一般都是在初夏或者夏末,盛夏时分的笋较少,因为气温着实太高。

夏季的笋,分两种,初夏一般就是长得更快的春笋,但是因为长得快,所以细瘦,可以去了皮腌制晒干成咸笋;夏末的笋,就跟秋笋连在一起了,叫作鞭笋。鞭笋跟春笋不一样,春笋直直破土而出,而鞭笋顺着竹鞭而长,一般是横着生长在土里的,从地表看,是挤出一块微微隆起的带着裂纹的土,用镰刀小心地扒开这块土,就能看到一条正在生长的鞭笋。

说回春笋。春笋怎么吃?这个问题的答案是:你想怎么吃?

油焖春笋、腌笃鲜、春笋炒青蒜、春笋毛豆汤、笋末煎鸡蛋等等,就看你想吃什么!

春笋,还可以切作短粗的条丝状,炒另一味早春的鲜物:韭菜。

韭菜现在一年四季都有,但是除了春夏两季之外,其他时节的韭菜真是徒有其名:嚼起来纤维感太强,肉感不足。

　　而春夏季,特别是春季的韭菜,真是清鲜肥美。

　　刚从冬日冷土中苏醒过来的韭菜根,在春日转暖的阳光和细雨的召唤下,开始从土中生出新的茎叶来,长到不到一根筷子长短时,最是鲜嫩恰到好处,韭菜叶尖还是生长状态的清新鲜嫩的形状,没有一丝焦黄。

　　这样的鲜物,怎么吃?

　　江南的一句土话叫:头刀韭菜炒鸭蛋。

　　头刀的意思是,韭菜长得刚刚够下手就去割,是为第一刀韭菜。洗净切好,调碎了土鸭蛋。鸭蛋有腥味,但是韭菜有香味,两种味道调在一起,绝对是融洽的。

　　韭菜和鸭蛋,都需要吃得嫩,所以炒的时候,千万不能过了火候,简单翻炒即可出锅。

　　我想,一顿饭,下去一碟子韭菜炒鸭蛋,不在话下。

2019 年 3 月 2 日

盐水毛豆

有些吃食,简单到你都不知道怎么去说它。

比如,六月里的毛豆。

你怎么去说它?不知道从哪里说起。

多简单的一味小吃啊,只需要用盐水煮,然后装盘即食。

但是,想来,其中还有一丁点儿可以说的。

比如啊,毛豆洗净后,用水滚煮,添些许盐,为求入点儿咸味。

新摘的毛豆,是新绿色的,在沸水中滚煮,颜色不会丢失很多,还是新绿,但失了鲜色,添了些浓厚。

毛豆荚带有细细的绒毛,亮白色的;入水煮了,绒毛会沾染青绿色,但到底是细小,不易着色,看着便是豆荚上多了一层浮色一般。

毛豆,可以久煮,但也不要煮过了。煮过了的毛豆,豆粒与豆荚分离,便失了吃毛豆的趣味。完整的豆荚,是对毛豆的一种尊重吧。

滚煮充分后,就可以捞起来了,再撒盐,这时候的盐,不是之前的入味之用,而是真的要直接添味道了:新煮的毛豆,是烫热的,盐粒溶化,给豆荚添了咸味。还有的是融进了残存的一点汤汁中,浸泡着豆荚。

若是还有未化融的,便会是浮盐。也不浪费,吃的时候,一股脑儿带进嘴里,你会懂得它们的效用。

这便是最简单的盐水煮毛豆啊。最简洁到没多少话可以说。

吃起来，就是毛豆本身的清气，加上盐的咸味。

多么简单，这都算不上烹饪吧，就是个水煮，盐水煮。

所以这道吃食，也算不得一道菜吧？

充其量，就是一道小食。

但便是这么一道小食，却是夏日里，排得上号的美味。

盐水毛豆，放凉了吃，有心一点的，还在冰箱里冰一阵，或是直接添了冰块降温。

再开上一瓶冰啤酒，真是绝妙的搭配。

清寡素淡如此，却不妨碍它为人所喜爱。

水煮毛豆，微微有咸味，豆粒有嚼劲，有点爽脆的感觉。

除了盐水煮之外，还有复杂一点的做法，比如加了八角一起煮，八角有浓郁的香味，还有一点凉味，搭配毛豆，是相宜的。

另外，还可以在水煮后的毛豆里，加香油、花椒油、蒜末，再顶一点鲜辣椒。

如此，便是清气中有点油气了；另外，有油亮色，更有毛豆的新绿搭配辣椒的鲜红，好看。

还要味道丰富一点，可以做糟毛豆。其中，需要糟油和黄酒的参与，水煮后的毛豆，需要糟油和黄酒的浸泡，方能入味出味。

糟毛豆，一股酒香味，还有点酸气。

再复杂一些的，便做卤毛豆吧。

卤，既需要佐料，也需要时间。

盐、葱、姜、味精、料酒、五香料包，是卤毛豆的必备。

卤毛豆的做法中，比之此前的做法，要多两步，一步是水煮后的凉置和沥干，另一步则是浸泡在卤料中的着味。

卤毛豆色泽暗黄，豆荚烂熟，豆粒味重。不胜在有嚼劲，而胜在酥烂入味。

毛豆，还是一味好搭的佐菜。

比如毛豆粒炒茭白丝,大概是江南一带特别常见的菜了。

毛豆粒青绿,茭白丝洁白,也是极好的搭配。

毛豆粒,还能炒丝瓜。

丝瓜在翻炒后,汤汁黏稠,毛豆在其中,沾染黏稠,却又是清脆,很有意思。

还可以毛豆粒炒鸡胗、毛豆粒炒肉丁等等,都好吃。

另外,红烧鲫鱼的时候,不妨试试加点毛豆粒进去。

毛豆粒虽不至于完全吸收鱼汤的鲜味,却会是糯软的,带着鲜咸味道的。

2019 年 6 月 18 日

烤红薯·烘山芋

烤红薯,叫法多了去了,很多人叫烤地瓜,北京一片儿叫烤白薯的多吧,江浙沪一带,就不说烤了,上海话叫烘山芋,浙江叫煨番薯……

红薯、地瓜、山芋……烤、烘、煨……好吃就行啊。

好奇,为什么烤红薯的味道,在冬日里传播得那么远呢?

或许是在峻冷的冬日里啊,气温寒冷,只有这烘烤的暖气能烤化空气,让香味弥散开去。

很少听见卖烤红薯的吆喝的,真正有店面的就是"坐贾"啊,不需要吆喝;而"无证无照"的"行商"可不想一声吆喝给自己招惹麻烦。

也对啊,你也别多吆喝,拖着烤地瓜的油桶炉子往那里一站,炉火烧着,香味飘散出去,又有几个人能抵住这诱惑啊,都不用招徕。

地瓜煨在炉火边上,炉火不用太旺,燎烤、烘烤着红薯。

说是红薯,其实讲究也大,有红皮白瓤,有棕皮黄瓤,对应的就是黄心的和红心的。据说有人考据过,北京人叫的烤白薯,那就是烤的这棕皮黄瓤的。

你想啊,过冬的红薯,淀粉转化为糖,甜度增大,烘烤一下,香味飘起,实在是令人抵挡不住的诱惑。

"过冬"这个事情很奇特,除了过冬的红薯好吃外,还有过冬萝卜也很甜,想来其中有奥秘。

眼瞅着红薯在炉火的烘烤下,失去水分,皮变得干硬起来,析出的糖水被烤得焦黑,干涸在红薯皮上,一会儿工夫,表皮就焦干了,烤红薯就成了。

用纸一裹或是纸袋一装,称好分量,递给你,钱货两清,请君享用。

看着工序可真不是什么精巧的吃食,但是掰开这烤红薯啊,淀粉烘烤后的香味立马冲了出来,甜香甜香的,薯肉颜色或是金黄或是橙红,泛着亮光……不能再多说了,食欲已经毫无抵抗地被勾起来了,大口塞进嘴里,也顾不得沾着的炉灰了。

得大口吃,一来好东西就想狼吞虎咽,二来得趁热吃啊,冷了的红薯,就没了灵魂了。

白瓤的红薯,一般干香一点;红瓤的呢,甜香一些。不论干香还是甜香,都是好的。

忌讳的是干得没了薯肉,只有攀结在一块的茎条;或是水多得没了嚼劲,烂塌塌的。

这两种情况,你得去申请"售后"了,多磨几句,好商量的就会给你补一个稍小一点的红薯,就当补偿。要是油盐不进、不消分说,那下回你也不要光顾他的生意了。

这起了炉子卖烤红薯的,已经算是"工业化生产"了。还有一种更加随意的方法,那就是所谓的煨山芋了。

食材不变,还是红薯。大冬天里,在浙北的村落里,作为小孩,你要是轮到一个帮忙烧火的差事,那真是幸运。

一来,灶膛里的大火烤得你忘了冬天的冷;二来,借着这差事,你可以捣鼓点自己的零嘴。

可以煨山芋了!

山芋不算粮食,也没人管你怎么糟践,你爱怎么吃怎么吃。

煨山芋也是个很省力的活:把山芋埋进灭了明火的柴灰里,你别看已经没了明火,里面其实是滚烫无比。一会会儿,山芋就煨好了。

这个办法煨山芋,也是自然天成啊。

不过话又说回来，又有几个人能把山芋煨坏的呢，除了贪玩忘了柴灰里的山芋了的，等到想起来奔回来，扒开一看，一块黑炭，很是懊丧。

这个办法有个缺点，山芋沾的柴灰多，吃完满嘴黑乎乎的。

如果讲到煨，那可煨的东西多了去了：煨芋头、煨土豆，那还是中规中矩的；煨年糕，就已经是有点菜式创新的意思了。

你还别说，锡箔纸（一般没有这么好的装备）包裹着年糕煨烤，揭开一看，外焦里嫩、外硬内软、香甜无比……

想来，在煨烤这个事情上，是可以推己及人的，煨烤红薯、土豆、玉米、栗子等等，大概是大江南北南国北地通行的；而煨年糕，在北方就可以变成烤馒头、烤馍馍等等了吧。

从火边捞出烘烤的食物，忍着烫手的痛，掰开外壳，闻着香味，狼吞虎咽……这样的幸福或许是根植在我们的基因里了的，基本无人能抗拒。

2020 年 2 月 17 日

挖一勺炸豌豆

杂粮豌豆,煮个稀饭熬个粥,或是打豆浆的时候,加那么一点。

多是配角,不起眼,甚至可有可无。

而岁月一旦清寡起来,平素里的五光十色、美味珍馐退去,倒显得这可有可无的弥足珍贵了。

可不是嘛,晒得干实的豌豆,泛着淡橙黄色,细小浑圆。

干豌豆,须得是干实的、色纯的,偏湿就偏虚了,色杂了或是豌豆熟老得不那么齐整,怕是因为采摘时过嫩而腐坏了。

一颗颗小钢珠一样的豌豆,你准备怎么幻化?

炸个豌豆吧。准保没错的。

你想,豌豆多收在夏初,连着豆秧一块收下,先是烈日暴晒,豆粒脱了豆荚,再是持续的晾晒,然后是筛了干净,入了仓,绝对算不得主粮,种的也不会多,所以那么一小布袋,便是全部了。

要是风物丰腴,谁会想到它呢,硬成那样,无从下口。

要油炸,就先得泡发,冷水浸泡,经时而发。

泡发的过程,是检验质量的时候,虚空的,经不起泡,浮了上来,撇去吧,不会好吃的。土里来的,免不得有尘土,一泡发,也就洗净了。另外啊,因为豆衣毕竟虚薄,也有被豆粒发起来撑破的,不碍事,不用剥除。捞出来,晾干水迹。豆粒内部水分充盈,而浮留在豌豆粒表面的水渍已经消弭了。

便要下油锅炸了。大油,控制火候。

海了去的烫油,燎炸这些个豆子,不在话下。

火候得小心。火小了,没有了燎炸,只有燎熟,哪里来的那种空脆?火大了,豆色由深变沉,甚至变黑,那怎么能行?

里面也有些窍门,有用生粉稀释了拌了豌豆下油锅炸的,豆粒完整,色不沉重,口感更香脆。不过,这法子我倒是没有试过。

炸好的豌豆,油亮油亮。豆色黄澄,整个豆子都已经酥空了,之前被泡起的豆衣,油炸之后,色偏白,更脆,轻触即破。凉置好了,简单的就是拌点盐,有心有闲的,添些花椒粉、胡椒粉。

油炸豌豆,佐着喝粥,极好。一碗稀粥,挖一勺豌豆,酥空的豌豆,到底是没了分量了,浮在粥面上都沉不下去。

爱吃那口酥空的,那就用筷子夹着送嘴里吃,嘎嘣一声;爱吃那粥汤泡软酥空的味道的,就等着豌豆坠破粥面,吸饱了粥汤吧,咬上去是炸豌豆回潮后的酥软。

喝粥就是素简啊,豌豆有点咸味,带点嚼劲就好了。

炸豌豆,可不仅仅就是佐粥。

一碗豆花上,除了榨菜丝、紫菜皮、虾皮以外,再来那么一小勺炸豌豆。喜出望外!断然是舍不得剩哪怕就那么一粒的!

再就是一碗米线,最好是麻辣米线,红汤上浮着炸豌豆,拿起筷子,先挑几粒嚼起来。吃到后面,那就是沉了下去的吸饱了汤汁的豌豆了,吃的是那口酥和那口软啊。

想来,地头那个豌豆架,很快就要有豌豆秧攀上来了。它又不晓得世事的艰难,到了时间听了信令,生发、开花、结荚!

然后就可以开吃啊。

端午时节先吃嫩豌豆,蒸一碗豌豆荚,清甜、香软。真真好。

然后就又是干豌豆啦,等着农闲无菜的时候,炸上一罐子,有备无患。年岁啊,就是那么往复的。

2020 年 2 月 11 日

干菜有味

惯常里想，夏日应该是绿蔬生长的好时节，光、热、雨水催发着各色菜蔬。

但是，还真不是这样的。到了暮春初夏，时节对绿蔬就不太友好了。

时节是有催发，但是过猛的光热雨水，也让求之鲜嫩的绿蔬过快地老去。不似初春的阳光雨露，催发而不催老，从容闲适。

所以，再等到盛夏时节，绿蔬倒没了鲜嫩，反而让干菜有了机会展露风头。

可不嘛，夏日里的胃口需要提振，你大概会想到各式干菜，想到它们独有的醇厚的味道。

说是干菜，但是不足以囊括万象，也有咸菜、酸菜等等，也只能是以偏概全，叫它们干菜了。

夏日里，虽然燥热，食之但求清淡，但是油腻终究是要沾染的，只不过是想变幻方法。

来一碗梅菜扣肉吧？

好肉易得，好梅菜难寻啊。

腌制梅菜，须是在三四月里，收了芥菜、白菜，或是油菜、雪里蕻，洗净切碎。一般多是在雨天，春日里雨水多，农事闲暇，但农人闲不下，便要抽空腌制梅干菜了。

堂屋里，一箩筐一箩筐的咸菜，已经洗干净码整齐，等待开刀。切菜可用铡刀，快且齐整，如果用菜刀切剁，耗时太长。

新鲜的菜,就在铡刀口码得齐整,"嚓"一下,刀落叶短,汁水迸出,满堂屋的清新味道。

屋外是绵稠春雨,屋顶的黑瓦终是留不住这长性子的雨水了,屋檐下雨水滴落,敲着门廊的条石……时节人事两相宜。

切好菜,便要腌制了。先是平铺摊放,晾置风干。鲜绿的铡断了的菜叶,先是皱缩,而后开始转色,大片绿色中出现黄绿,再往后就是大片黄绿中残存几片干绿了,终究是全部黄了,然后再是焦黄色、黄褐色、褐黄色。菜梗不同于菜叶,还是留存着黄绿色,只是也不再饱满、不再水润。

接下来是腌制入缸,一层菜一层盐,层叠而上,考究的还要踩实,踩出汁水,最后还要用重石压制,封严缸口,存放在荫凉通风处。

大约也就是半个月或是二十来天,时间便成就了味道了。

开缸时,搬去重石,剥除表面的浮菜——这些菜多因为没有被压实或是与空气接触而腐坏变质——得到的便是一缸梅菜。

此时的梅菜,还是带着汁水的,要成为梅干菜还有重要一步:晒干。

这时候的天气,已经是出了绵长的雨季,在阳光照晒之下,梅菜脱去汁水,之前棕黄色的梅菜,开始变成黄黑色,干黑干黑的。这便是梅干菜了。

好的梅干菜,色泽褐黄甚至是黄黑,香气浓郁,但没有腐气,有的是时节酿造出来的陈香气息。

有好的梅干菜,你才能放心地去做梅菜扣肉。

讲到梅菜扣肉,还有一点可以讲的,梅菜扣肉,讲的是"扣"这样的一种做法,是将调制好的梅干菜和切好片好的肉,一层菜一层肉地码放,然后蒸制而成。高温的蒸汽,催逼出肉的油脂和梅干菜的陈香,油脂让梅干菜不再干涩,陈香则掩去了肉的油腥……

还有梅干菜烧肉,讲求一个"烧"字。不似梅菜扣肉之中的肉片,梅干菜烧肉用的是肥瘦得当的肉块,翻煮之中,两种吃食沾染、适配、融洽。

夏日里,上了饭桌的干菜哪里只会有梅干菜一种。

春日里腌制的芥菜,也要出坛了。

新鲜的芥菜,经了时日的腌制,也是妙得不可方物。

谁能想到,新鲜时多是入汤做配菜的芥菜,经历时日的造就,成就这么一味让人惊叹的美味。

整棵腌制的芥菜,菜叶在盐分和时间的作用下,变得墨绿,菜梗则是黄中带点酱色、带点灰色。若是腌制得好,盐度合适、时间恰当,洗净后的腌芥菜的菜梗,在阳光的照耀下,竟是那种晶莹剔透的模样。

切得细碎,重油翻炒,菜叶子吸油,吃的是油香味,菜梗对油脂是染而不吸,吃的是一口脆爽。

要是真的腌制得好的芥菜,你都不用翻炒,生食芥菜梗,是酸香爽脆的美味。

腌芥菜,夏日里多来入汤。

火急火燎上市又急急匆匆下市的蚕豆,在夏日里早就老去,但可以用水泡发,成了豆瓣。

芥菜豆瓣汤,只消汤多油轻,自是夏日里最最美好的味道。

其实啊,干菜还有好多好多种,冬菜、潦菜、泡菜等等。你会感叹时间在它们身上的造就,你会感叹人力在其中的幻化。

正是时节与人事的相宜相适,造就了干菜的有滋有味。

2019 年 7 月 21 日

后记

已经记不清开始写这些"多余的话"的具体原因了。

可能是一时激越,可能是一时百无聊赖……罢了,写了也就写了。就这么时断时续、时续时断地写着,多在"生活分子"这个公众号上发表出来,有几篇也上了《新民晚报》"夜光杯"栏目,等等。总体的态度是:只管写,随意发,听天由命。

既然是这些碎碎念的"多余的话",自然是很难有主题的,信马由缰、信笔神游。但是,写着写着发现,这神游自己把自己"圈"起来了:那乡、那人、那时节、那风物,成了文字的主角。也对啊,人很难超脱出自己的环境成为一个全新的人,自然文字也很难超脱出写它的人的环境而成为全新的体系。再怎么天马行空,总是要在地面上映出它的影子的。

既然如此,来之、安之。

这些个主角,可不简单。地产风物、人文礼俗,真是烟波瀚渺,再多的文字,不过是沧海一粟。写这些东西,视觉可以细微至尘埃,听觉可以聚焦在微末,味觉可以品评至若有若无。食不厌精,脍不厌细,诚然。这乡间风物的生发,风起青萍,雨落尘土,有瞬间之事,有恒远之律,自然而然又不尽然,妙不可言。

这些个主角,也能简单。自然,不过是四季轮回;吃食,不过是色香味美;礼俗,不过是乡里乡情;人儿,不过是七情六欲。你若简单看它们,甚至是轻视乃至视而不见、听而不闻,它们也不会把你怎样，毕竟兹事不大，甚至可有可无。四季风物可以一键搞定，人情世故可以充耳不闻，礼数风俗更是岁月流变、濒临湮灭。待到它们远去，"流水落花春去也"，无可奈何、奈何无可。

但，既然写了，就得为自己的文字，建构起"意义"来。这就可大可小了。面对读者诸君，大可以说，这是对抗"内卷"与"焦虑"的文字；小可以说，这是感受当下、体味平淡的随笔……

其实，实不相瞒，这些意义，大部分应该归功于诸君自己。书写者自己还在内卷与焦虑中翻滚，对生活与平淡也尚在努力感受之中，只是尽量让自己活得"自洽"一些，而这些"多余的话"，是一种调节和舒缓，是寻找自洽能力的重要源泉。试想，你在与不在，花照常开、叶照常落，所以大可以淡然一些；同时，自然风物，到底还是要人力烹饪才能上桌入口，所以人事之功力，也是必不可少。人力不济之时，顺应自然；自然不调之处，勉力人事。这样一来，倒也不失为一种生活的态度。书写者的功力，只能到这一层了，再多的意义，是断然承受不住的。

絮絮叨叨，叨叨絮絮。仅此而已。

这些"多余的话"、这些"多余的文字"，在"生长"的过程中，估计打扰了不少人。比如，家人不知道我在书房坐下，是在工作还是在神游；亲友的朋友圈，整齐划一的工作内容中，被我插进去这么一条没意义的内容。在此，说声"叨扰了"，也感谢你们。

另外，感谢更多的肯定与支持，它们来自我的家人、我的老师、我的朋友们。感谢上海交通大学出版社和编辑老师张燕。没有你们的支持，这些"多余的话"应该不会想着还要整理一下，还能结集出版的。毕竟，它们真的是些"多余的话""多余的文字"。或许事到如今，它们还在想：我们好好一些絮叨文字，怎么就整整齐齐码在纸上，供人阅读了呢？

2024 年 4 月 7 日

于上海交通大学包玉刚图书馆